KB253562

사랑을 기다리는 여자

LAST BRIDGE HOME

LAST BRIDGE HOME

사랑을 기다리는 여자

아이리스 요한슨
류정민 옮김

큰나무

류정민

한국외국어대학교 영어과 졸업
동 대학원 영어과 졸업
호주 Queensland University에서
어학 연수를 하였으며,
현재 전문 번역가로 활동하고 있다.

LAST BRIDGE HOME

사랑을 기다리는 여자

지은이 / 아이리스 요한슨(Iris Johansen)
옮긴이 / 류정민

펴낸곳 / 도서출판 큰나무
펴낸이 / 한익수

초판 인쇄 / 1997년 12월 26일
초판 발행 / 1997년 12월 31일

등록 / 1993년 11월 30일(제5-396호)
주소 / 120-090 서울시 서대문구 홍제동 215
전화 / 736-9653, 6960   팩스 / 732-8694

ISBN 89-7891-052-1

잘못 만들어진 책은 바꾸어 드립니다.
값 6,800원

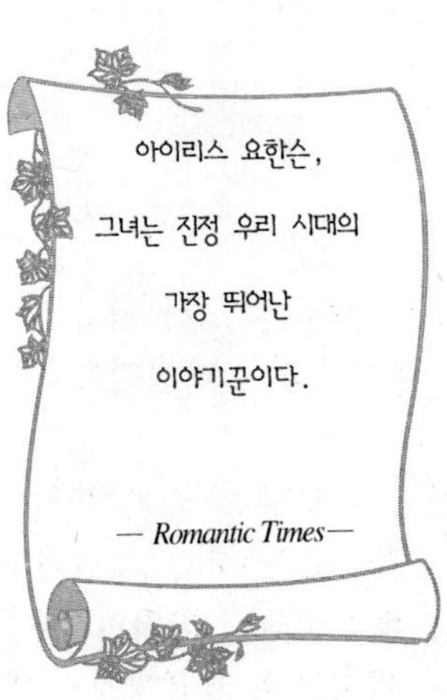

아이리스 요한슨,

그녀는 진정 우리 시대의

가장 뛰어난

이야기꾼이다.

— Romantic Times —

✲✲ 옮긴이의 글

　아이리스 요한슨의 이 소설은 그녀 특유의 간결한 문체와 묘사로 추리 소설을 읽는 것만큼이나 흥미진진하고 긴박감을 주는 작품이다.

　저자 아이리스 요한슨은 로맨스 소설 분야에서 거의 모든 상들을 수상했으며 뉴욕 타임스에도 수주간 그녀의 책이 베스트셀러로 오는 바 있는 역량 있는 베스트셀러 작가이다.

　이 소설은 한가롭고 평화로운 물레방앗간 집에 살고 있는 미망인 엘리자베스 램지 앞에 어느 날 갑자기 한 낯선 남자가 나타남으로써 시작된다. 존 산델, 그 낯선 남자의 방문으로 예기치 않았던 일들이 그녀 앞에 전개되면서 아들 앤드루에 대한 모성애와 전남편에 대한 애틋한 사랑을 간직한 엘리자베스에겐 혼란스런 나날들이 되풀이된다.

　온화하고 친절했던 그녀의 전남편 마크와는 대조적으로 강인하고 남성적인 매력을 지닌 존 산델, 그리고 정부 요원이라고 하는 바르도의 등장으로 그녀의 평화롭던 세계는 흔들려 버리고 누가 적이고 한편인지도 모른 채 사건 속으로 휘말려들고 만 것이다.

　과연 누가 그녀를 음모 속에서 구해 줄 것인지? 누가 자신의 편이고 적인지 그녀는 알아내야만 했다.

　서서히 드러나기 시작하는 전남편의 새로운 정체, 존재하는지조차 몰랐던 나라의 이야기와 이해할 수 없는 정신 확장 이야기들, 자신의 아기 앤드루를 둘러싼 여러 추측들 속에서 그녀는 방황하기 시작한다.

　그러던 중 전혀 상상하지 못했던 감정들이 그녀의 가슴속 깊은 곳에서 자리잡게 되며 불신과 두려움은 차차 사랑과 신뢰의 감정으로 바뀌고, 자신이 사랑했던 집과 보석처럼 아름다운 첫사랑을 뒤로 한 채 낯선 나라로 첫사랑보다 깊은 다음 사랑을 향해 떠나게 되는데…….

　사랑은 정말 어떻게 오는 것일까? 그리고 과연 어떤 것일까? 정답이 없는 사랑, 여기 나오는 이야기처럼 서로를 믿고 신뢰하는 것에서부터 사랑은 시작되는 것일 것이다.

　춥고 어두운 겨울 동안 엘리자베스와 존의 따뜻한 사랑 이야기를 느껴 보기를 바란다. 그리고 우리의 사랑도 그렇게 따뜻하게 이 겨울을 이겨 나가자. 차가운 겨울이 지나면 따뜻한 봄이 기필코 돌아오니까.

류 정 민

1

　오늘은 회색빛 세단이 도로 옆 나무 그늘에 서 있지 않았다.

　엘리자베스 램지는 차의 속도를 천천히 줄이며 핸들을 쥐고 있던 손에서 긴장을 풀었다.

　그녀는 안도의 한숨을 내쉬었다. 구멍 뚫린 풍선에서 공기가 빠져 나가듯 갑자기 긴장이 풀어지고 나서야 비로소 자신이 얼마나 핸들을 꽉 쥐고 있었는지 알 수 있었다.

　바보스럽게도. 그녀는 정말 바보 같았다.

　엘리자베스는 그 차가 그곳에 서 있는 것을 네 번 정도 보았을 뿐이었다. 차 안에는 아무도 없었다. 그 차의 주인은 아마도 사냥꾼이거나 조류 관찰자로 자신에게는 아무런 해도 끼치지 않을 사람이었을 것이다.

엘리자베스는 예전에는 한 번도 물레방앗간 집까지 길게 뻗은 이 외로운 길을 두려워해 본 적이 없었다. 그 길은 단지 자신의 집으로 가는 길이었을 뿐이며 이 세상에서 그녀가 가장 사랑하는 길이었다.

그녀는 임신한 여자의 예민해진 신경 때문이려니 생각하고는 얼굴을 찌푸렸다.

전에는 이렇게 자신에게 약한 면이 있었다는 것을 알지 못했었다. 더욱이 마크가 죽은 지 여덟 달이 지났다는 것을 현실적으로 실감하지 못하고 있었다. 그런 생각들이 머리 속에 자리를 잡아 아픈 기억들이 되살아나지 못하도록 애써 머리를 흔들며 그 생각들을 지우려 했다.

아이를 생각하자, 아이를……. 마크나 지난 일들은 생각하지 말아야지.

그녀는 풍성한 파란 셔츠 속에 팽팽히 부풀어 오른 배 위에 가볍게 한 손을 올려놓았다. 곧 새로운 생명이 태어날 거야. 자신이 해야 할 일은 조금 더 기다리는 일이고 그 다음엔 이런 외로움은 끝날 것이다. 손바닥 아래 뱃속의 미동을 느끼고는 그녀는 입가에 기쁨의 미소를 지었다. 아기가 이런 자신의 생각을 아는 듯했고 자신을 안심시켜 주려는 듯했다.

손을 다시 핸들로 올리면서도 그 미소는 여전히 그녀의 입가에 남아 있었다. 이 생각은 결코 나쁘지 않을 것이다. 만약 그것이 위안을 주지 않았다면 그 바보 같은 공포감만 더욱 크게 느꼈을 것이다.

오래된 다리 위를 지나면서 속도를 내자 타이어 아래에서 판자들이 부딪치면서 요란한 소리를 냈다. 그 소리들은 마치 귀가길의 편안한 마음을 노래하는 속삭임으로 느껴졌다.

다리를 지나서 꾸불꾸불한 모퉁이를 빠져 나오자 물레방앗간 집이 시야에 들어왔다. 평온함과 안도감이 순식간에 물밀듯이 몰려 왔다. 담쟁이 덩굴로 뒤덮인 석조집은 매우 오래된 것으로 현대적인 건축물에선 거의 찾아볼 수 없는 고요함이 느껴졌다.

초기 미국의 목수들에게 생계 수단을 마련해 주기도 했고 곡식을 빻기도 했던 오래된 오크로 만든 물레 바퀴가 보였다. 그 바퀴는 여전히 원형대로 남아 있었지만 습지를 지나 저 먼 숲속으로까지 굽이굽이 흐르는 은빛 개울의 물을 더 이상 휘젓고 있지는 않았다. 숲속의 나무들은 대부분 잎들이 져서 앙상했지만 소나무만이 그 푸르름을 여전히 간직하고 있었다.

떨리는 마음을 가라앉히며 다시 한 번 그 집을 바라보았다. 언제나 환영하듯 반겨 주는 그 따스한 집에도 곧 겨울이 찾아올 것이다. 집으로 향하는 마지막 모퉁이를 돌아서자 그녀 앞에 바로 집 앞으로 통하는 좁은 도로가 나타났다.

그녀는 현관 앞 석조 계단 위에 서 있는 한 남자를 주시하면서 짧게 숨을 들이쉬었다. 그 남자는 한 번도 본 적이 없는 사람이었다. 즉시 시선을 도로변에 서 있는 차로 옮겼다. 그것은 회색 세단차가 아니라 진한 초록빛 픽업 트럭이었다.

차를 천천히 몰아 서서히 멈추어 섰다. 자신이 예민해 있는 상황이든 그렇지 않든, 그런 것은 신중하게 행동하는 데에 아무런 영향을 끼치지 않았다. 먼저 창문을 올리고 차 문을 잠갔다. 지금 계단을 내려오고 있는 그 남자는 자신을 위협하는 듯 보이진 않았으나 그렇다고 카스파 밀크토스트 타입(만화 주인공의 이름에서 따 온 것으로 마음이 약한 사람을 뜻한다—역주)으로도 보이지 않았다.

그의 신중한 접근은 매우 자제하고 있는 듯해 보였다. 자제라고? 머리 속에 갑자기 떠오른 그 단어가 얼마나 뜻밖의 것인가 하고 생각했다. 그의 짙게 그을린 얼굴은 감정이라고는 전혀 없는 사람처럼 보였으나, 침착해 보이는 외적인 그 모습 안에 무언가 압도적인 힘을 풍기는 듯한 강한 인상을 받았다.

그 남자는 차창 밖에 서서 그녀를 보려고 슬쩍 허리를 굽혔다. 목소리를 한 톤 높여 말해서 닫힌 창 안에서도 똑똑히 알아들을 수 있었다.

"당신이 그렇게 신중한 태도를 보여 주어서 다행이오. 여자 혼자 이런 곳에 살기엔 외로울 텐데……. 난 당신을 기다리고 있던 참이었소."

그 남자는 의미 심장한 시선으로 엘리자베스를 바라보며 말했다. 그가 단지 몇 인치 떨어져 유리창 하나를 사이에 두고 있다는 생각에 갑작스런 두려움으로 공포감이 물밀듯 다가왔다.

그의 눈빛은 빛이 났고 까만 눈썹은 숱이 많았으며 골격은 단단해 보였다. 하지만 결코 잘생겼다고는 말할 수 없는 얼굴이었다.

힘. 그에게서 느껴지는 힘이 너무 강해 그녀에게 충격을 주었다. 엘리자베스는 자신이 마치 놀란 토끼처럼 그를 쳐다보고 있다는 것을 깨달았다.

그는 얼굴을 찡그리며 말했다.

"제발 그런 식으로 날 바라보지 말아요."

그의 음성은 약간 허스키한 음색을 띠고 있었다.

"난 당신에게 해를 끼치러 온 게 아니오, 당신을 도와주러 온 거요. 결코 난……"

말을 멈추고 깊게 숨을 내쉬었다.

"당신을 놀라게 했다면 미안하오. 내 이름은 존 산델이고 마크 램지는 내 사촌이었소. 혹시 마크가 내 얘기를 한 적이 있었소?"

존 산델. 그녀는 안도의 한숨을 내쉬고는 창문을 내렸다.

"물론 그런 적이 있어요. 마침내 만나게 돼서 반가워요."

그녀는 웃으면서 그를 바라보았다.

"마치 당신을 찰스 맨슨(금세기 중반 이후의 3대 살인마의 하나. 일당과 함께 잡힐 때까지 최소 35명이나 살해했다—역주)처럼 대한 것에 대해 날 좀 이상한 여자라고 생각할지도 모르겠어요. 보통 땐 이렇게 신경이 곤두 서 있지 않아요. 아마 출산 전 불안감 때문인가 봐요."

차문을 열고 몸을 틀어 다리를 조심스럽게 내려놓으려고

했다. 요즘엔 핸들 아래에서 빠져 나오는 것조차도 그녀에겐 힘든 일이었다. 존 산델이 앞으로 걸어오더니 좌석 밑에서 그녀의 다리를 가볍게 들어 올려 주었다.

"도와줘서 고마워요. 잠깐만 기다려 주세요. 차 안에서 식료품들을 꺼내야 하거든요. 학교에서 오는 길에 수퍼마켓에 들렀다 오느라 좀 늦었어요. 오래 기다리셨나요?"

"아니오."

그는 다시 얼굴을 찡그리며 말했다.

"당신 혼자서 여기 살아선 안 돼요. 전에는 괜찮았을 수 있지만 지금 당신은……."

"왜요? 제가 임신한 몸이라서요?"

그녀는 그를 위해 대신 말을 끝맺어 주었다. 그리고는 차 문을 닫고 나와 현관의 계단 쪽으로 걸어갔다.

"여긴 내 집인데 제가 어딜 가겠어요?"

그녀는 열쇠로 문을 열었다.

"게다가 난 혼자가 아니에요. 이 마일만 가면 스파울딩의 농장이 있고 샘도 있으니까요."

그는 경직된 듯했다.

"샘?"

그녀는 어리둥절해 하며 그를 쳐다보았다. 왜 그렇게 놀라는 것일까? 그녀는 곧 알 수 있었다. 마크는 존 산델이 자신의 유일한 가족이라고 말했었다. 그 둘은 매우 가까웠을 것임에 틀림없었다. 그러니 마크의 사촌으로서는 마크가 죽은 지 겨우 여덟 달 만에 그녀의 인생에 또 다른 남자가 생겼다는 것을 알게 된다면 화가 나는 것이 당연한 일일 것이다.

"샘은 내 개예요."

그녀는 부드러운 미소를 띠며 말했다.

"반은 그레이트 데인(짧은 털의 큰 개)의 혈통이고 반은 저도 잘 모르겠어요. 당신이 아직 못 봤다니 놀랍군요. 내가 학교에 가 있는 동안 마음껏 뛰어 놀도록 풀어 놓아 주거든요."

"당신은 아직 올버니에 있는 대학에 다니고 있소?"

그는 멈추어 서서 다시 차 안에 있는 식료품 봉투 쪽으로 걸어가는 그녀를 보며 물었다. 그의 태도에선 긴장이 사라진 듯했다.

"안으로 들어가요. 해가 져서 여긴 추워요. 내가 이것들을 안으로 가지고 가겠소."

"저녁 식사 드시고 가실래요? 오늘 아침에 전기 냄비에 스튜를 넣어 둔 게 있어요. 두 사람이 먹기엔 충분하죠."

그는 고개를 가로저었다.

"저녁 식사까지 할 순 없지만 방해가 되지 않는다면 커피 한 잔 마시면서 대화를 좀 나누고 싶소."

그녀는 알았다는 듯이 고개를 끄덕이며 계단으로 향했다.

"조금도 방해될 것 없어요. 저도 당신과 얘기하고 싶어요."

그녀는 육중한 네덜란드식 문 앞에서 어깨 너머로 뒤돌아보았다. 그녀는 온화하고 다정한 미소를 띠고 말했다.

"마크는 이 부근 사람들에겐 낯선 존재였어요. 많은 사람들이 그가 얼마나 멋진 사람인지 알지 못했죠. 그가 죽은 후

내가 가장 아쉬워했던 것은 내가 사랑한 만큼 그를 사랑했
던 누군가와 얘기할 수 없다는 것이었죠."

그는 미안해 하는 듯한 표정을 지으며 그녀의 얼굴을 응
시했다.

"그때 당신한테 오고 싶었지만 여건이 허락하지 않았소."

"왜 당신이 장례식에 올 수 없었는지 이해해요. 마크는 나
에게 당신이 거의 외국에 나가 있다고 얘기해 주었던 적이
있어요."

그는 식료품 꾸러미를 꺼내려 차 안으로 몸을 집어 넣었
다.

"그가 정확한 이유를 설명해 주었소. 하지만 지금 난 여기
에 있소. 당신은 안으로 들어가요."

그의 마지막 말은 거의 명령과도 같았다. 마치 상대편은
자신이 말하는 것을 복종하는 것이 당연하다고 생각하는 듯
했다. 그의 경우 그가 원하지 않는 어떠한 일을 하도록 만들
수 있는 사람은 분명히 높은 계급에 있을 것이 확실했다.

"커피를 올려놓을 게요."

그의 강인해 보이는 얼굴에 따스한 미소가 스쳐 지나갔다.

"내가 너무 권위적으로 보였소? 난 군대에 좀 있었소. 그
래도 당신은 결코 자제력을 잃어버린 적이 없을 거라 생각
하는데……."

그녀는 산델이 군대에 있었던 것을 알고 있었을지 모른다.

그는 확실히 그렇게 보인다고 생각했다. 차분한 갈색 코트
를 입은 그의 어깨는 넓고 힘이 있어 보였다.

"난 오히려 당신이 그러지 않을 거라 생각되는데요."

그녀는 힘을 주어 문을 밀어 젖히며 그를 위해 조금 열어 두었다. 집 뒤쪽으로 길게 연결된 큰 부엌으로 재빨리 걸어 가서는 스위치를 켜고 서둘러 커피 메이커의 플러그를 꽂아 아침에 남겨 두었던 커피를 데웠다. 그리고 나서 무릎을 꿇고 벽난로 안에 불을 지피려고 성냥을 그어 댔다.

그녀는 불이 금방 지펴지는 것을 만족스럽게 쳐다보았다. 아침에 집을 나서기 전에 저녁 때를 위해 불을 지필 모든 준비를 해 두곤 했는데 그것은 거의 그녀의 일상적인 일이 되어 있었다.

그녀는 학교에서 하루 종일 보내고 있던 임신 초기에 자신의 임신 사실을 알게 되었다. 너무 자주 피곤하여 목욕하고 잠드는 일 외에는 아무것도 할 수 없었던 것이다.

"당신이 찬장 안 어느 곳에 어떤 것들이 들어가야 하는지 알려 주면 내가 이 물건들을 정리해 주겠소."

존 산델은 팔에 세 개의 꾸러미를 안고 문 쪽에 서 있었다.

"내가 나중에 정리할 게요. 여기 내려 두세요."

그녀는 우선 냉장고에 들어가야 하는 것들이 들어 있는 꾸러미를 받아 가지고 냉장고 쪽으로 걸어갔다.

"당신 왼쪽 편에 있는 찬장에서 컵과 컵받침이나 좀 꺼내 주시겠어요? 혹시 커피에 우유나 설탕을 넣나요?"

"아니오."

"저도 아무것도 안 넣는데."

그녀는 계란, 우유, 버터를 냉장고 속에 넣었다.

"난 카페인이 들어 있는 블랙 커피를 좋아해요. 요즘엔 카페인 없는 커피를 마시고 있긴 하지만요. 그게 아이한테 좋다고 하니까요. 하지만 날 활기 있게 해주는 블랙 커피가 그리워요."

한 손으로 냉장고 문을 닫으며 나머지 한 손으로는 별 생각 없이 등뒤를 문질렀다.

"요즘은 몸무게가 많이 늘어 몸을 움직이기조차 힘들어요."

엘리자베스가 그를 쳐다보며 말했다.

"날 이상한 눈으로 바라보고 있군요. 뭐가 잘못됐나요?"

"아니오."

그는 찬장 선반에서 컵과 받침을 꺼내며 시선을 돌렸다.

"단지 당신이 아름답다고 생각했을 뿐이오."

그녀는 재미있다는 듯이 웃었다.

"난 예쁜 것과는 거리가 멀어요. 아마 당신이 오랫동안 외국에 나가 있어서 여자와 문명과 떨어진 생활을 해서 그렇게 느끼셨나 보죠. 당신 어디에 계셨어요? 사하라 사막에 있었나요? 제게 이웃에 사는 세레나 스파울딩을 소개시켜 달라고 하는 것을 잊지 마세요. 그녀는 정말 굉장한 미인이에요."

그녀는 커피 포트를 들고 그가 서 있는 곳을 향하여 걸어왔다.

"어쨌든 이 뚱뚱한 임산부를 그렇게까지 띄워 주시니 고

맘군요."

그녀는 뜨거운 김이 오르고 있는 까만 액체를 컵에 붓고
는 커피 포트를 내려놓았다.

"옷을 벗고 앉으세요."

그리고는 어깨를 으쓱이며 말했다.

"곧 돌아올 게요. 샘을 불러 와 식사 시간이라는 걸 알려
줘야겠어요."

"샘이 당신 말을 알아들을 수 있을 거라고 생각하진 않는
데."

"아니에요. 그는 보통은 잘 알아들어요."

그녀는 눈썹을 찡그린 채 말했다.

"왜 아직 날 보러 오지 않았는지 알 수 없군요. 곧 돌아올
게요."

그녀는 오 분도 채 되지 않아 다시 돌아왔다.

"이상하게 이름을 불렀는데도 오지 않아요."

엘리자베스는 걱정스럽게 자신을 바라보고 있는 그에게
천천히 걸어오면서 말했다.

"말썽꾸러기 같으니라구. 아마 또 토끼를 쫓으러 갔을 거
예요."

둥근 탁자 앞 그의 맞은편에 앉으면서 짐이라도 벗어 버
리려는 듯 어깨를 쭉 폈다.

"미안해요. 내가 요즘 너무 신경질적인 것 같아요. 그래서
애꿎은 앤드루한테만 그 화풀이를 하고 있다니까요. 그는 아
직 말대답을 하지 못하니까요."

“앤드루?”

“내 아들이에요. 뱃속의 아이 말이에요. 양수 진단을 한 의사한테 물어 봤어요. 그것은 유전적인 다른 문제들을 발견하는 검사예요.. 또 태어나지 않은 아이의 성별을 알 수 있는 검사죠.”

커피를 내려다보며 그녀는 집게 손가락으로 컵의 옆면을 부드럽게 문질렀다.

“마크가 죽은 후 난 내 몸을 공유하고 있는 존재에 대해서 더 많은 의미를 갖는 것이 필요했어요. 난 내 아이가 건강하다는 것을 알고 싶었고 그를 실제 인물이자 벗으로 생각하고 싶었어요.”

그와 시선을 맞추려고 눈을 들어 올렸다.

“이해하시겠어요?”

“물론이요.”

그는 다른 어떤 말도 덧붙이지 않았지만 그녀는 좀전과 달리 그의 말에서 알 수 없는 따스함을 느꼈다.

잠시 동안 그의 시선을 피하는 것이 불가능해 보였다. 목은 탔고 숨쉬기조차 힘들었다. 그녀는 컵을 집어 들고 손바닥으로 그것을 감싸 쥐었다.

“난 당신도 그러리라고 생각했어요. 놀랄 만한 것도 아니죠. 마크는 내가 여태까지 만난 사람 중에서 가장 이해심이 많은 사람이었어요. 그것은 가족들간에도 똑같을 거라고 생각해요.”

“마크와 난 전혀 다르오.”

그의 어조가 갑자기 무겁게 들려 왔다.

"그런 쓸데없는 비교는 하지 마시오. 우린 밤과 낮처럼 다르니까."

그의 입술이 일그러졌다.

"밖이 있으면 안이 있는 법이오."

그가 말한 것은 맞는 말이었다. 겉모습만 보아도 그와 마크는 닮은 점이 하나도 없었다. 존 산델은 키가 오 피드 팔 인치인 그녀보다 몇 인치 더 클 뿐이지만 마크는 육 피트는 족히 넘었다. 마크는 파란 눈동자에 빛나는 혈색이었고 여름 비처럼 온화한 미소를 가지고 있었다.

무엇 하나 나무랄 데 없는 외모를 가지고 있었으며 사람들이 거리에서 그를 보면 멈추어 서서 멍하니 그의 얼굴을 쳐다보곤 했다. 그녀 역시 처음 그를 보았을 때 매혹되었고 그가 계속 자신을 따라다니자 그것을 믿을 수가 없었다. 하지만 그의 사촌에게선 부드러운 점 같은 것은 전혀 찾아볼 수 없었다. 존 산델은 전체적으로 어둡고 또 강렬하며 날카로운 인상을 지니고 있었다.

그의 강인해 보이는 목이 그녀의 시선을 끌었고 곧 감색 셔츠 위까지 내려온 머리카락으로 시선이 옮겨졌다. 그 머리카락은 부드럽고 탄력 있어 보였다. 그녀는 마치 자신이 그의 머리카락을 만지기라도 한 듯 손바닥이 따끔거림을 느꼈다. 이 충격적인 느낌은 그녀의 시선을 그에게서 돌리게 만들었다. 무슨 일이 일어났었던 것인가?

잠시 동안이나마 그녀는 이전에 경험해 보았던 그 어떤

것보다도 강한 욕망을 느꼈다. 그녀는 아무것도 아니라고 스스로에게 말했다. 존 산델은 어떤 여인에게라도 욕망을 일으키게 하는 성적 매력을 발산하는 힘을 가진 듯했다. 그러나 그것은 아무 의미도 없는 것이다. 잠깐 동안 욕망을 일으킨 것보다 그녀는 마크에게서 느꼈던 감정과 같은 어떤 친밀감을 더 소중히 여겼다. 그리고 존에게서도 그런 비슷한 친밀감을 느꼈다.

"난 당신이 마크처럼 친절하다고 생각해요. 그렇지 않았다면 오늘 이와 같은 방문을 하지는 않았을 거예요. 난 당신에게 고마워하고 있어요, 산델 씨."

"존이라고 불러요. 난 당신을 오랫동안 생각하고 있었소."

그는 커피를 마시며 말했다.

"그리고 난 친절한 사람이 아니오. 난 내가 원해서 여기 온 거요."

그리고는 잠시 말을 멈췄다가 다시 말했다.

"그래야만 했기 때문이오."

그녀는 눈썹을 치켜 올리며 물었다.

"그래야만 했기 때문이라구요?"

그는 고개를 끄덕였다. 그리고는 싱크대 위의 유리창으로 시선을 옮겼다.

"집이 참 좋군요. 얼마나 된 집이오?"

"백팔십 년이 넘었어요. 나도 이 집이 무척 마음에 들어요."

그녀는 애정어린 듯한 눈길로 한눈에 넓은 방의 주위를

둘러보며 말했다.

"이 집은 한때 제분소였어요. 조상들이 이 집을 짓고 위층 두 개의 작은 방에서 살았었죠. 그러다가 작은 물레방앗간이 과거의 산물이 되자 집을 개조하고 확장시킨 거예요."

그리고는 커피잔을 입에 갖다 대었다.

"다행스럽게도 마크 역시 이 집을 좋아했어요. 만약 그가 다른 곳으로 이사하길 원했었다면 난 어떻게 했을까 하는 생각이 들어요."

"그렇소. 마크는 나에게도 이 집이 마음에 든다고 말했었소. 침대에 누워 개울의 물레방아 돌아가는 소리를 듣는 것이 매우 좋다고 말한 적이 있었소."

그의 시선이 그녀의 시선과 맞부딪쳤다.

"지금은 그 소리를 들을 수 없지만 말이오."

"지금은 꺼버렸어요. 잠시 전기로 가동했었는데 난 그것이 사치라는 생각이 들었어요. 지금 그 개울은 한가로운 실개천이 되었죠. 어쨌든 지금은 그 소리를 들을 수 없을 거예요. 이 돌벽들은 아주 두껍고 그 바퀴들은 집 반대편에 있거든요."

"당신 침실의 바깥 쪽에."

그건 질문하는 투가 아니었다. 그녀는 놀라 눈이 동그래졌다.

"마크가 당신에게 그렇게까지 자세하게 편지를 썼었던 모양이군요. 그가 그렇게 정확하게 묘사하는 데 귀찮아하지 않았나 싶어요."

"그는 그럴려고 하지 않았소. 내가 그렇게 하도록 한 것이
요. 난 모든 것을 알고 싶었소."
그의 시선이 그녀의 배를 스치고 지나갔다.
"모든 것을."
그는 그런 것을 의미하는 것은 아닐 것이다.
엘리자베스는 뺨이 발갛게 달아 오름을 느꼈으나 곧 자신
이 얼마나 바보 같은지를 깨달았다. 마크는 그들의 개인적인
관계에 대해서는 아주 친한 친구에게라 할지라도 그렇게 자
세한 것은 결코 이야기하지 않았을 것이다. 그녀는 커피를
한 모금 더 마셨다.
"이해할 수 있어요. 우린 항상 사랑하는 이와 가까운 사람
에 대해 알고 싶어하니까요. 저에 대해 또 어떤 얘기를 당신
께 했나요?"
"많은 이야기는 하지 않았소."
그는 그녀의 기분을 살피며 조심스럽게 말했다.
"그다지 많은 이야기는 아니었소."
"그랬었겠죠. 할 애기가 뭐가 있었겠어요."
그녀는 대수롭지 않게 받아넘겼다.
"마크가 내 삶 속으로 들어왔을 때, 난 도서관학 석사 학
위를 위해서 삼 년을 더 공부해야 하는 입장이었어요. 그리
고 난 개 한 마리와 같이 살고 있는 스물여덟 살의 독신 여
성이었지요. 그가 어느 날 내게 다가왔고 난 그에게 반해 버
렸어요."
"짐작할 수 있소."

　다시 한 번 그의 어조에서 가혹한 무엇인가가 있는 듯함을 느꼈다. 거북해 하는 듯한 그녀의 태도를 눈치채고는 그는 눈을 내리깔며 말했다.

"그와 행복했었소?"

"물론이죠."

그녀의 눈이 빛났다.

"그는 내가 만난 사람들 중에서 가장 친절하고 온화한 사람이었어요. 사고로 그가 죽기까지 겨우 여섯 달밖에 같이 살지 못했지만 여태껏 가장 행복한 시간들이었죠."

"당신은 많은 다른 남자와 그를 비교해 볼 수는 없었을 거요. 아버지를 돌보느라 거의 집에서 지내야만 했지 않았소?"

마크가 아버지 이야기도 했다는 것을 알았다.

"그때 역시 행복했었어요. 난 아버지를 사랑했고 그래서 돕고 싶었죠. 난 환경의 희생자는 아니었어요. 내가 내 삶을 스스로 그렇게 선택한 거예요. 또 내 선택을 한 번도 후회해 본 적도 없고요."

밝은 미소가 그녀의 얼굴에 떠올랐다.

"그리고 그때 내 삶 속에 마크가 들어왔고 지금은 아이도 생겼어요. 정말 멋진 일 아니에요? 우리에게 주어진 하나의 사랑이 사라지면 또 다른 사랑이 메워 주고……."

그녀의 진지한 표정을 보면서 그의 강인한 인상이 부드러워졌다.

"그렇소."

그가 조용히 동의했다.

이상하게 숨쉴 수 없는 기분이 다시 들면서 손이 떨렸다. 그녀는 컵을 조용히 내려놓았다.

"마크가 왜 당신에 대해 많은 것을 이야기해 주지 않았는지 모르겠군요. 난 그가 죽기 직전까지 당신이 존재한다는 것조차 몰랐으니까요. 그 정도로 그는 저에게 얘기를 해주지 않았어요."

"무슨 얘기를 했소?"

그녀는 마치 알고 있는 것을 세어 보려는 것처럼 두 개의 손가락을 들어 올렸다.

"당신이 외국에서 일한다는 것, 또 내가 마크를 믿었던 것처럼 당신을 믿을 수 있다는 것."

그녀는 세 번째 손가락을 꼽으며 말했다.

"당신이 보이는 것처럼 거칠지 않다는 것. 하지만 난 당신이 성공에 인생의 목적을 둔 사람 같다는 인상을 받았어요."

"아니오."

잠시 동안 존은 말을 하지 않았다.

"마크가 그렇게 좋게 얘기했다니 관대하군. 난 내가 그다지 관대했다고는 생각지 않는데."

그녀는 어리둥절해 하며 이마를 찡그렸다.

"관대라구요? 왜 그가……."

"신경 쓸 것 없어요."

존은 조바심이 난 듯 손을 흔들었다.

"지금 그건 중요치 않소. 마크가 말했듯이 당신이 지금 날 믿는 것이 가장 중요하오."

그가 숨을 한 번 크게 들이쉬고는 다시 말했다.

"난 사라낙 호수 근처의 산장에 집을 빌려 놓았소. 자, 지금부터 짐을 챙겨 나와 함께 당장 떠나도록 합시다. 오늘밤에."

2

"뭐라고요?"

엘리자베스는 눈을 동그랗게 뜨고 깜짝 놀라며 말했다.

"농담이시겠지요?"

존은 고개를 저었다.

"여긴 아무런 재미가 없지 않소? 그리고 만약 지금 나와 함께 가지 않으면 후회하게 될 거요."

존은 어깨를 움츠리며 앞으로 몸을 숙여 엘리자베스에게 바짝 다가왔다. 왠지 그는 긴장하여 떨고 있는 듯했다.

"같이 갑시다. 날 믿어요, 후회하진 않을 거요."

"어떻게 그럴 수 있죠?"

그녀는 기가 차다는 듯이 물었다.

"당신이 주의 깊게 보지 않았을지 모르겠지만 난 임신 구 개월째예요. 삼 주 후면 아기가 태어날 거라구요. 지금 난 산으로 여행 갈 형편이 아니에요. 올버니의 근교인 이곳은 병원까지 이십 분 정도밖에 안 걸려요."

"당신과 당신 아이에겐 아무 일도 없을 거요."

그의 목소리와 표정에는 자신감이 넘쳤다. 그녀는 그를 믿었다. 그가 자신의 안전을 지켜 주려고 최선을 다하리라는 것을 알 수 있었다. 그런 느낌이 너무 강해 그의 말을 순순히 따르고 싶은 충동까지 느꼈다. 오랫동안 그녀는 아무도 의지할 사람이 없었다.

"당신이 날 도와주려 한다는 것은 알아요."

엘리자베스도 그에게로 몸을 숙여 테이블 위에 놓인 그의 손을 감쌌다. 그의 몸은 완전히 굳어 있었다. 그는 누가 만지는 것을 싫어하는 사람일까? 만약 그렇다면 얼마나 안된 일인가? 그녀는 만지는 것을 좋아하는 사람이었다. 그런 것 없이 교제는 어렵다고 생각했다. 그녀는 그렇게 손을 그대로 두고 있었다.

"당신은 제가 이곳에서 혼자 사니까 가여운 생각이 드나 봐요. 상처 입기 쉬운 미망인이라고 생각하며 사랑했던 마크를 생각해서 날 도와주고 싶으신 거죠."

엘리자베스는 그의 눈을 쳐다보며 말했다.

"아마 당신은 장례식에 와서 날 도와주지 못해 죄책감을 느끼는지도 몰라요."

"당신은 그걸 모두 혼자 해냈소."

존은 자기 손을 잡고 있는 그녀의 손에서 시선을 떼지 않은 채 말했다.

"그렇게 느끼실 것까진 없어요. 마크 말이 맞군요. 당신은 보이는 것만큼 거칠지는 않아요."

그녀는 더욱 강하게 그의 손을 감쌌다.

"당신은 내가 보기보다 강한 사람이라는 것을 아셔야 해요. 또 약하지도 않고 혼자도 아니에요. 친구들도 있고 아이도 있어요. 난 괜찮아요."

"친구들은 이 마일이나 떨어진 곳에서 살고 있고 아이는 아직 태어나지도 않았소. 당신의 말은 전혀 설득력이 없소. 당신을 내 손 안에서 보호하는 것이 훨씬 좋은 생각일 거요."

그녀는 자신도 모르게 잡고 있던 손을 흘깃 쳐다보았다. 그의 손은 강해 보였다. 그리고 재능 있어 보였으며 확신이 있어서 어떤 일에도 전혀 머뭇거릴 것 같지 않았다. 그녀는 마지막으로 한 번 힘을 주어 쥐고는 손을 놓았다.

"난 그렇게 할 수 없어요. 난 나 자신을 스스로 돌봐야만 해요. 우린 모두 각자의 삶을 살아야 하니까요."

그녀는 얼굴을 찌푸리며 말했다.

"그리고 난 당신이 왜 이렇게 만삭의 사촌 부인을 위해 스스로 짐을 지려 하는지 알 수 없군요. 그것도 외국에서 돌아오자마자 말이에요. 이제 돌아왔으니 당신이 원하는 일을 하세요."

“아니오, 난 당신을 돌보는 것 말고 아무것도 할 일이 없
소.”
“그건 말도 안 되는 얘기예요. 잊어버리세요.”
“난 그럴 수 없소.”
그가 눈을 치켜 뜨자 그녀는 그의 어둡게 빛나는 눈빛에
움찔했다.
“당신은 도대체 무얼 말하고 있는지도 모르기 때문이오.
난 죄책감 같은 건 느끼지 않소. 내가 당신을 안전하게 돌보
려는 것은 가족의 의무 때문도 아니오. 그건 단순히 그래야
만 하는 일이오. 당신은 지금 위험에 처해 있단 말이오, 제
기랄.”
“위험이라니요?”
엘리자베스는 믿을 수 없다는 듯 그를 바라보았다.
“내가 무슨 위험에 처해 있는 건가요?”
“오, 내가 또 당신을 놀라게 했나 보군.”
그는 자신을 책망하는 것 같았다.
“그렇게 갑자기 얘기할 생각은 아니었는데……. 당신에게
충격을 주어 난산이라도 하게 될까 걱정이오.”
“난 그렇게까지 약하진 않아요.”
그녀는 차갑게 말했다.
“당신이 아무리 날 놀라게 했더라도 말이에요.”
그러나 무서움을 느낀 그녀는 그의 말이 심각하다는 것을
깨달았다.
“왜 그렇게 해야…….”

"설명하기가 약간 복잡하오. 마크는 정부가 조사하고 있는 단체에 속해 있었소. 정부는 당신도 그 단체에 속해 있고 그렇지 않다면 적어도 그들에 관한 것을 알고 있다고 생각하고 있소."

엘리자베스는 충격과 놀라움으로 어안이 벙벙해졌다.

"마크가 그런 조직에 관련되어 있었단 말인가요? 말도 안돼요. 그는 그런 단체 같은 것을 지지조차 하지 않았을 거예요."

그는 곤란한 듯 아무 말도 하지 않았다.

"그러나 그는 혐의가 있는 단체에 속해 있었소. 국가 정보부는 혐의가 풀릴 때까지 인내심 있게 기다리지 못하는 성질이 있소. NIB는 행동을 개시할 때 다소 잔인하게 행동하기 쉽소."

"당신은 NIB가 마크를 죽였는지 모른다는 거예요?"

"아니오."

존은 짧게 말했다.

"그건 순전히 단순한 사고였소. NIB는 최근까지는 그렇게 조사를 활발히 하지 않았소."

"난 아무것도 이해할 수 없군요."

엘리자베스는 그 생각을 떨쳐 버리려는 듯 머리를 흔들었다.

"마크는 정치 따위엔 관심조차 없었어요. 그는 안식년을 맞은 영문학 교수였어요. 그건 도무지 이해가 가지 않는 말이군요."

“당신 나를 믿소?”

존이 나지막한 목소리로 물었다.

그렇다. 그녀는 자신이 그를 믿고 있다고 생각했다. 그리고 그 생각은 그가 했던 다른 어떤 말보다 더 이해할 수 없는 것이었다. 그녀를 바라보는 그의 시선은 진지해 보였다.

“확실한 이야기인가요?”

“그렇소.”

그녀는 잠시 아무 말이 없었다. 이성을 찾으려고 노력하는 듯했다.

“그렇다면 당신을 믿죠. 그런데 그게 내가 위험에 처하게 될 거라는 말과는 무슨 관련이 있죠? 난 마크의 정치적인 일에 대해 아는 바가 없다는 것을 증명할 수 있어요.”

그는 머리를 가로저었다.

“바르도는 광신자요. 그는 때만 기다리고 있었소. 하지만 지금은 행동을 개시할 준비가 되어 있지.”

“바르도라구요?”

“NIB의 카를 바르도요.”

“당신은 매우 잘 알고 있군요.”

그녀의 말투 속에는 그를 경계하는 빛이 역력했다.

“난 당신도 마크가 속했던 조직에 같이 속해 있었다고 생각되는군요.”

“그렇소.”

예상했던 대답이었다.

“오, 난 당신이 그렇게 대답할까 봐 두려웠어요.”

"왜 두려운 거요?"

존이 얼굴을 찡그렸다.

"난 어떤 나쁜 일도 일어나지 않게 할 거요. 특별히 당신에게…… 당신이 지금 할 수 있는 일은 나와 함께 가는 거고 난 당신을 보살필 거요."

"난 그럴 수 없어요. 여긴 내 집이고 난 당신을 잘 알지도 못해요."

그녀는 혼란스러운 듯 손가락으로 머리를 쓸어 내리며 말했다.

"당신은 단지 그 이유로 여기 와서 나에게 소중하고 친숙했던 모든 것들을 떠나야 한다고 하시는군요."

"마크가 나를 믿으라고 하지 않았소."

"내 아기와 함껜 아니에요."

그녀의 목소리는 격앙된 듯했다.

희미한 미소가 그의 입가에 비쳤다.

"만약 아이가 없었다면 날 믿었을 거라는 뜻이요?"

"그럴 거라 생각해요."

그녀는 입장이 곤란한 듯 보였다.

"오! 난 잘 모르겠어요. 난 당신을 믿지만 이것은 너무도 어처구니없는 일이에요. 만약 내가 아무런 죄가 없다면 어떤 위험 또한 없을 거예요. 여긴 미국이니까요."

"나와 함께 갈 수 없단 말이오?"

그녀는 머리를 가로저었다.

"당신이 잘못 알았을 거예요. 전 이 일에 대해 전혀 모르니까 괜찮을 거예요.”
　“그럴 가능성도 있소.”
　잔을 내려놓고 의자를 밀면서 존은 일어섰다.
　“당신은 배도 고프고 지쳐 있소. 난 지금 떠나야겠소. 당
신이 식사와 휴식을 취할 수 있도록 말이오.”
　“떠난다구요?”
　엘리자베스는 왜 자신이 갑자기 공포감을 느끼는지 알 수
없었다.
　“내가 할 말은 다 했소.”
　그는 어깨를 으쓱하며 일어섰다.
　“가기 전에 당신은 내게 약속을 하나 해야겠소.”
　“약속이라구요.”
　“바르도가 어떤 구실을 대어서 당신을 이 집 밖으로 데리
고 나가려고 해도 그러지 않겠다고 약속해요. 그와 산책을
한다든가 그의 차에 타서는 안 돼요.”
　그녀는 소름이 돋는 것을 느꼈다. 미소는 짓고 있었지만
떨고 있었다.
　“어려울 것도 없죠. 난 그 남자를 만나지조차 않을 거예
요.”
　“약속한 거요?”
　“네, 약속했어요.”
　“당신은 커다란 눈을 가진 어린 소녀 같소.”
　존이 부드럽게 말했다.
　“걱정 말아요. 당신은 일을 어렵게 만들고 있지만 아무 일

도 없을 거요. 그렇게 하기 위해서 내가 여기 온 거요.”

그녀는 이상하게도 갑자기 안도감을 느꼈다.

“당신 올버니에 계실 건가요?”

그는 고개를 저었다.

“이 근처에 있을 거요.”

코트의 단추를 채우며 말했다.

“내가 알아서 가겠소. 그러니 나오지 말아요. 밖은 너무 추워요. 일기예보에서 그러는데 내일 밤에 눈이 온다고 하오. 그거 참 흥미로운 일 아니겠소?”

눈이 흥미롭다고? 이 얼마나 뜻밖의 말인가.

“당신은 뉴욕 출신이 아닌 게 확실하군요. 그렇다면 십일월의 눈보라가 흥미롭다고 할 만하죠.”

그녀의 얼굴에는 뭔가 아쉬운 듯한 표정이 역력했다.

“난 눈을 보게 되어 유감이에요. 난 사실 여름을 좋아하거든요. 사 월부터 구 월까지는 대부분의 시간을 집 밖에서 보내죠.”

그녀는 갑자기 얼굴을 찡그렸다.

“당신도 짐작할 수 있었을 거예요. 그래서 난 주근깨투성이가 되었죠.”

“그랬었군.”

그는 문 쪽으로 걸어갔다.

“잘 있으시오, 베스. 조만간 또 만나게 될 거요.”

“베스라구요?”

그녀는 눈썹을 치켜 올리며 말했다.

“내 이름은 엘리자베스예요. 아무도 날 베스라고 부르진
않았어요.”

“마크조차도?”

“그래요.”

그는 만족한 듯한 표정을 지으며 말했다.

“잘 있어요, 베스.”

대답을 듣기도 전에 그는 부엌을 나가 버렸다. 그리고 잠
시 후, 엘리자베스는 현관문이 닫히는 소리를 들었다.

그녀는 뭔가 자존심이 상하고 불안정한 감정의 혼동 속에
한동안 그 자리에 서 있었다.

존 산델이 머물렀던 한 시간도 채 안 되는 시간 동안에
자신이 완전히 혼동 속에 빠져 있었음을 느꼈다. 심장이 쿵
쿵 뛰었고 피부는 마치 핀란드식 사우나에 들어갔다 나온
것처럼 따끔거리는 듯했다.

두려움. 그렇다, 두려움과 뭔지 모를 긴장감이 그녀를 혼
돈스럽게 하였다. 갑자기 어떤 물리적인 충격에 의해 그 혼
동 속에서 빠져 나올 수 있었다. 뱃속의 앤드루가 강하고 정
확하게 그녀를 찼던 것이다.

그녀는 자신의 배에 손을 댔다.

“그래 그래, 알았어. 좋은 것만 생각하고 맛있게 저녁을
먹어야지, 그렇지?”

그녀는 활기차게 돌아서서 냄비가 보글보글 끓고 있는 조
리대 앞으로 다가갔다.

사실 그녀는 희망 내지는 좋은 생각이 나지 않았다. 그러

나 스튜 한 접시와 커피 반 잔을 마시고 나서는 기분이 좋아졌다. 싱크대에 수돗물을 틀어 놓고 엘리자베스는 창밖을 바라보며 설거지할 준비가 되기를 기다렸다. 창밖은 완전히 어두워져서 좁게 흐르고 있는 강줄기나 풀밭 너머의 나무들이 더이상 보이지 않았다.

"가서 담요를 가져 와요. 눕힐 수 있도록……."

그녀는 놀라서 짧게 비명을 질렀다. 현기증이 났다. 존 산델이 주방의 문 앞에 서 있었다. 그의 팔에는 황갈색 털의 무엇인가와 피가 보였다.

"샘?"

그녀는 거의 아무 말도 할 수 없었다.

"오, 안 돼!"

"크게 다치진 않았소. 상처를 씻어 준 뒤에 내일 수의사에게 데려가 주사를 맞히면 괜찮을 거요. 담요를 가져다 줘요."

"뭐라구요?"

얼이 빠진 그녀는 속삭이는 듯한 목소리로 말했다. 아직 그녀의 시선은 샘에게 고정되어 있었다.

"오, 알았어요. 바로 가져 올 게요."

놀라서 방과 욕실 벽장을 왔다갔다하며 선반 위에 있는 첫번째 담요를 꺼내어 가져 왔다. 순식간에 주방으로 돌아와 담요를 둘로 접어 바닥에 펼쳤다.

"많이 다치진 않은 게 확실한가요?"

그녀가 걱정스럽게 물었다.

"멀지 않은 곳에 가축 병원이 있어요. 단지……."

“괜찮을 거요.”

존은 무릎을 꿇고 담요 위에 개를 조심스럽게 내려놓았다. 그리고 샘의 다리를 가지런히 놓으며 편하게 자리를 잡도록 자세를 잡아 주었다. 그의 커다란 손은 부드러워 보였다. 그 동물은 낑낑거리며 우는 소리를 냈고 존은 즉시 개의 긴 코를 쓰다듬어 주었다.

“괜찮아, 넌 지금 집에 돌아왔어.”

엘리자베스는 눈가에 뜨거운 눈물이 솟아났다.

“무슨 일이 있었던 거죠?”

존은 샘의 앞발에서부터 등줄기까지 곧게 뻗어 나 있는 끔찍한 빨간 상처를 가리켰다.

“총을 맞았소. 다행히 스치고 지나갔는데 잠시 동안은 토끼를 쫓으러 나가고 싶어하지 않을 거요.”

엘리자베스는 여전히 흥분되어 얼굴이 붉어져 있었다.

“사냥꾼?”

그녀는 혀로 마른 입술에 침을 발랐다.

“샘을 사슴으로 잘못 본 사냥꾼이 틀림없을 거예요.”

“아마도.”

그는 샘을 마지막으로 쓰다듬어 주며 다리를 펴고 일어섰다.

“내가 여기에 있어 주길 원하오? 아니면 당신 혼자 있을 수 있겠소?”

“나 혼자 있을 수 있어요. 어디에서 찾았나요? 길에서요?”

“숲속에서요.”

그녀는 놀라 돌아서서 그의 얼굴을 쳐다보았다.

"숲속에서 무얼 하고 있었죠?"

"당신의 개를 찾고 있었소. 당신이 다시 샘이 생각나자마자 곧 혼자 찾으러 나갈 거라고 생각했소. 어둠 속에서 당신이 샘을 찾으러 돌아다니다 넘어지는 걸 원치 않았소."

그의 눈은 그녀의 시선과 마주쳤다.

"내가 잘못한 거요?"

"아니에요."

엘리자베스는 작은 목소리로 속삭였다.

"고마워요, 존."

그는 부드럽게 미소지었다.

"용감한 개요. 나도 당신의 샘이 마음에 드오, 베스."

그는 돌아서 나가며 말했다.

"잘 돌보시오."

"그럴 게요."

무릎을 꿇고 앉아 비누와 물로 상처를 깨끗이 닦아 주고 있을 때 현관문이 닫히는 소리가 들렸다. 존의 말이 맞았다. 상처는 그렇게 깊지 않았다. 하지만 가엾은 샘에게는 심한 고통을 주는 것이었다. 그러나 그 개는 묵묵히 참으며 엘리자베스가 상처에 항생제 크림을 바르자 간혹 신음 소리를 낼 뿐이었다.

"자, 착하지. 오, 그래."

그녀는 작은 소리로 중얼거렸다.

"그는 널 좋아해. 너 그걸 아니? 그래서 난 가족의 연대를 위해 그를 신임하는 것이 낫겠지. 그 외에는 그는 아직 미스 테리야. 우리는 좀더 기다려 보는 수밖에 없어.”

　그날 밤은 매우 추워서 존은 숨을 쉴 때마다 하얀 입김이 공기 속에 피어 오르는 것을 볼 수 있었다. 그는 차문을 열고 운전석에 앉아서 문을 닫았다. 그리고는 창가에 빛나는 불빛을 바라보며 잠시 앉아 있었다. 엘리자베스는 난롯가에 있었다. 아픈 기억들이 줄지어 그의 마음속으로 들어와 반응을 일으켰다. 마침내 그는 시선을 돌리고는 계기판 아래의 휴대폰을 집어 들었다. 거녀 닐슨이 두 번째 신호가 떨어지자 받았다.
　“여보세요?”
　“만났어.”
　“그리고?”
　“그녀는 집을 떠날 것을 거절했어.”
　“충분히 예상했던 바였잖아. 널 믿도록 설득하기가 쉽지 않을 거라고 내가 말했었잖아.”
　“그래도 일단 시도는 해 보았어.”
　그의 목소리에서 피곤함이 느껴졌다.
　“그녀는 아이를 가지고 있고…… 제기랄, 난 일이 쉽게 되기를 바랐는데.”
　“알고 있어, 존.”
　“그곳은 어때?”
　“집은 안락하고 위치도 네가 원하던 곳이야.”

"너의 흔적은 잘 감추었겠지."

거너는 킬킬거리며 웃었다.

"잘 감추었을 뿐만 아니라 완전히 파묻었어. 그 집을 소개해 준 부동산에겐 그 산장은 월 스트리트의 거물이 스키 초보자인 그의 애인을 위해 빌린 걸로 되어 있지. 내일 눈이 올 거라는 예보 들었어? 난 지금 그걸 기다리고 있는 중이야. 마을에 있는 스포츠 상점에서 스키 세트를 샀거든."

"잘 했어."

존이 비꼬는 듯 말했다.

"이제 해야 할 일은 슬로프에서 네가 다리를 부러뜨리는 일 뿐이야."

"모래 스키와 많이 다르진 않겠지."

거너는 항의하듯 말했다.

"조심해야 해."

거너는 잠시 아무 말도 하지 않았다.

"그녀는 네가 예상했던 대로야?"

존은 머리 속으로 그 질문을 생각해 보았다. 그녀의 마지막 모습이 선명하게 떠올랐다. 그녀는 주방에 서 있었고 그녀의 몸은 임신한 아이를 지탱하고 있기엔 너무 약해 보였다.

그녀의 곧게 뻗은 갈색머리는 난롯가에서 빛나고 있었고 파란 셔츠의 소매는 강하고 곧은 팔이 보이게 접혀 올려져 있었다. 그녀는 자신이 예쁘지 않다고 말했는데 고전적인 기준에 의해선 아름답지 않을지도 모른다.

하지만 그녀의 약간 들려진 코와 그 위에 퍼져 있는 갈색 주근깨는 비록 관습적으로 보면 매력적이지 않은 것일지라 해도 그에게는 사랑스럽게 보였다. 그 주근깨는 그녀가 사랑 했던 여름의 흔적이었다.

그녀는 어느 누구라도 사귀어 보고 싶어하고 애정을 주고 픈 그런 여자였다. 그래서 그녀가 기억하고 또 미소짓게 만 들도록 말이다.

오, 신이여.

그는 그녀의 미소를 사랑했다. 그는 그걸 예상했어야만 했 다. 그녀가 얼마나 따뜻하고 사랑스러운지를…….

그는 입을 떡 벌리고 정신없이 바라보는 소년처럼 그녀를 응시하고 있었다. 그리고 그녀의 미소의 근원을 손가락으로 찾아보고 싶은 충동을 억제하려고 재빨리 시선을 돌렸었다. 마크는 아마도 행동으로 옮겼을 테지. 그는 그녀의 남편이었 으니까.

존은 그 생각에 격분하며 동요되었다. 마크는 그녀의 가슴 을 만지고 머리를 쓰다듬었을 것이다. 또 그의 몸을 그녀 속 으로……. 존은 깊게 숨을 내쉬며 그 생각들을 지우려 했다.

그는 마크와 엘리자베스를 함께 생각해서는 안 되었다. 그 런 상상들은 잊어야 했다. 그녀를 자신의 것으로만 독점하려 는 생각을 자제해야 했다. 마크는 그녀의 과거에 중요한 부 분이었다. 이제 엘리자베스는 그의 것이었다. 그녀는 아직 그것을 모르지만 곧 알게 될 것이다.

엘리자베스의 따스함과 부드러운 유머도 모두 그에게 속

하게 될 것이다.

"존?"

그는 그런 생각들을 재빨리 접어 두고 느슨하게 잡고 있던 휴대폰의 수화기를 다시 힘을 주어 쥐었다. 그리고 대답했다.

"그 이상이야. 그녀는 내가 생각했던 것보다 훨씬 더 괜찮아."

"그거 잘 됐군."

거너의 목소리는 부드러웠다.

"나도 기쁜걸. 그런데 여기엔 언제 도착할 거야?"

"내일 밤. 바르도의 참을성이 다 떨어진 거 같아. 그는 그녀에게 직접 다가가 정보를 얻으려고 할지도 몰라. 만약 그녀석이 재치 있게 행동한다면 아마도 그녀를 위협해 우리 쪽으로 뛰어들게 만들 거야."

"존, 그러나 네 예상이 틀렸다면 어떻게 될까? 그가 그녀를 데리고 농장으로 간다면?"

"난 우리가 걱정할 필요는 없다고 생각해. 바르도의 상관은 이미 그를 의심하고 있어. 그는 행동하기 전에 상관에게 보여 줄 수 있는 직접적인 증거를 원할 거야."

갑자기 거너의 목소리가 거칠어졌다.

"만약 존, 네가 틀렸다면 우리의 비폭력에 대한 위원회의 시시한 금기 같은 건 잊어버려. 난 바르도가 임신까지 한 그녀를 데려가게 할 수는 없어."

"만약 전술을 바꾸는 것이 필요하다고 생각되면 너에게

제일 먼저 말해 주지."

존의 시선은 다시 그 집으로 향했다.

"그렇게 해. 난 지금처럼 이렇게 기다리는 게임을 좋아한다고 할 수 없으니까. 난 행동 개시를 할 수 있어."

"마치 넌 대단한 말썽이라도 일으킬 것처럼 말하는구나."

존이 냉담하게 말했다.

"그래? 어쨌든 네가 말썽을 일으키는 것은 여태까지 본 적이 없었어."

"넌 항상 과거에서 무언가 쓸 만한 것을 발견하는 재주가 있지."

존의 대꾸에 거녀가 점잔을 빼며 말했다.

"내 기억이 맞다면 넌 내 목숨을 구한 은인이야. 사이드 아바바에서 그 경비원들이 내 몸을 박살내려 했을 때 말야."

그리고 잠시 아무 말도 하지 않았다가 다시 말했다.

"조심해, 존. 공격적으로 나가야 하면 깨끗이 끝내."

존은 거녀가 자신에게 이 계획이 잘못될까 봐 경고하는 것을 듣고 있을 수 없었다.

"처음 하는 일도 아니야. 또 그런 바보도 아니고 말야. 내일 보자."

그는 수화기를 내려놓고 차에 시동을 걸어 그 길을 빠져나왔다. 숲을 돌아 얼마 되지 않는 거리에 차를 세우고 그 집이 잘 보이는 곳에 자리를 잡았다.

그는 시동을 끄고 전등도 껐다. 그리고는 뒤로 기대 앉았다. 추운 밤이었다. 엘리자베스와 그녀의 아이를 기다리며 보낸 시간보다 훨씬 더 추웠다.

그는 코트의 깃을 세우고 의식 속에서 추위를 떨쳐 내려고 잠시 동안 집중했다. 비록 차 안에 있었지만 그는 하얗게 입김이 나오는 것을 볼 수 있었다.

그는 바르도의 행동에 대한 자신의 추측이 틀렸을 경우에 대비해서 다음의 행동을 계획해야 했다. 긴 밤 동안 생각할 것이 있다는 것이 다행스럽게 느껴졌다.

그 생각이 난롯가에 있던 그녀의 영상이 떠오르는 마음을 분산시킬 수 있을 것이다. 신만이 아실 것이다. 그에게 마음의 분산이 필요하다는 것을.

3

"램지 부인, 난 카를 바르도라고 하오. 국가 정보부에서 나왔소. 당신에게 할 말이 있소."

몸집이 큰 남자가 계단 위에 서서 그녀를 호전적으로 쳐다보고 있었다. 그는 지갑에서 그의 신분증을 흔들어 보이며 말했다.

"안으로 들어가도 되겠소?"

바르도였다. 그녀는 두려움이 느껴졌다. 존 산델이 잘못 알았을 것이라고, 또 바르도를 만나게 되지 않을 거라고 스스로 생각하고 있었다.

그러나 그가 지금 여기에 왔다는 사실만으로는 자신에게

위협적이라고 생각할 이유가 없다고 자신을 안심시켰다. 그녀는 옆으로 비켜 서며 말했다.

"들어오세요, 바르도 씨."

엘리자베스는 돌아서서 앞에 난 아치문을 통해 거실 쪽으로 안내했다.

"지금 막 커피를 만들어 놓았어요. 한 잔 드실래요?"

그는 머리를 저었다.

"이건 사교적인 방문이 아니오. 난 당신에게 몇 가지 물어볼 말이 있소."

그는 그녀를 혐오스러운 듯 냉담하게 바라보았다.

"당신이 어떻게 내 질문에 대답하느냐에 따라 당신을 구속할지 어쩔지 결정할 거요."

"날 체포한다구요?"

그녀는 아직 심각해지지는 않았다.

"그런 불합리한 말이 어딨죠? 난 나쁜 짓도 하지 않았는데."

"아직은 그럴지 모르지. 그리고 난 당신을 구속한다고 했지 체포한다고 하지는 않았소. 때때로 국가의 안전이 위험에 빠지기 전에 그런 염려의 근원을 없애는 것이 필요하오."

마치 지금의 이 상황은 B등급 영화의 한 장면 같다고 생각했다. 바르도의 흐릿한 파란 눈동자와 가는 회색 머리, 두터운 이중턱은 악당의 역할을 맡기에 충분해 보였다.

"난 당신이 무슨 말을 하는지 모르겠어요."

엘리자베스는 그와 시선을 마주 대하며 침착하게 말했다.

"난 미국 시민으로서 권리가 있어요. 확실한 근거 없이는 당신은 내게 손댈 수 없어요. 그게 법이에요, 바르도 씨."

"내가 그럴 수 없다고 생각하오?"

바르도는 불쾌한 듯 입을 비틀었다.

"당신은 현실을 잘 모르시는군, 램지 부인."

그는 방을 한눈에 힐끗 돌아보며 말했다.

"꽤 괜찮군. 이 모든 십팔 세기 골동품들은 값어치가 꽤 나가겠는데."

"여긴 내 집이에요. 난 내 소유품의 어느 것에도 가격을 매겨 볼 생각조차 해 본 적이 없어요."

"그렇군, 나도 그리리라 생각하오. 돈에 대해선 걱정할 필요가 없었을 테니까. 당신 아버지가 돌아가시자 보험 회사에서 꽤 많은 돈이 당신에게 나왔지, 그렇지 않소?"

그는 대답을 기다리지도 않았다.

"돈에 관한 한 당신 남편도 당신이 편안히 살 수 있도록 비축해 두었을 거라 생각하는데. 돈은 굉장히 많은 편리함을 줄 수 있으니까."

"내 남편은 아무것도 남겨 주지 않았어요. 그는 미시간 대학의 영문학 교수였을 뿐이라구요."

그녀의 목소리에서 분노하고 있음을 알 수 있었다.

엘리자베스는 그의 질문에 빨리 대답하고 그를 여기서 내쫓는 것이 최선이라고 생각했으나 그것이 점점 더 어려워지는 것 같았다.

"선생님들이 그다지 많은 돈을 벌 수 없다는 건 당신도 알고 있지 않나요?”

“미시간 대학에선 마크 램지란 이름조차 들어 본 적이 없
소.”

바르도가 비웃듯이 말했다.

“누군가 혹시 조사해 볼 경우를 생각해 컴퓨터에다 그의
거짓 신상을 입력해 놓았긴 했소. 그러나 현장 조사에서 그
가 대학 캠퍼스에 발 그림자도 보이지 않았었다는 것이 밝
혀졌소.”

그의 차가운 시선이 엘리자베스의 얼굴을 탐색하는 듯했
다.

“충격받은 것처럼 보이는군. 당신은 바로 그 남자와 결혼
했던 거요. 당신 또한 그의 은밀한 비밀들에 관여됐을 거라
생각하는데.”

“아니에요.”

그녀는 머리를 강하게 흔들었다. 토할 것만 같았다. 마크
가 거짓말을 했던 것이다. 왜?

마크는 그의 과거가 그를 사랑하는 그녀에게 아무런 문제
가 될 만한 것이 없다고 생각했음에 틀림없다. 그것이 핑계
에 불과할지 모르지만 합리적인 이유이다. 어쨌든 마크는 나
쁜 짓을 하진 않았을 것이다.

“당신은 훌륭한 배우군. 램지는 정말 선택을 잘 했소.”

바르도는 잠시 아무 말 없다가 다시 날카롭게 물었다.

“오늘 어디에 갔었소? 내가 아까 들렀을 때 당신은 집에
없었소. 금요일에는 수업이 없는 걸로 아는데.”

“어떻게 그걸……”

그녀는 말을 잇지 못했다. 물론 그는 알고 있었을 것이다. 만약 그가 마크가 대학에서 가르치지 않았다는 것을 알아낼 만큼 조사했다면 자신에 대한 조사도 했을 것이다.

“내 개를 수의사에게 데려갔었어요.”

“당신의 개를?”

놀란 듯한 표정이었다. 그녀는 멍하니 고개를 끄덕였다.

“어리석은 일이에요. 난 그 어떤 음모도 몰라요. 마크는 물론이구요.”

“당신은 우리를 속일 생각을 하고 있군. 당신은 바보 같은 나의 상관들은 속일 수 있었소. 그들은 내가 사이드 아바바로부터 온 정보를 믿는다고 미쳤다고 생각하지.”

그의 파란 눈동자는 격렬한 그 무엇으로 불타고 있었다.

“그러나 나는 속일 수 없소. 난 당신이 어떠한 사람인지 알고 있고 당신에게 일어날 일을 막을 것이오.”

그녀는 못 믿겠다는 듯 그를 쳐다보았다.

“당신의 상관들이 옳아요. 당신은 미쳤어요. 막을 만한 것은 절대 없어요. 마크가 그의 배경에 대해 거짓말을 했을 수도 있겠지만 그는 어떤 나쁜 일도 저지르지 않았을 거예요.”

그녀의 목소리는 떨려 나왔다. 그러지 않으려고 노력했지만 어쩔 수가 없었다.

“당신은 이해를 못하는군. 마크는 매우 특별하오.”

그의 웃음 소리는 개가 짖어대는 소리보다 더욱 불쾌한 것이었다.

“매우 놀랍군. 당신의 남편이 얼마나 특별한지 난 알고 있소. 그의 여러 가지 특이한 점을 증명할 서류도 가지고 있소.”

그녀는 어리둥절해서 머리를 흔들었다.

“난 이해할 수가 없어요.”

“당신은 잘 이해하고 있소. 당신은 아무것도 모르는 것처럼 연극을 해 날 짜증나게 만들어 그걸 피하려 할 만큼 영리하오. 난 오래 기다려서 이젠 거의 참을성이 없어졌소. 당신이 협조해 주지 않는다면 당신을 데려가 심문하는 것이 낫겠소. 짐을 챙기시오.”

이십사 시간 동안에 짐을 챙기라는 얘기를 두 번째 듣는다고 그녀는 생각했다. 이번은 초대라고 할 수 없는 것이었다.

“당신은 날 한참 동안 붙잡아 둘 작정인가 보죠?”

산델은 그와 함께 가서는 안 된다고 말했었다. 그녀는 제대로 생각할 수 없었다. 정부에서 나온 사람이 아무 죄도 없는 그녀를 위협하지는 않을 것이다. 그녀는 정당한 권리를 가진 미국 시민이었다. 그러나 그녀는 이야기를 들었다…….

그녀는 본능적으로 배로 손이 갔다.

“안 돼요. 난 당신과 갈 수 없어요. 아기가 곧 태어날 거고 이런 미친 일로 아기를 위험에 빠뜨릴 순 없어요. 이 나라에는 시민을 보호하는 법이 있다구요.”

“그 어떤 것이라도 전쟁 시엔 효력이 정지될 수 있소.”

“우린 지금 전쟁중이 아니잖아요.”

자신의 말이 그 남자에게 어떤 반응도 일으키지 못했다는 것을 알 수 있었다. 그는 어떤 감정을 가지고 그녀를 쳐다보는 것 같았다.

그 감정은 증오라고는 할 수 없었다. 그러나 그것이 증오는 아닐지라도 그녀에게 공포를 느끼게 하기엔 충분한 것이었다. 증오는 폭력을 이끄는 것이고 지금 자기 아들이 폭력에 노출되는 위험을 맞게 할 수는 없었다.

자신과 자신의 아들은 지금 너무 상처 입기 쉬운 상황에 있었다.

"이만 가 주셨으면 좋겠어요."

"난 당신을 데리고 갈 수도 있소."

"그렇게 하실 수 있겠죠."

엘리자베스는 그의 시선을 피하지 않고 말했다.

"그러나 난 당신과 싸울 거예요. 주방에 날 보호해 줄 개가 있다는 걸 당신도 알 거라고 생각하는데요. 매우 큰 개죠."

흘깃 주위를 살펴보는 바르도의 얼굴에는 불안한 기색이 엿보였다. 그는 문 쪽으로 갔다.

"다시 또 오겠소. 내가 당신이라면 이 지역을 떠나지 않겠소. 우리가 모든 길들을 감시하고 있다는 걸 당신도 알게 될 거요."

회색 세단차. 그녀는 온몸이 떨리는 것을 감춰 보려고 팔짱을 꼈다.

"남을 괴롭히는 일은 불법이 아닌가요? 변호사에게 전화를 걸겠어요."

그는 악의에 찬 시선으로 그녀를 바라보았다.

"당신은 계략을 꾸미고 있소. 난 당신이 그렇게 쉽게 남편의 자동차 사고 직후 시체 해부 허가에 서명하는 것을 보고 놀랐소. 당신은 작은 마을의 검시관이 믿을 만하다고 생각했소? 그는 당신이 그를 신용한 것 이상으로 빈틈없는 사람이었소."

엘리자베스는 자신의 얼굴 위로 피가 솟는 듯한 느낌을 받았다.

"날 살인자로 고발하고 있는 거예요?"

"당신은 내가 무엇 때문에 당신을 고발하는지 알잖소. 그를 화장한 것은 영리했소."

"영리하다고요? 그는 자신의 몸을 화장시켜 달라는 편지를 남겼어요. 난 그의 바람을 따랐을 뿐이에요."

"매우 간단하고 쉽군."

바르도는 비꼬는 듯한 미소를 지으며 말했다.

"잘 있으시오, 램지 부인. 내가 당신이라면 짐을 꾸려 놓겠소. 내가 다시 왔을 땐 내 부하들은 당신이 무슨 옷을 입을지 고를 수 있는 여유 같은 건 주지 않을 거요."

몇 초 후에 현관문이 닫히는 소리가 들렸다. 엘리자베스는 트럭에 치인 듯이 무감각하게 움직이지 않고 서 있었다.

바르도는 자신이 말한 모든 것을 이미 계획하고 있다. 그의 악의는 실수라고 하기엔 너무도 명확했다. 왜?

샘이 계속 낑낑거리며 짖어대고 주방문 쪽을 향해 뛰어오르고 있었다. 엘리자베스는 멍하니 거실에서 카펫이 깔린 복도를 따라 부엌 쪽으로 갔다.

어떻게 해야 할까? 바르도의 손에 자신을 맡길 수는 없었다. 그녀는 국가 정보부와 법을 시행하는 부처의 관리는 서로 손을 잡고 있는 한편이라는 것에 대해 많은 이야기를 들은 바 있었고 보호를 위해 지방 경찰을 믿어야 한다고 알고 있었다.

그녀가 가까이 갈수록 샘의 짖어대는 소리는 거의 미친 듯 거칠어졌고 사나워졌다. 자신의 몸을 던져 주방문을 부숴 버리려고 하는 듯이 보였다. 그녀는 문을 열었다.

"샘, 다칠려고 이러니? 그만해."

그 개는 그녀를 쓰러뜨릴 듯 밀치고 입구 쪽을 향해 자신을 내던지듯 달려갔다. 그리고는 닫혀 있는 현관문을 부숴 버릴 듯 뛰어오르고 사납게 으르렁댔다.

"샘, 샘, 왜 그래?"

갑자기 그 개가 왜 그렇게 행동하는지 그녀에게 명확히 느껴졌다. 자신이 샘을 수의사에게 데려갔었다는 말을 하자 그의 놀란 듯한 표정이 생각났던 것이다.

그는 자신이 어제 샘을 죽였다고 생각했었기 때문에 놀랐던 것이다.

"오, 그럴 수가."

엘리자베스는 계단 위에 털썩 주저앉았다. 속이 거북했다. 물끄러미 개를 바라보았다. 아직도 그 개는 자신을 숲속에서 죽이려 했던 그 남자를 따라잡으려는 듯 문을 향해 뛰어오르고 있었다.

너무도 말이 안 되는 상황이었다. 어떻게 이십사 시간도 채 못 되어 그녀의 삶을 이렇게 폭력적으로 바꾸어 놓을 수 있을까?

문 쪽에서 꽝꽝 두드리는 소리와 함께 귀에 익은 목소리가 들려 왔다.

“베스, 문 좀 열어요. 우린 지금 시간이 없어요.”

“존.”

계단에서 벌떡 일어나 현관문을 향해 뛰어갔다. 샘을 옆으로 제치고 자물쇠를 열려고 했다.

“존, 그가 여기 왔었어요. 그 바르도란 남자가……”

그녀가 문을 열자 샘이 갑자기 뛰어 도망치듯 그녀를 지나쳐 나갔다.

“샘을 불러요. 우린 개를 잡으러 갈 시간이 없어요.”

존이 짧게 말했다.

“이리 와, 샘. 지금 당장.”

샘이 항의하듯 으르렁거리더니 현관 쪽으로 되돌아왔다. 존이 개 뒤를 따라 집 안으로 들어와 문을 닫았다.

“바르도가 여기 왔었어요. 그는 이상한 이야기를 했어요. 그는 무서운 사람이에요.”

말들이 엘리자베스의 입에서 중얼거리듯 나왔다. 그를 바라보며 얘기하는 그녀의 눈은 놀란 듯 커져 있었다.

“난 그가 샘을 쐈다고 생각해요.”

“나도 그가 그랬을 거라 의심하고 있었소.”

존이 가까이 다가오며 팔로 그녀를 끌어당겼다. 따스함과 편안함, 비누향과 무스크 향, 그런 것들이 느껴졌다.

"쉬, 괜찮을 거요. 난 그가 당신을 해치게 놔두진 않을 거요. 아무도 당신을 해치진 못할 거요."

그녀의 팔은 그의 허리를 꼭 잡고 있었다. 뺨 위에 그의 코트의 털이 따갑게 느껴졌다.

"그는 날 어디론가 데리고 가려고 했어요. 난 그에게 갈 수 없다고 했지만 내 말을 들으려고 하지 않았어요. 그는 내가 마크를 죽였다고 생각해요."

"죽였다구?"

어리둥절한 듯한 어조로 존이 말했다.

"그가 그렇게 말했소?"

"그는 암시적으로 말했지만 난 적어도 그렇게 생각했어요. 오, 난 정말 아무것도 몰라요. 그는 시체 해부 검시와 화장에 대한 얘기를 했어요."

고개를 든 그녀의 눈에는 눈물이 고여 있었다.

"그는 날 미워해요. 이전에는 어느 누구도 날 미워하리라고 생각해 본 적이 없었어요. 그것이 난 무서워요. 내 아기가……."

"괜찮을 거요."

존은 단호히 말을 끝냈다.

"그는 곧 돌아올 거예요. 그의 부하들과 같이 오겠다고 했어요."

"그땐 우리가 여기 없을 거요. 그가 농장에 가서 다시 돌아오는 덴 한 시간 정도 걸릴 거요. 그때쯤엔 우린 이미 우리의 길을 가고 있을 거요.”

“농장이라고요?”

“바르도는 여기서 멀지 않은 곳에 농장이라고 불리우는 비밀 기지를 가지고 있소. 그곳은 완전히 격리된 곳이오.”

그는 입술을 비틀며 덧붙였다.

“격리시키는 것이 죄인을 심문하기엔 가장 편리한 방법이지.”

“그곳으로 날 데리고 갈 작정이었을까요?”

“그렇소, 하지만 내가 그렇게 내버려 두진 않았을 거요.”

존은 그녀를 안았던 팔을 풀어 그녀의 얼굴을 손으로 감쌌다. 그는 그녀의 눈을 조사하듯 뚫어지게 들여다보며 물었다.

“지금 나와 같이 떠나겠소?”

“난 이 모든 것을 이해할 수 없어요. 난 마크가 아무런 죄도 없다고 생각해요. 그렇지만……”

“당신이 마크처럼 충실한 남자를 결코 의심할 수 없다는 걸 알아요.”

존의 입술은 팽팽하게 당겨져 있었다.

“마크가 훌륭한 인품을 지녔다는 건 의심의 여지가 없소. 그리고 내가 그런 그와 똑같다고는 할 수 없겠지. 당신은 있는 그대로의 날 받아들여야 하오. 당신은 내가 당신을 안전하게 지켜 줄 거라는 사실을 알게 될 거요.”

그의 목소리에 묻어 있는 거친 느낌이 그녀를 불안하게

만들었다. 그녀는 자신의 얼굴 위에 있는 그의 손을 밀어 떨쳐 냈다.

"그러지 말아요."

존이 격렬히 항의하듯 말했다.

"그렇게 날 뿌리치지 말아요. 비록 내가 마크는 될 수 없지만 난……."

그는 격하게 숨을 내쉬었다.

"나를 믿을 수 없소, 그런 거요?"

그녀는 고개를 저었다.

"나에게 모든 것을 말해 줘요. 그러면 당신을 따라가겠어요."

"난 그렇게 할 수 없소, 지금 당장은. 그러나 곧 모든 것을 당신에게 이야기해 주겠소. 그러면 되겠소?"

"난 선택의 여지가 없어요. 당신 아니면 바르도를 선택해야만 해요."

그녀의 눈이 갑자기 빛났다.

"난 이런 것을 좋아하지 않아요. 이해할 수 없는 게임에서 인질로 잡혀 있게 되거나 위협을 받아 집 밖으로 쫓겨나 있는 걸 좋아하지 않는다구요. 특히 내 삶이 혼란스럽게 된다든가 내 아기의 안전을 위협당하는 것은 정말 싫어요. 당신과 같이 가겠어요. 지금 당장은 그것이 최선으로 보이니까요. 난 이미 교수님에게 아기가 태어날 때까지 집에서 과정을 끝내는 것을 얘기해 두었어요. 당신은 이 미친 듯한 상황에서 내 아기가 안전하게 태어날 때까지 기다려 주세요. 그리고 난 당신과 바르도에게 내가 이용당하지 않는다는 걸 보여 줄 거예요.”

그녀는 자신의 말에 대해 그가 어떻게 반응할지 몰랐다. 하지만 그가 자신감과 의기양양한 태도를 보일 거라고는 전혀 상상하지 못했었다.

“기대하겠소.”

존은 손가락으로 그녀의 뺨을 가볍게 애무하고는 돌아서서 말했다.

“내가 샘을 트럭에 싣는 동안 가스와 전기를 꺼 둬요. 당신 친구 세레나는 우리가 샘을 다시 찾으러 올 때까지 돌봐 줄 수 있는 사람이오?”

엘리자베스는 고개를 끄덕였다.

“짐을 꾸릴 시간이 있나요?”

“따뜻한 코트와 장갑만 꺼내요. 우린 당신이 입을 것을 마련해 두었소.”

그는 몸을 구부려 개를 들어 올렸다. 조금 전까지만 해도 격렬하게 날뛰던 개가 지금 존의 팔에서는 놀라우리만큼 순해졌다. 이 남자는 믿을 수 없을 만큼 강력한 사람임에 틀림없다. 그를 위해 문을 열어 주며 그녀는 멍하니 그런 생각을 했다. 존은 샘을 쉽게 들고 있었는데 아마 그 개는 백 파운드는 족히 넘는 무게일 것이다.

“바르도는 모든 길을 감시하고 있다고 했어요.”

“그랬었소.”

존이 어깨 너머로 말했다.

“하지만 지금은 아니오. 바르도가 이 집에 들어갔을 때 내가 그의 부하들을 손봐 주었소.”

“손봐 주다뇨?”

엘리자베스가 놀라서 물었다.

“제거했소. 물론 영원히는 아니지만. 난 폭력적인 본능을 가졌을지 모르지만 항상 그것에 빠지지는 않소. 서둘러요, 우린 떠나야 하오.”

“오, 세상에. 그는 죽을 거예요!”

엘리자베스는 공포로 질린 듯했다. 산 근처의 가파른 슬로프에서 한 사람의 스키어가 빠른 속도로 자신들의 트럭을 향해 돌진해 오고 있었다. 입고 있는 진홍 빛깔의 스키옷은 그의 금발 머리카락을 더욱 빛내 주고 있었다. 균형을 잡으려고 좌우로 위태롭게 기울이는 그의 모습은 새끼를 밴 하마 같았다.

“그는 초보자인 거 같은데 왜 저렇게 위험한 슬로프를 달리는 모험을 했을까요?”

“억제할 줄 모르는 무분별한 천치니깐……”

존이 도로의 갓길에 차를 세우더니 시동을 껐다.

“여기 그대로 있어요.”

그는 운전석에서 빠져 나와 두 손을 입에 대고 모아 메아리가 산 속에 울려 퍼지게 힘껏 소리쳤다.

“제기랄, 거너. 조심하라고 얘기했었지. 도대체 어쩔 작정이었어? 목이라도 부러뜨릴 생각이었어?”

그 금발의 스키어는 계속 달리며, 뒤를 바라보며 웃으며 소리쳤다.

"난 괜찮아, 존. 모래 위보다 조금 어렵고 힘들지만 일주일만 시간을 주면 난 세계적인 수준의 스키어가 될걸."

"너에게 일주일을 달라고? 그러면 넌 목뼈부터 발 끝까지 석고로 기브스를 하고 있어야 할걸."

존이 냉혹하게 말했다. 그 스키어는 기적적으로 반듯한 자세로 도로 쪽으로 가까이 다가왔다.

"그래? 친절도 하시군. 다시 우리 집에서 널 환영하게 될지 물어만 봐."

그는 킬킬대며 웃었다.

"한 가지만 안다면 돌아서서 스키를 벗을 텐데."

"그게 뭔데?"

"난 어떻게 도는지 몰라."

그의 웃음이 조용한 적막 속에 울려 퍼졌다.

"그러니까 지금 이런 상황에선 너의 말을 잘 들어야 하고 널 용서해 줘야겠지. 특히 난 산장까지 너의 차를 얻어 타야 하니까 말야."

"어떻게 서는지는 알아?"

"물론이지. 난 오 분도 안 돼서 그걸 배웠어, 봐."

갑자기 그는 뒤편의 눈 속으로 몸을 던졌다. 벌렁 넘어진 그는 스키가 하늘을 가리키고 있었다. 넘어진 반동으로 그의 몸은 코르크 따개처럼 비틀려졌고 눈더미 속으로 얼굴을 박은 채 쓰러졌다.

다쳤을까? 그는 움직이지 않았다. 잠시 후 그 금발의 스키어는 움찔거리다가 지금은……. 엘리자베스는 차 문고리를 더듬어 찾아 문을 열고는 눈 속으로 뛰어 나갔다. 그녀는 거의 뛰는 듯 미끄러지듯이 도로를 가로질러 갔다. 존은 몇 발치 앞에서 빠르고 힘찬 걸음으로 슬로프를 올라갔다. 그는 진홍빛 물체 옆에 무릎을 꿇고 앉아 조심스레 그를 뒤집어 보았다. 그녀가 그들에게로 다가갔다.

"너, 너, 미쳤니?"

존의 목소리는 통명스럽게 들렸다.

"왜 내 말을 듣지 않는 거야? 어디 다치지는 않았어?"

"자존심 말고 다른 어떤 곳 말야?"

그 스키어는 장난기가 어린 파란 눈을 드러내 보이며 모자를 벗었다.

"난 아마 한두 주일 동안 베개 위에 꼼짝 못하고 누워 있어야 할걸. 그 정도도 행운일 거야."

"보통이군."

엘리자베스는 존의 통명스런 말투 속에 그가 안심하고 있다는 사실을 알 수 있었다. 애정과 걱정이 그의 비꼬는 어조 속에 숨어 있었던 것이다.

"신이 돌보지 않았다면 넌 여기 없었을 거야. 아무 데도 부러지지 않았어?"

"그렇다니까."

그 스키어는 일어나 앉더니 오른쪽 스키를 벗기 시작했다.

"난 곧 다른 서는 방법을 알아낼 거야. 이 방법은 약간 힘들고……."

그는 존의 어깨 너머 엘리자베스의 시선과 마주치자 말꼬리를 끊었다.

"안녕, 당신이 엘리자베스 램지가 틀림없죠. 난 거너 닐슨이에요."

존은 그녀를 돌아보며 얼굴을 찡그렸다.

"트럭 안에 있으라고 말한 걸로 아는데."

"그랬었죠."

엘리자베스는 조용히 말했다.

"난 당신에게 복종할 생각이 없어요. 나에게 명령하면 좀처럼 그에 따르지 않는다는 걸 당신도 곧 알게 될 거예요. 나는 좀더 정중히 부탁받는 게 훨씬 더 좋아요."

거너 닐슨은 기침도 아니고 기쁜 듯한 웃음도 아닌 소리로 킥킥대었다. 존이 그를 노려보자 거너는 손을 들어 항복한다는 듯한 표시를 했다.

"미안해. 난 단지 누가 그렇게 널 꼼짝 못하게 하는 것을 본 지가 얼마만인가 하고 생각하던 중이었어. 내가 기억하기로는 위원회의 대장이……."

"거너!"

존의 목소리는 날카롭고 예리한 칼날처럼 그의 말을 막았다.

"넘어지면서 아무래도 뇌가 잘못된 것 같군. 그래서 너의 혀를 풀어 놓은 게 틀림없어."

"미안해."

거너는 후회하는 기색 없이 말했다. 그는 왼쪽 스키도 풀고 양쪽 발 모두 스키를 벗었다.

"난 안심해도 된다고 생각했어. 그녀가 아직 모르고 있다는 것을 잊었어."

내가 무엇을 모른다구? 엘리자베스는 분개하며 생각했다. 이 상황은 좌절에서 완전히 혼란 속으로 가고 있는 중이었다.

"아직이라구요? 난 이 모든 미스터리가 곧 폭로될 거라고 예상하는데요."

"존에게 달려 있죠."

거너는 가볍게 일어나더니 가련한 듯한 미소를 지으며 말했다.

"난 명령에 따르는 불쌍한 시종이죠."

그 불쌍한 시종은 모델 같은 놀랄 정도의 준수한 외모와 집시 같은 매력을 가지고 있었다. 그는 적어도 존보다 이 인치는 더 컸고 똑같이 갈색 피부를 가지고 있었다.

그는 마크와 비슷한 분위기를 풍기는 남자였다. 그러나 마크의 잘생긴 외모는 거너의 성적인 매력을 가지고 있지는 않았었다. 마크는 부드러웠고 현명하고 은근한 매력을 지니고 있었다. 그녀는 서둘러 시선을 옮겼다.

"당신은 존보다 마크와 더 닮았군요. 당신도 또 다른 사촌인가요?"

존이 재빨리 그녀를 쳐다보며 말했다.

"그가 마크를 생각나게 하오?"

"약간."

거녀가 약간은 조심성이 섞인 놀라는 얼굴로 존을 쳐다보았다.

"내가 그런 위엄 있는 부류로 인정받는다는 건 상상도 못했는데. 위원회에선 내가 노상 강도의 유전자를 가졌을 거라고 그랬었는데."

엘리자베스는 어리둥절해 하며 얼굴을 찡그렸다.

"뭐라고요?"

"거녀."

이번에는 존의 어조가 거의 위협하는 쪽에 가까웠다.

"오, 알았어."

거녀는 그의 스키를 모아 탁탁 쳐 눈을 털고 왼쪽 어깨 위에 균형을 잘 맞춰 들었다.

"입 다물지 않으면 나는 이 호화스런 픽업의 뒷좌석을 두고 눈길을 걸어 산장까지 가야만 될걸, 그렇지?"

"그래."

존이 일어나며 대답했다. 그는 엘리자베스의 팔꿈치를 부축하며 조심스럽게 슬로프에서 내려오는 것을 도와주었다. 거녀는 조심하지 않고 미끄러지고 비틀대며 그들을 지나쳐 내려왔다. 그는 픽업의 뒤쪽에 스키를 던지고 그 위에 올라탔다. 존은 그런 거녀의 행동을 유심히 지켜 보고 있었다.

"난 어떤 닮은 점도 찾을 수 없는데."

"뭐라고요?"

잠시 동안 그녀는 그가 무슨 말을 하는지 이해하지 못했

다. 그녀는 거녀가 마크와 닮았다는 이야기는 이미 끝났다고
생각하고 있었다.

"오, 그런가요? 아마 그걸 찾으려 하지 않는다면 눈에 띄지 않을 거예요. 그럴지라도 잘생긴 외모와 갈색 피부는 확실히 비슷하잖아요?"

"아니."

그는 잠시 말이 없다가 언짢은 기색으로 말을 이었다.

"당신은 잘생긴 남자를 좋아하는 거요?"

"난 그런 생각은 해 본 적이 없었어요."

그녀는 어깨를 으쓱거리며 말했다.

"그럴지도 모르죠. 난 마크와 사랑에 빠졌으니까요."

그는 빈정대듯 말했다.

"그렇소, 당신은 나의 사랑하는 사촌 마크와 사랑에 빠졌으니까."

차문을 열고 그녀를 부축해 올려 좌석에 앉게 했다.

"마크는 쉽게 당신의 사랑을 얻었소."

존은 차문을 세게 닫으며 말했다. 엘리자베스는 가슴이 아파 왔다. 그가 그녀를 쉽게 생각했다면 왜 그녀를 좋아했을까? 존이 운전석에 올라타고 차에 시동을 걸 때까지도 그녀는 앞 창문으로 내다보이는 정면만을 응시하고 있었다. 눈물을 참으려고 빨리 눈을 깜박거렸다.

"그래요, 그는 그랬어요."

존을 바라보지 않은 채 그녀는 말했다.

"난 마크에게 완전히 빠졌었죠. 만약 그가 나에게 서커스

단에 들어가서 사자 조련사가 되라고 했었더라면 난 아마 어느 곳을 선택할지만 그에게 물어 보았을 거예요. 만약 당신의 말이 그런 의미라면 난 최고의 예가 될 수도 있겠죠.”

“난 그런 의미가 아니었는데…….”

핸들을 너무 꽉 잡아서 존의 손마디가 하얬다.

“난 항상 비교적 똑똑하다고 생각했었는데 당신 앞에선 아이처럼 입이 제대로 안 떨어지는 것 같소. 내가 또 당신 마음을 상하게 한 거요?”

그녀의 목소리는 나지막했고 약간 떨렸다.

“그래요.”

존은 고개를 돌려 그녀를 바라보고는 자신이 한 말을 비난이라도 하는 듯 뭐라고 중얼거렸다.

“난 왜 항상 이렇게 남의 마음을 상하게 하는지 모르겠소.”

미안해 하며 그녀를 바라보는 그의 시선은 그녀에게 이해를 구하는 듯이 보였다.

“이렇게 내가 설명할 수 없는 상황들이 생기고 그것들이 내 주변 가까이에서 맴도는 것 같소. 때때로 난 이런 것들이 나의 목을 죄는 듯한 느낌을 받소. 그 모든 것들이 날 이렇게 바보 같은 사람으로 만들어 놓는 것 같은데…….”

그는 말꼬리를 흐렸다.

“이런 말들은 사실 중요하지 않소. 나는 당신에게 고마움과…… 애정 이외에는 생각해 보지도 않았소.”

그는 깊게 숨을 내쉬었다. 마치 갓 산 정상에 힘들게 올랐을 때처럼 말이다.

"괜찮소?"

갑자기 그녀는 풀이 꺾인 듯했다. 이런 우울한 기분이 아니고 편안함과 안도감을 느껴야 한다. 그녀는 미소를 지으며 말했다.

"고마워요, 매우 친절하시군요."

존은 갑자기 그의 온몸의 피가 급격히 빨리 도는 듯했다. 친절이라구?

오, 신이여!

그녀는 그가 친절하다고 생각했다. 그것은 그가 바라던 바였으나 참을 수 없을 정도로 그의 신경을 거슬렸다.

그는 조금도 친절하지 않았을 뿐만 아니라 그의 감정 또한 플라토닉한 것이 아니었다. 그는 그녀를 만지고 싶었고 또 그녀를 가까이 끌어당기고 싶었다. 그녀의 집에서 그랬었던 것처럼 그녀의 내음 속에서 숨을 쉬고 싶었다.

그는 그녀의 옷을 벗기고 싶었고 자신의 손으로 그녀의 몸을 더듬어 보고 싶었다. 존은 온몸의 근육이 굳어지는 듯했다. 필사적으로 흥분을 가라앉히려 노력했다. 자신이 이처럼 강하게 그녀를 원하고 있었는지 예상하지도 못했었다.

그녀는 아이를 가진 몸이지 않은가! 그는 단지 그녀에게 부드러움과 소유욕을 느끼리라 생각했던 것이다. 그런데 갑자기 욕망이 솟아난 것이다.

그녀와 이렇게 함께 하는 시간 동안은 자신의 모든 말과 행동을 조심해야 한다고 생각했다. 이 기간 동안은 그녀를 편안하게, 또 안심할 수 있도록 아이처럼 돌봐야 했다. 이러한 상황에서 욕망에 자신을 내맡겨서는 안 된다.

그녀가 알아서는 안 되는 것은 자신이 결코 생각지도 못했던 남자, 자신을 침대로 끌어들여 에로틱한 게임을 가르치려는 그 남자와 외딴 곳에 있게 된다는 사실이다. 그 남자는 그녀의 몸과 마음속에서 마크 램지를 지워 버리고 자신을 그 자리로 대치시키고자 했다.

기다려야지. 그는 짐승이 아니었다. 그는 그녀의 소중한 마크처럼 부드럽고 인내심 있게 굴어야 했다.

그러자 그는 자신의 허기진 욕망을 진정시킬 수 있었다. 그는 여러 면에서 마크보다 강했다. 그가 가지고 있는 공격적이라고 볼 수 있는 기질들도 지금은 그의 매력이기도 했다. 그녀는 그에게 속한 것이었다.

만약 그가 양 다리 사이에서 느끼는 흥분을 잊을 수 있기만 한다면…….

"이곳은 완전히 고립된 곳이죠, 그렇지 않아요?"

엘리자베스는 그들 사이의 침묵이 어색해 대화를 하려고 물었다.

"사라낙 호수와 같은 인기 있는 스키 리조트에 가까이 와 있다는 것이 믿기지 않아요. 바르도는 우리가 어디 있는지 찾을 수 있을까요?"

"몇 주 동안은 그럴 수 없을 거요. 그 다음엔 우리가 더 이상 그 장소에 있지 않을 거요."

그녀는 그를 걱정스런 눈으로 바라보았다.

"난 몇 주 동안이나 여기 산 속에 머무를 수 없어요. 병원 가까이에 있어야 한다구요. 당신은 이곳이 겨울에 어떤지 잘 몰라요. 폭풍이 눈보라로 변하면 우린 몇 주 동안 꼼짝도 못하고 눈 속에 갇혀 있어야만 해요."

"당신 아이는 안전할 거라고 말하지 않았소?"

"알아요. 하지만……."

엘리자베스는 창문 밖으로 청회색 구름이 몰려 있는 것과 하얗게 빛나는 슬로프를 내다보았다. 혹시 일어날지 모를 일을 걱정해 보았자 소용이 없는 일이었다. 여전히 걱정스러웠으나 존이 아들의 생존을 보장할 능력을 가지고 있음을 굳게 믿고 있었다.

그녀는 갑자기 킬킬거리며 웃었다.

"당신이 산장에 아이 낳는 법에 대한 책을 마련해 두었길 바라요. 쓸모가 있을지도 모르니까요."

"당신은 찬장만큼이나 잘 정돈되어 있는 도서실을 발견할 수 있을 거요. 산장은 매우 안락하고 방마다 벽난로가 있으며 비상용 발전기도 있소. 전화와 텔레비전은 없소. 하지만 비상시에 대비해 단파 무전기는 설치되어 있소."

"그거 다행이군요."

엘리자베스가 대답했다.

"그걸 사용하게 되길 바라진 않지만요."

"난 당신이 우리가 바깥 세계와 통할 수 있는 방법이 있음을 알고 안심할 줄 알았는데."

그는 왼편으로 고갯짓을 하며 말했다.

“산장이 바로 위에 있소.”

붉은 목재로 지어진 스위스 농가풍의 그 산장은 그녀가 생각했던 것보다 훨씬 컸다. 이 층의 초현대식 건물은 붉은 목재라기보다는 유리로 만들어진 것처럼 보였다.

몇 분 후 그녀는 내부의 인테리어 또한 현대적이라는 것을 알 수 있었다. 밝은 색의 깔개가 빛나는 나무 무늬의 마루 위에 덮여 있었다. 현대식 가구들은 따스한 브라운과 베이지 색 톤의 천으로 덮어 씌워져 있었고 흘깃 보았던 추상적인 그림들은 단조로운 소나무로 된 벽들에 반해 화려한 색깔을 띠고 있었다.

“난 당신이 노란 색을 좋아했으면 하는데요.”

거너는 카펫이 깔려 있는 이 층으로 올라가는 계단으로 앞장서서 안내하며 말했다.

“누가 당신 방을 장식했든지간에 그 색깔을 좋아했던 것으로 보여요. 노란 커튼, 노란 침대 세트, 노란 의자들로 주침실은 활짝 핀 수선화처럼 보일 거예요. 어쨌든 난 당신이 다른 작은 방에서보다 더 안락하리라고 생각했어요. 적어도 카펫은 차분한 베이지 색으로 깔았더군요.”

그는 계단을 올라가 두 번째에 있는 문을 열어 젖히고는 크고 바람이 잘 통하는 방으로 걸어 들어갔다.

“주침실에 붙어 있는 욕실에는 샤워실과 욕조가 모두 있어요. 존, 어제 난 욕조에 안전 걸이를 설치해 놓았어.”

“잘 했군.”

존은 문 쪽에 서서 그녀가 거너를 따라 침실 쪽으로 가는 것을 지켜 보고 있었다. 그녀는 피곤해 보였고 흐트러진 모습이었으나 여전히 아름다웠다. 그는 갑자기 그녀를 들어 안아 주고 싶었다.

그는 그녀에게서 시선을 돌려 마루에서 천장까지 전체가 유리로 되어 있는 한쪽 벽면을 바라보았다. 부드러움, 아프도록 부드러운 감정이 솟아올랐다. 괜찮아지겠지. 만약 그가 그녀를 안아 볼 수만 있다면 그 열망을 좀 식힐 수 있으련만.

"난 당신이 필요한 모든 것을 구해 줄 거예요."

거너는 뒤로 돌아서더니 큰 붙박이 옷장의 문을 열어 그 안에 들어 있는 옷들을 보여 주었다.

"지난 주에 난 임산부 옷으로 특히 유명한 가게에서 판매를 하고 있는 한 여성을 알게 되었죠."

엘리자베스는 거너가 항상 남이 시키는 대로 한다는 것을 눈치 채고 있었다. 입가에 작은 미소를 지으며 옷장 앞에 서 있는 그에게로 다가갔다.

"그 여자가 당신 같은 손님을 만나 기뻤겠네요. 하지만 당신 너무 과용한 거 아니에요? 이 모든 옷들은 두 달 동안 입어도 다 못 입을 것 같아요. 난 단지 삼 주만 있으면 아이를 낳을 텐데요."

갑자기 그녀의 얼굴에서 미소가 사라졌다. 그는 지난 주에 이 모든 옷들을 구입했다. 그녀는 한 주 전만 해도 이 남자들이 누구인지 알지 못했었다.

그러나 그들은 이미 그녀에 대한 계획들을 짜 놓고 있었다는 것을 그녀는 깨달았다. 옷을 사고, 임산부용 안전 걸이 등을 욕조에 설치하고, 그녀의 집을 감시하고 있었던 것이다.

"사이즈는 몇으로 샀어요?"

그녀는 그냥 무덤덤하게 물었다.

"팔이요."

거녀는 마루 쪽의 신발장을 보며 말했다.

"신발 사이즈는 칠이 맞죠?"

"맞아요."

그녀는 바로 그녀 앞의 옷걸이에 걸린 분홍색 니트 스웨터를 보고 있었다.

갑자기 무언가가 가슴을 세게 치는 바람에 엘리자베스는 정신을 차릴 수가 없었다. 마치 가슴 위로 무언가가 솟아오를 것만 같았다. 앤드루가 심하게 움직이는 바람에 그녀를 혼란스럽게 한 것이다. 그녀는 당황해서는 안 된다고 스스로에게 말했다.

"베스."

존이 그녀 옆에 서서 그녀를 바라보며 말했다.

"어디가 안 좋아요?"

그녀는 떨리는 목소리로 웃었다.

"아무 일도 아니에요. 무슨 나쁜 일이 있겠어요? 난 잔인한 정부 요원과 관련되어 있고 당신 둘 또한 그 정도로 잔인할 수 있다고 생각해요. 난 지금 음모와 비밀의 소용돌이 속에 빠져 있고 이 모든 상황을 이해할 수 없어요."

"곧 모든 걸 이해하게 될 거요. 내가 약속하겠소."

"당신은 전에도 그랬어요."

그녀는 그에게 항의하듯 말했다.

"그게 언제죠?"

그는 망설였다.

"아이가 태어난 후에. 그러면 만족하겠소?"

"아뇨, 하지만 그래야겠죠. 내가 정신적인 혼란을 겪음으로 인해 아들을 위험하게 할 수는 없으니까요."

그녀는 옷장에서 부드러운 장미빛의 벨로아 옷을 발견할 때까지 옷들을 뒤적거렸다. 그리고 그 옷을 옷걸이에서 꺼냈다.

"괜찮다면 난 지금 샤워하고 옷을 갈아입고 싶은데요."

그녀는 욕실을 향해 재빨리 걸어갔다.

"삼십 분 후에 아래층으로 내려갈 게요. 앤드루와 난 뭘 좀 먹어야 될 것 같아요."

그녀가 욕실문을 강하게 닫았다. 거너는 존을 의문스럽게 바라보며 물었다.

"앤드루?"

"아기 이름이야."

"오, 그래."

거너는 사려 깊은 시선으로 문을 바라보았다.

"그녀는 이 상황들을 매우 잘 받아들이는군. 그녀는 매우 강해."

"그래, 그녀가 생각하는 것 이상으로 말이야."

존이 말했다.
"그녀의 삶은 쉽지 않았지만 결코 시험당하진 않았었어."
그는 지친 듯 문을 바라보며 말했다.
"곧 모든 일이 잘 되겠지."

4

"제가 좀 도와줄까요?"

거너는 양파를 기름에 튀기면서 그녀를 향해 미소지었다.

"괜찮아요. 요리는 내 적성에 잘 맞아요. 난 그걸 재미로 여기거든요."

그의 깊고 파란 눈동자는 그녀를 자세히 살펴보는 것 같았다.

"당신은 한결 편안해 보이는 걸요. 샤워한 것이 당신을 기분 좋게 한 것 같아요."

엘리자베스는 그를 향해 장난스런 웃음을 지어 보였다.

"더 사교적이 되었다는 뜻인가요? 샤워가 도움이 되었죠.

난 따뜻한 물이 위에서 뿌려 주는 것을 좋아해요. 존은 어디 있죠?”
“밖에 있어요.”
그의 시선은 다시 프라이 팬으로 옮겨졌다.
“저녁 준비가 이십 분 안에 다 될 거예요. 앤드루와 당신이 스테이크와 양파를 좋아하면 좋겠는데.”
“우리 둘은 그걸 매우 좋아해요. 정말 내가 아무것도 안 도와줘도 돼요?”
거너는 고개를 저었다.
“거실로 가서 난로 앞에서 다리를 펴고 좀 쉬어요. 당신 기분이 좋아져서 그렇게 밝은 모습을 하고 있는 것을 보면 존이 좋아할 거예요. 존은 아까 스키 슬로프에서의 나의 희한한 모습을 보고 날 혼냈어요. 그는 내가 당신을 놀라게 만들었다고 생각하고 있어요.”
“정말 그랬어요, 난 당신 목이 부러진 줄 알았거든요.”
“내가 중심을 못 잡았었다면 그럴 가능성도 있었겠죠.”
그도 멋쩍은 듯했다.
“다음 번엔 더 잘 할 수 있을 텐데. 당신을 걱정시키려는 생각은 없었어요. 난 곧 갈매기처럼 나는 듯이 산을 내려와서 당신을 감동시킬 수 있을 거예요.”
“네, 곧 잘 탈 수 있을 거예요.”
엘리자베스가 웃으며 말했다.
“당신이 왜 그렇게 열심인지는 잘 모르겠지만 말이에요.”
“참, 난 당신을 감동시키면 안 되지. 당신은 존의 여자니까, 또 그는…….”

그는 더이상 말하지 않고 그녀의 시선을 피하려 했다.

“내가 또 명령에 따르지 않고 생각없이 말을 하고 말았군요. 내가 말한 건 잊어버려요. 그럴 수 있겠죠?”

“난 존 산델의 여자가 아니에요. 당신은 그가 말한 것을 오해한 것 같군요.”

그녀는 더듬거리며 말했다.

“난, 난 그의 사촌인 마크와 결혼했었어요.”

흘깃 쳐다보는 그의 얼굴에 미소가 보였다.

“당신 말이 맞아요. 아마 내가 오해한 걸 거예요. 자, 가서 좀 쉬어요.”

그는 자신의 말실수를 잊게 하려고 그녀의 주의를 딴 데로 돌리려 했다. 엘리자베스는 거녀의 부주의하고 경솔한 말 뒤에는 실수를 하게 만든 다른 남자가 있을 거라고 확신했다.

그렇지 않다면 존 산델이 그녀를 그렇게 생각하고 있다고 실수로도 말할 수 없었을 것이다. 그런 생각이 들자 얼굴이 빨개졌고 온몸이 달아 오르는 듯하여 더이상 참을 수 없었다. 사실일 리가 없다.

그는 마크의 사촌이 아닌가. 그러나 그가 마크에 대해 이야기할 때 그의 태도에는 알 수 없는 적대감이 있었고 어제 오후 집의 계단을 내려올 때 그들 사이에 이상한 전기가 흐르는 것이 느껴졌었다.

그녀가 그를 처음 주방에서 바라보았을 때 느꼈던 그런

감정을……. 안 돼! 만약 그녀가 성적으로 그에게 끌렸다면 그건 존 산델이 느낀 것에 대한 반영임에 틀림없는 것이다. 오, 신이여. 그건 도저히 이해할 수 없었다.

그녀의 현재 입장에서 성적 매력은 존재할 수도 없는 것이었다.

"난 존과 애기 좀 해야 할 것 같아요. 존이 밖에 있다고 했죠?"

그는 걱정스러운 듯 고개를 끄덕였다.

"쉽게 찾을 수 있을 거예요. 난 삼십 분 정도 저녁 식사를 늦춰야겠군요."

"그게 좋겠네요."

"내 코트가 거실 옷장 속에 있어요. 나가기 전에 그걸 입어요. 그러지 않고 그냥 나갔다가 폐렴에라도 걸리면 걱정이니까요."

"걱정하지 마세요. 오래 걸리지는 않을 거예요. 난 요즘 위험에 처하게 될까 봐 계속 주의해 와서인지 정신적인 스트레스를 싫어해요. 몇 분간만 대화를 하면 서로의 오해를 풀 수 있을 거예요. 어쨌든 당신의 코트는 입고 나갈 게요."

엘리자베스는 가볍게 미소를 떠올렸으나 금세 사라졌다.

"앤드루도 내가 화내는 것을 좋아하지 않을 거예요."

"존도 물론이에요. 그것은 또한 내가 분명 혼날 것이라는 뜻이죠. 그에게 내가 아주 미안해 하고 있다고 전해 주세요."

그는 한숨지었다.

"이건 진짜라구요."

엘리자베스의 입가에 미소가 떠올랐다. 그녀는 재빨리 거너의 따뜻한 스웨이드 코트를 걸치고 나갔다. 현관문을 나설 때 그녀의 미소는 사라졌다. 어둠 속에서 존이 등을 보이고 서 있는 모습을 볼 수 있었기 때문이었다. 눈이 가볍게 내리기 시작했고 그의 머리 위에서 반짝이는 눈조각이 눈에 띄었다.

그녀가 그를 만난 이후 처음으로 편안한 그의 모습을 보는 것 같았다. 그녀 쪽을 쳐다보는 그의 조심스런 표정은 조금 전에 트럭에서 부주의한 말을 했었던 그때처럼 그녀의 마음에 아픔을 느끼게 했다.

그가 매동작마다 지나치게 조심하는 것이 고통스러워 보일 정도였다. 그녀는 갑자기 그를 포근하게 안아 주어 그런 그의 조심스런 태도를 완전히 없애 주고픈 충동을 느꼈다. 오, 신이여. 자신이 도대체 무슨 생각을 하는 걸까? 존 산델은 그녀가 만났던 그 어느 남자보다 보호해 줄 필요가 없는 사람이었다. 그녀는 그녀의 뒤로 문을 닫았다.

"당신과 할 말이 있어요."

그는 조심스럽게 말했다.

"좋소, 안으로 들어갑시다. 여긴 당신에게 너무 추워요."

"아니에오, 단지 몇 분이면 돼요. 난 상쾌한 공기를 마시고 싶어요."

그리고 이곳은 매우 어두웠다. 그녀가 그에게 물어 볼 질문은 그의 검은 눈을 마주하지 않더라도 충분히 힘든 것이었다.

엘리자베스는 그의 옆으로 다가서며 말했다.

"눈이 그렇게 많이 내리진 않죠? 아마 눈보라가 칠 거라는 일기 예보는 틀렸나 봐요."

"아마도."

그녀는 자신을 바라보는 그의 시선을 강하게 느끼며 거친 나뭇가지를 손으로 붙잡고 있었다.

"난 내가 묻고자 하는 것이 어리석은 거라는 사실을 잘 알아요. 아마 바보 같은 오해일 수도 있을 거예요. 하지만 난 모든 것을 분명히 하지 않으면 참을 수 없어하는 사람들 중 하나예요."

그의 표정이 흐려졌다. 그러나 그의 자세는 처음과 다름없이 여전히 딱딱했다. 그녀는 총알처럼 빠르게 말하고 있어서 말들이 서로 뒤범벅된 듯했다.

"만약 거너가 무슨 뜻으로 그런 말을 했는지 설명해 준다면 난 그것이……."

"거너가 무슨 말을 했소? 내가 그걸 모르면 설명할 수가 없잖소."

"그는 날 당신의 여자라고…… 불렀어요."

존은 저주하는 듯 뭐라고 중얼거렸다.

"난 그것이 실수라는 것을 알아요."

그녀는 재빨리 말했다.

"난 단지 그런 것에 내가 신경 쓰지 않게 됐으면 좋겠어요."

"그건 실수가 아니오."

그녀가 고개를 홱 들며 그를 바라보았다.

"뭐라구요?"

그녀는 거의 말을 할 수가 없었다.

"실수는 거너의 조심스럽지 못한 행동뿐이오. 거너가 그런 말을 할 줄 내가 미리 알았어야 했는데."

"그러나 그는 말했어요."

"당신이 나의 여자라는 말? 그건 사실이오. 당신은 나의 여자요. 난 그런 뜻으로 풀이하지 않지만 거너 같은 놈은 남자와 여자의 관계를 그렇게 단순한 관점으로 보고 있소. 여전히 당신은 나에게 속해 있다는 기본적인 사실은 있는 셈이오."

멍하니 그녀는 고개를 저었다.

"이건 미친 짓이에요. 난 단지 어제 당신을 만났을 뿐이에요. 우리는 서로에 대해 몰라요."

"난 당신의 모든 것을 알고 있소."

"마크의 편지로요? 그는 기본적인 말 이상은 하지 않았을 거예요."

그녀는 웃고 있었지만 온몸이 떨리고 있었다.

"난 그 편지들이 당신에게 나에 대한 환상을 불러일으킬 만큼의 것이라고는 믿을 수 없어요."

"난 당신에 대한 모든 것을 알고 있소."

그는 반복해 말했다.

"그리고 난 당신에 대하여 전혀 엉뚱한 생각은 하지 않을 거요. 그것이 날 너무 많이 혼란스럽게 하고 있소."

그녀는 숨을 쉴 수가 없었다. 복부 아래 깊은 곳에서 뜨거운 무언가가 모여지는 것이 충격적이었다. 안 돼, 그녀는 욕망을 느껴서는 안 되고 느낄 수도 없는 상황이었다.

그건 다른 어떤 것일 거다. 욕망이 아니었다. 두려움, 놀람, 분노였다. 성적 갈망은 아니었던 것이다.

섹스. 그 생각이 그녀에게 또 다른 충격을 주었다. 섹스는 따스하고 부드러운 강이었다. 거칠고 요란한 조수가 아니고 말이다. 섹스는 친절한 마크의 것이었다, 존 산델이 아닌.

"안 돼, 마크……."

"마크는 죽었소."

존의 말은 차가웠다.

"그리고 만약 그가 죽지 않았다면 아무 문제도 없었을 거요. 그의 차례는 갔소. 당신은 이제 내 거요."

엘리자베스는 손가락으로 머리를 헝클며 말했다.

"그건 사실이 아니에요. 난 마크를 사랑했어요. 난 당신을 사랑하지 않아요."

"그렇게 될 거요."

그는 침착하고 자신있게 말했다.

"어떻게 그렇게 확신할 수 있죠? 당신은 나에 대해 모든 걸 알고 있다고 생각할지 모르지만 난 당신에 대해 아무것도 몰라요. 난 당신을 좋아한다고 생각한 적도 없어요."

"그야 당연하오. 내가 당신과 앤드루를 안락한 집에서 떠나게 만들었으니까 그렇겠지. 당신은 그것 때문에 화가 난 거요."

“나의 심리적 상태를 그렇게 잘 이해하시다니 기쁘군요.”

그녀는 시큰둥하게 말했다.

“아마 프로이드 심리학이죠.”

“사실 드자츠칸이오.”

짧은 순간이지만 그의 목소리에는 유머가 있었다.

“하지만 난 당신에게 그의 이론을 설명할 생각은 없소, 베스. 우린 잘 어울려요. 당신도 나만큼 그걸 잘 알게 될 거요.”

“아뇨.”

그녀의 목소리는 떨렸다.

“당신은 내가 좋아할 수 있는 그런 부류의 사람이 아니에요. 당신은 아니에요…….”

“마크는?”

그가 그녀의 말을 막았다. 그리고 그녀의 어깨를 손으로 붙들어 꼼짝도 할 수 없게 만들었다.

“나에게 한 번만 기회를 줘요. 난 당신에게 마크보다 더 잘 해줄 수 있을 거요.”

“만약 그게 섹스를 의미한다면, 난 사람들의 관계에 그것보다 더 가치를 두는 다른 것이 있어요.”

“섹스를 의미하는 것이 아니오. 난 사랑, 교제…… 두 사람을 하나로 해주는 모든 것에 대해 말하는 거요.”

“당신은 어떻게 우리의 관계에 대해 그렇게 확실하게 얘기할 수 있죠? 우리는 서로 잘 모르는 사람이에요.”

“그렇지 않소…….”

　그는 그녀의 어깨를 더욱 꼭 잡았다.

　"내가 당신에게 신뢰감을 주지 못하고 있소, 그런 거요? 좋소, 우리의 관계 중에 당신이 부인할 수 없는 것에 대해 이야기해 봅시다. 섹스에 대해 이야기해 보겠소?"

　"난 당신과 어떤 이야기도 하고 싶지 않아요. 안으로 들어가는 것이 좋겠어요."

　"안 돼요, 당신이 먼저 이 얘길 꺼냈소. 당신이 나에 대해 더 잘 알게 될 때까지 내가 아무 말도 하지 않고 기다렸어야 한다고 생각하는 거요? 난 당신에게 거짓말을 할 수도 있었지만 그것 말고도 우리 사이에는 문제가 충분히 많소. 난 지금부터 우리 사이에 어떤 벽도 허용하지 않을 거요. 당신은 다른 면에서 우리의 화합 가능성을 의심할 수도 있겠지만 내가 당신에게 느끼는 것처럼 당신도 성적으로 나에게 끌리고 있다는 것을 알고 있지 않소? 육체적으로 우린 서로에게 완벽할 거요. 성적으로 우리만큼 잘 맞는 사람은 찾아볼 수 없을 거요."

　"어떻게 당신은 그럴 거라고 확신하는 거죠? 집시의 수정 구슬이라도 갖고 있나요?"

　그는 쓴웃음을 짓고 있었다.

　"어떻게 내가 그 사실을 아느냐는 중요하지 않소. 우리에게 있어 문제는 당신이 날 믿느냐는 것이오. 우리의 섹스는 굉장할 거요. 만약 당신이 마크를 사랑하고 나를 사랑할 수 없다고 생각한다고 해도 그건 문제가 되지 않소. 여전히 난 성적으로 당신을 즐겁게 해줄 수 있을 거요."

"난 당신을 믿지 않아요."

엘리자베스는 거세게 반발하듯 말했다.

"난 당신이 생각하는 것 같은 동물이 아니에요. 난 섹스와 사랑을 따로 생각하지 않아요."

"오, 그렇소?"

"네, 그래요."

그녀는 어깨 위에 놓여 있는 그의 손을 끌어 내렸다. 엘리자베스는 감정이 북받쳐서 목이 메었기에 간신히 말을 할 수 있었다.

"날 보내 주세요. 난 여기 머물 수 없어요."

"난 당신을 보내 주지 않을 거요. 난 그럴 수 없소. 당신은 나의 한 부분이오. 내가 지금 당신에게 무슨 일을 하고 싶은지 알고 싶지 않소? 난 당신을 침대로 데려가고 싶소. 그리고 나처럼 당신을 발가벗기고 날 열망하도록 만들고 싶은 거요."

"당신 미쳤군요. 난 곧 아이를 낳을 거라구요."

"상관없소. 당신과 아이가 다치지 않도록 주의할 거요. 당신이 예전에는 상상할 수도 없었던 그런 기쁨의 길을 보여 줄 수도 있을 거요. 오직 나와 함께 할 때만이 갈 수 있는 그런 길을……."

"입 닥쳐요. 당신은 날 두렵게 만들고 있어요."

그녀의 눈에 눈물이 솟아올라 뺨 위로 떨어져 내렸다.

"난 새로운 길을 여행할 생각이 없어요. 또 난 이런 낯선 집에 있고 싶지도 않아요. 난, 난 안전한 내 집에 있고 싶다구요."

그는 움직이지 않고 가만히 있었다.

"당신은 지금 흥분하고 있소."

존은 그녀의 어깨 위에 있던 오른손을 내려 그녀의 뺨을 부드럽게 만졌다.

"오, 신이여. 난 당신을 흥분시킬 생각은 없었소. 때때로 난 당신보다 나에게 가까운 사람이 없고 그걸 표현하기 힘든 지금의 상황을 생각하면 좌절하곤 했소. 계속해서 나는 나의 가슴에, 그리고 나의 영혼에 가장 가까운 사람에 대해 생각하곤 했었소."

그는 팔로 그녀를 껴안고 턱으로 그녀의 눈물로 뒤범벅이 된 뺨을 강하게 압박했다. 그는 그녀의 머리를 부드럽게 어루만졌다.

"잊어버려요. 평상시에 나는 이렇게 서툴고 허둥거리지 않소. 이렇게 당신을 대하는 것이 아닌데……."

격렬한 격정에서 부성애의 부드러움으로 변한 그의 자세는 그녀에게 또 다른 당혹감을 주었다. 그러나 그의 진실성에는 의심의 여지가 없었다. 그는 부드러운 손길로 그녀를 어루만지며 포근하게 감싸 주었다.

그녀는 울먹이며 말했다.

"잊으라구요, 어떻게 내가 그럴 수 있죠?"

"그렇다면 잊지 마시오. 나도 당신이 그걸 완전히 잊어버리는 것을 원하진 않소."

그의 목소리는 부드러웠다.

　"난 당신이 날 바라보는 것과 또 내가 당신을 얼마나 원하는지를 기억한다는 것이 좋소. 아마도 오늘밤 당신이 침대에 누워서 내가 한 말을 생각하고, 또 당신과 함께 누워 있는 것이 어떨지를 생각할지도 모르오. 그래요, 그걸 잊지 마시오. 단지 그걸 잠시 접어 두고 내가 당신을 원하는 것이 결코 위협이 아니라는 것이나 알아 둬요."
　그는 그녀를 부드럽게 흔들었다.
　"단지 기쁨만 줄 거요, 베스."
　눈조각이 꿈결같이 천천히 그들 주위로 떨어져 내려왔다. 그녀는 어두움 속에서 따스함을 느꼈고 꿈처럼 몽롱해지는 듯한 느낌이었다.
　"난 이런 것을 원하지 않아요, 존."
　그녀는 속삭이듯 말했다.
　"당신은 내가 원했던 그런 사람이 아니에요. 당신에겐 폭력적인 것이 너무 많아요. 당신과 함께 있으면 내 주위의 것들이 모두 그렇게 느껴져요."
　"당신 주위에 있죠, 그러나 그것이 당신을 건드릴 순 없소. 그것이 내가 여기 온 이유요. 당신이 부드러움과 평온함밖에 알지 못하게 하기 위해서."
　웃으며 대답하는 그녀는 자유롭고 또 즐거운 듯이 보였다.
　"우리가 만난 며칠 동안 전혀 평온함 같은 걸 느끼지 못했는데요."
　"당신이 매번 나와 싸우려 하기 때문이오. 내가 말했던 대로만 했었더라면 당신은 바르도와 마주치지도 않았을 것이오. 또……."
  "난 '내가 말했던 대로'라고 말하는 사람들을 싫어해요."
  "앞으로는 그러지 않도록 자제하겠소."
  그의 어조는 엄숙했다.
  "모든 면에서 그렇게 하겠소, 베스. 당신에게 막무가내로
밀어붙이지는 않겠소. 난 그렇게 배려가 없는 사람은 아니
오. 당신이 준비가 안 된 상태에서 우리 사이의 친밀함을 당
신에게 강요하지 않겠소. 당신을 겁나게 하여 날 떠나게 할
생각은 없소. 당신이 주는 어떠한 것도 기꺼이 받아들이겠
소, 섹스든지 단순한 교제든지."
  그는 잠시 아무 말이 없었다.
  "사랑이나 그 어느 것이든지. 내가 참을 수 없는 것은 우
리의 관계가 그냥 멈춰 있는 것이오. 난 인내심이 강한 사람
은 아니오."
  "나도 그러리라고 생각했죠."
  그녀가 냉정히 말했다.
  "내가 선택을 한다면 난 교제를 택할 거예요."
  "당신이 그럴까 봐 두려웠소."
  희미하게 원망이 느껴지는 말투였다.
  "불쌍하게도, 다른 쪽으로 내가 당신에게 줄 수 있는 것이
훨씬 더 흥미로울 수 있는데."
  "그리고 위험스럽구요. 당신에게 모험을 하는 것은 관심
없다고 말했었죠. 내가 원하는 것은 안전하게 앤드루를 보호
하는 일이에요."

그는 서서히 그녀를 풀어 주며 뒤로 물러났다.

"그럼 당신이 원하는 것은 그것이오, 친구가 되는 것?"

"친구요."

그녀는 부드럽게 되받아 말했다.

"이젠 당신을 안으로 들어가게 해야겠소. 여긴 매우 추우니까."

존은 큰 손으로 장난하듯 그녀의 머리를 헝클어뜨리며 말했다.

"당신은 눈조각으로 수를 놓은 두건을 쓴 것처럼 보이는군. 내가 이 문제를 꺼낼 때까지 당신은 기다렸어야 했소."

"나 또한 인내심이 많은 사람이 아니에요. 당신은 안으로 들어가려 하지 않는 것처럼 보였어요. 이 겨울 풍경에 완전히 빠진 듯했다구요."

"정말 굉장하오."

그는 그녀의 팔꿈치를 잡아 에스코트해 주며 현관문으로 향했다. 문을 열자 그의 얼굴로 화살 같은 빛이 비쳤다. 그 순간만큼은 그가 전혀 강인하지도 폭력적으로도 보이지 않았다. 그의 어두운 눈동자는 소매 위의 눈조각들을 연구라도 하는 듯 진지하게 반짝거렸다.

"아주 아름답소. 난 모든 눈조각의 모양이 다 똑같을 거라 생각하진 않소."

"그 동안 내가 너무 눈에 익숙해져 있었나 봐요. 어느 누구도 그걸 그렇게까지 자세히 살펴보리라고는 생각지 않았거든요. 당신은 마치 전에는 한 번도 눈을 본 적이 없는 사람처럼 바라보고 있어요."

"그렇소, 난 한 번도 눈을 본 적이 없소. 나로서는 처음이오."

그의 눈은 신기한 것을 보는 듯이 더욱 커졌다.

"처음으로 본다구요? 참 드문 일이네요."

그의 진지한 표정은 다시 조심스런 얼굴로 바뀌었다.

"그렇게 이상할 것도 없소. 난 사막 지역에서 자랐으니까."

그녀는 수긍하듯 고개를 끄덕였다가 다시 물어 보았다.

"그렇다고 해도 당신은 오랫동안 해외에서 일했다고 했는데 어떻게 눈을 볼 기회가 전혀 없었는지 이해할 수 없군요. 주로 어디에 계셨나요?"

"그건 말할 수 없소."

그는 어깨를 으쓱이며 말했다.

"난 상당히 많은 곳을 헤매 다녔소. 그러나 주로 남반구에 있는 나라들이었소."

"당신이 그렇게 그을린 것도 이상할 것이 없군요. 마크도 그렇게 브론즈 빛을 띠고 있었죠. 그는 뉴멕시코의 작은 마을에서 자랐다고 했어요. 당신도 뉴멕시코 출신인가요?"

"우린 같은 지역 출신이오."

존은 문을 닫으며 미소를 지었다.

"당신은 내 고향을 좋아할 거요, 베스. 추위나 얼음 등에 대해 걱정할 필요가 없는 곳이니까."

"그거 좋겠군요."

그녀는 거너의 코트를 벗으면서 약간 몸을 떨었다. 그리고 옷장문을 열고 옷걸이를 더듬어 찾았다.

"난 플로리다로 한 번 여행했었던 적이 있어요. 두 주일 동안 일광욕을 했었죠. 난 그때 하루하루가 못내 아쉬웠어요."

"그러나 당신은 북쪽으로 돌아왔소."

"내가 말했듯이 내 고향은 여기예요. 난 뿌리를 믿어요."

엘리자베스는 코트를 걸며 어깨 너머로 그를 흘깃 바라보았다.

"당신 같은 세계 여행자들에겐 진부하게 들릴 수도 있을 거라고 생각되지만요."

"왜 그렇게 생각하오? 보통 뿌리가 없는 사람들이 그걸 가장 그리워하는 법이오."

그는 큰 손으로 그녀의 작은 손을 감싸 쥐며 그녀의 손에 깍지를 끼었다. 그 작은 접촉으로 그녀는 예상하지 못했던 작은 충격을 받아 숨도 쉬지 못했다. 그녀가 고개를 들어 그의 시선과 마주쳤다.

그는 장난기가 어린 미소를 짓고 있었다. 그 가볍고 거의 격의 없는 분위기에 그녀는 긴장을 풀고 편안해졌다. 그녀를 이해심 있는 눈으로 바라보고 있던 그는 만족스러운 듯 웃었다.

"당신은 우리가 비슷한 점이 많다는 걸 발견하게 될 거요."

"그럴까요?"

그녀는 까맣게 빛나는 그의 눈동자로부터 시선을 돌리지

않았다. 그의 뜨거운 열망이 그녀 속으로 들어와 시선을 돌
릴 수 없었던 것이다.

"글쎄요, 공통점이 한 개 정도는 있을 수 있겠죠. 난 지금
배가 고파요. 거녀의 저녁 식사가 다 준비되었는지 가 봐요."

눈이 더욱 많이 내리고 있었다. 여전히 눈보라로 바뀐 것
은 아니었지만 빠른 속도로 내리고 있었다. 침실 창가에서
밖을 내다보는 것이 눈보라 속에 서 있는 것처럼 느껴졌다.
손바닥의 차가움과 방의 따스함의 대조는 즐거운 것이었고
희미하게 관능적이기까지 했다.

그녀는 창문에서 손을 잡아 끌어 떼었다. 관능적, 그 형용
사가 그녀의 머리 속에 자연스럽게 갑자기 튀어올라 그녀를
당황하고 놀라게 한 것이다. 그녀는 자신이 관능적인 사람이
라고 생각해 본 적이 없었다.

마크와의 성생활은 거의 만족스런 것이었다. 그는 이해심
많고 아주 숙련된 연인이었다. 그들의 성생활은 부드럽고 달
콤함 그 자체였다. 그건 그들의 결혼에서 아주 즐거운 부분
이었지만 전부는 아니었다. 만약 그녀가 어느 누구에게든지
성욕이 일으켜졌다면 그건 확실히 그녀가 사랑했던 마크일
것이다. 존 산델이 아니고 말이다.

그러나 그녀는 오늘밤 한 번 이상 그런 열기 속에 빠졌었
다. 한순간은 거녀와 존과 함께 얘기하고 웃고 할 때였고 또
한 번은 존이 벽난로에 나무 조각들로 불을 지피기 위해 방
을 왔다갔다하는 부드러운 움직임을 지켜 볼 때였다.

그녀는 자신의 시선이 커피를 따르는 그의 모습과 깨끗하고 강인한 그의 입선에 모아졌던 때를 기억할 수 있었다. 그녀는 그에게서부터 자신의 시선을 떼어 내려고 했다. 가늘었지만 힘이 있어 보이는 그의 손은 그녀의 창백한 손가락과 대조되어 경이롭게 보였던 것이다.

그녀는 눈을 감았다. 자신은 이런 것을 원하지 않았다. 몸 깊은 곳이 아파 오는 이런 통증이나 가슴이 부풀어 오르는 그런 감응 같은 것을 원하지 않았다. 그녀는 그를 바라보는 것을 원치 않았었고 그가 자신을 원한다는 것도 알고 싶지 않았다.

저녁 시간 내내 그는 완벽한 동료였다. 그는 아저씨 같은 애정과 관심을 보이며 친구 이상의 말이나 시선을 보내지 않았다. 그러나 매순간마다 그녀는 몇 시간 전에 밖에서 있었던 그의 갈망을 의식하고 있었다.

그는 그녀가 그걸 의식하기를 원했다. 그는 그녀가 오늘밤 침대에 누워 자신을 생각하기를 원하였다. 엘리자베스는 그를 생각하지 않으려고 애썼다. 그러나 그것은 거의 불가능했다. 만약 그녀가 그럴 수 있었다면 의식 속에서 그를 완전히 지워 버릴 수도 있었을 것이다. 그녀는 느슨한 분홍색 플란넬 옷을 벗어 창문 옆 의자 위에 그것을 던져 버렸다.

그리고 노란 새틴 이불을 잡아 당겨 덮었다. 침대에 누워서 눈이 떨어지는 것을 바라보며 마음을 가라앉히려 노력했다. 양을 세는 것보다 훨씬 더 나은 방법이었다. 시트 속으로 더 깊이 들어가서 턱까지 이불을 끌어당기고 만족스러운 듯 창문 너머 떨어지는 눈에 시선을 고정시키고 있었다. 곧 잠에 빠져들어야 했다.

그녀가 꿈을 꾼다면 그것은 아기에 대한 꿈일 것이다. 결코 존 산델에 대한 꿈은 아닐 것이다. 눈이 창문에 달라붙어 아름다운 레이스 커튼과 같이 느껴졌고 각각의 모양은 완전히 독특했다. 누가 그걸 말했었지? 그녀는 몽롱한 상태에서 생각했다.

존. 눈조각이 떨어지는 것을 보던 그의 얼굴이 순간적으로 스쳐 지나가듯 떠올랐다. 진지하고 경이로웠으며 흥분에 차 있었다. 그처럼 작은 것에 대해 그렇게 어린애처럼 흥분할 수 있다니.

거너 닐슨도 오후에 위험한 스키 슬로프에서 아슬아슬하게 내려오면서 같은 흥분을 보여 주었다. 그녀는 거너에게도 그가 사막의 출신인지 물어 봐야겠다고 생각했다.

베개 속의 부드러움으로 그녀는 뺨을 깊숙이 묻고 기분 좋게 누워 있었다. 비누향과 깨끗이 풀 먹인 냄새가 코를 가득 채워 와 그녀를 더욱 안락하게 했다. 벽난로에서 나무 조각들이 타면서 쪼개지는 소리가 마음을 가라앉혀 주는 것 같았다.

존 산델을 생각하지 말아야 한다. 몇 분만 더 있으면 그녀는 잠이 들 것이고 위험은 끝날 것이다. 눈, 눈에 대해 그녀가 기억해야 할 것이 있었다. 떨어지는 눈조각을 바라보던 존의 표정을 그녀가 본 이래로 기억의 무엇인가가 그녀를 자극하고 있었다.

　그러나 그녀는 존에 대해 생각하려고 하지 않았다. 눈까풀이 감겨 더이상 견딜 수 없었다. 그녀가 이겼던 것이다. 존이 졌다. 그러나 그녀가 이겼을까? 그녀는 잠이 거의 들었을 때도 그의 얼굴을 명확히 볼 수 있었다. 그녀는 존이 창가에 서 있고 그의 뒤에서 물레방아 바퀴의 페달 위로 눈이 떨어져 모이는 것을 볼 수 있었다.

　그는 그녀가 사 준 초록색 울 가디건 주머니에 손을 넣고 있었고 그의 얼굴은 경이에 찬 표정이었다. 아냐, 그건 아니야. 그녀는 존을 위해서는 결코 옷을 산 적이 없었던 것이다.

　그녀의 침실 창가에 서서 첫눈이 내리는 것을 바라보고 있던 사람은 열세 달 전의 마크였던 것이다. 그 기억이 갑자기 떠올랐다. 그녀는 마크에게 다가가 팔로 그를 안으며 도로의 얼음에 대해 뭐라 중얼거렸었다.

　그는 대답을 하지 않았거나 아무런 말도 하지 않은 채 계속 즐거운 듯 경이에 찬 표정으로 창가에 서서 오랫동안 떨어지는 눈을 응시하고 있었다. 존이 아니었다. 그건 마크였던 것이다.

　"당신은 이 집을 좋아하지 않는 것 같군, 베스."

　엘리자베스는 벽난로 위의 현대식 그림에서 그녀 옆 소파에 앉아 있는 존에게로 시선을 돌렸다.

　"왜 그렇게 말하죠? 이 집은 매우 화려해요. 난 이런 곳에서 지내게 되어서 매우 편안한데요."

“당신은 마치 혐오스런 바퀴벌레를 보는 것처럼 그림을 바라보고 있는 것 같소.”

그녀는 어깨를 으쓱거렸다.

“난 추상적인 것을 좋아하지 않아요. 그건 나의 양키식 정신성과 관계가 있을 거예요. 난 모든 것이 직선적이고 정직해야 하고, 잠재 의식적인 개념이나 추상적인 것들은 싫어해요.”

그녀는 그의 바위같이 딱딱한 표정을 바라보며 말했다.

“난 당신이 정직을 우선으로 여기는 사람이라고 생각하는데요.”

그는 다시 그림을 흘깃 쳐다보고는 입가에 희미한 미소를 지으며 말했다.

“한때는 그랬었소. 그러나 그 후에 난 처음 봤을 때와는 다른 것을 너무 많이 보아 왔소.”

그의 시선은 다시 그림으로 향했다.

“그러나 당신을 괴롭히는 건 이 그림뿐이 아니오. 당신은 여기 있는 게 편안하지 않은 거요.”

자신이 느끼고 있는 그런 불안감을 그가 인식하고 있다는 것을 알았어야 했다. 그는 그녀의 작은 마음의 변화까지도 모두 의식하고 있는 것처럼 보였다. 그녀는 자신을 계속 조심스럽게 지켜 보는 그의 시선을 느끼고 있었다.

마치 그녀가 생각하고 있는 모든 것들을 관찰하고 기억하는 것이 매우 중요한 것처럼 말이다. 그것이 그녀를 불안하게 만들었지만 그렇게 생각하지는 말았어야 했다. 대신에 그

녀는 보호받고 있다고 느끼거나 고맙게 생각해야 했던 것이
다.

그들 사이에 친밀한 성적 의식과 함께 완벽하게 보호받고
있다는 느낌을 받는다는 것이 얼마나 이상한 일인지 모른다.
단지 총명하고 극도로 자신감 있는 남자만이 그 두 요소를
성공적으로 균형 있게 불러일으킬 수 있었던 것이다.

존은 총명했었고 아무도 그의 자신감을 의심하지 않았다.
그녀도 그가 날카로운 기지와 실로 놀랄 만큼 배우는 데 열
정을 가지고 있다는 것을 알고 있었다. 그가 가지고 있는 그
열성적인 성격은 그의 최고의 특징이었고 그가 계획이나 결
정을 내릴 때에는 조수만큼이나 억제할 수 없는 것이었다.

그들이 도착한 날에 언급한 적이 있었던 그 도서실을 그
는 지속적으로 이용하고 있었다. 존에게는 지식의 탐구라는
단어를 떠올릴 수 있었고 그건 몇 시간 혹은 며칠씩 지속되
기도 했다. 그의 열성은 전염성이 강한 것이었다. 그녀와 거
너는 즉시 존의 그런 열성적인 태도에 휩쓸려졌다.

이제 그녀는 스테인드 글래스에 대해 많은 것을 알게 되
었지만 그녀는 오히려 슬프다는 생각이 들었다. 주방으로 쏟
아지는 무지개빛 태양빛이 그녀에게 티파니 창문을 상기시
켜 주었기 때문이었다.

만약 존의 그런 열성적인 기질에 우스꽝스런 유머가 없었
다면 그는 참기에 힘든 사람일 수도 있었을 것이다. 그러나
그는 그녀가 낙심해 있을 때마다 무슨 말을 해서든지 그녀
를 웃게 만들었다. 그런 다음에 그녀는 슬럼프에서 빠져 나

와 다른 백과 사전이나 참고 문헌을 찾는 자신을 발견하게
되었다.

그녀는 혼자 힘으로 이것들을 읽고 공부하고 있는 중이라
고 스스로에게 말하곤 했다. 도서실의 책상 앞에 있는 맹렬
한 남자에 의해서가 아니라 말이다. 결국 그녀는 항상 그녀
가 알고자 했었던 것, 어떻게 스테인드 글래스가 만들어지는
지를 알게 되었다. 그녀가 그것을 아는 데에는 한 주 정도
걸렸다.

눈 위에서의 산보, 저녁 식사 후 카드 놀이 등 벽난로 앞
에서 평화스럽고 만족스런 시간을 함께 보냄으로써 그녀가
존재한다고 생각지도 못했던 존 산넬의 여러 면들에 대해
알게 되었다.

존이 입을 삐죽거리며 말했다.

"당신은 마치 날 추상적인 그림 보듯 바라보고 있는 것
같소."

"내가 그랬나요?"

그녀는 갈색 눈동자를 반짝거리며 뒤로 기대앉았다.

"당신도 당신 자신이 솔직하다든지 직선적이라고는 말할
수 없겠죠? 당신은 미스터리한 당신 과거에 대해 어떠한 것
도 밝히려 하지 않고 있어요."

그녀는 손을 들어 올려 말하려고 입을 여는 그를 제지했
다.

"말하지 말아요, 알고 있어요. 난 아이가 태어날 때까지
기다려야 해요. 난 내 삶 속으로 미스터리한 남자들이 들어

오는 것에 이젠 익숙해져 가고 있어요. 더이상 그런 문제들이 나를 괴롭힐 순 없어요. 당신이 돈 많은 사람에게 고용되어 어떤 음모를 수행하고 있는지 아닌지를 생각하느라 밤에 잠 못 이루고 깨어 있지는 않아요.”

“정말이오? 그럼 무슨 생각을 하느라고 잠 못 이루고 깨어 있소?”

부드럽게 그가 물었다.

당신의 손이 나의 가슴에 닿으면 어떨까? 당신의 혀는 어떤 느낌을 줄까……?

그에 대한 대답이 갑자기 나왔다. 하지만 그녀는 그러한 금지된 것에 대해 생각하지 않았다. 그녀는 조심스럽게 그런 생각을 자제했다. 그녀의 가슴은 팽팽해졌고 아랫입술은 촉촉해졌다.

“난 어떤 생각도 하지 않아요. 베개 위에 머리를 얹자마자 잠에 빠져들죠.”

그녀를 바라보는 그의 시선은 그녀의 속을 훤히 들여다보는 듯했다.

“그러지 않으려 해도 당신은 솔직한 양키의 속성을 조금 보여 주는 것 같소.”

“그런 말 하지 말아요.”

그녀는 또렷하게 말했다.

“그건 여기가 편안하지 않아서가 아니에요. 단지 우리 집이 아니기 때문이에요. 이 모든 현대식 장식들은…….”

그녀의 몸짓은 그들이 앉아 있는 소파는 물론 방 전체를 지적하고 있었다.

"난 그 시대를 나타내 주는 오래된 가구를 좋아해요."

"물레방앗간 집의 골동품들처럼? 당신은 집의 개념에 큰 가치를 두고 있군, 왜 그렇소?"

"개념이란 말은 참 냉정한 단어 같군요."

어떤 다른 말을 생각하려는 듯 그녀는 아랫입술을 깨물었다.

"집은 조금도 냉정한 것이 아니에요. 평온함과 사랑의 장소예요. 나는 어렸을 때 여행을 많이 다녔었죠. 엄마는 콘서트 피아니스트인 데니스 브랜든이에요. 우린 집을 떠나는 게 싫었죠. 하지만 엄마 없이 있는 것보단 나았어요."

그녀의 표정이 부드러워졌다.

"엄마는 매우 특별한 사람이었죠."

"나도 알고 있소."

존이 부드럽게 말했다.

"엄마에 대해 들어 본 적이 있다구요? 돌아가시기 전에 미국에서는 매우 유명했어요. 하지만 나라 밖 공연은 결코 받아들이시지 않으셨죠."

"나도 그녀에 대해 들어 본 적이 있소."

엘리자베스는 난로 속의 파랗고 빨간 불길을 꿈꾸는 듯한 시선으로 쳐다보았다.

"난 이리저리 옮겨 다니는 것을 싫어했어요. 하지만 그건 집에 돌아오는 것을 더 기분 좋게 해주었죠. 난 부모님과 함께 차를 타고 집으로 향하여 드라이브했던 것을 기억할 수 있어요. 집으로 가까워질수록 난 더욱더 흥분되었던 것 같아요. 첫번째 하얀 창고 건물을 지나면 빨간 목초 건조 저장실에 도달하기 전에 네 개의 신호등이 있었어요. 그리고 마지막으로 오래된 다리를 건너면 거의 집에 다 왔다는 걸 알 수 있었죠. 난 그 삐거덕거리는 다리를 참 좋아했어요. 낯선 것과 낯익은 것 사이의 마지막 경계였던 거죠. 집으로 가는 마지막 다리예요.”

“집으로 가는 마지막 다리라…….”

존이 반복했다.

“나도 그 말이 듣기 좋은 것 같소.”

방 안에 오랜 침묵이 흘렀다. 간혹 나무들이 타면서 내는 탁탁거리는 소리만이 들릴 뿐이었다.

“내가 당신을 사랑한다는 걸 알고 있소?”

존의 목소리는 낮았고 시선은 계속 불길만을 쳐다보고 있었다. 편안한 행복감에 잠겨 있던 그녀는 갑자기 경직되었다.

“그럴 순 없어요. 그건 불가능한 일이에요.”

“당신을 사랑하지 않고는 못 배기겠소. 당신은 따스하고 온화하고 사랑스럽소. 당신은 날 웃게도 만들고 격정으로 가득 채우기도 하오. 당신이 없는 밤과 낮은 한시도 견딜 수 없을 거요. 당신과 같이 할 수 없는 나의 미래는 한순간도 생각할 수 없소.”

그녀는 눈을 감았다. 격한 감정의 흐름이 그녀를 씻어 내리는 듯했다.

"안 돼요, 그건 너무나 갑작스런…… 그건 일어날 수 없는 일이에요."

"당신을 사랑하오."

그는 다시 확신에 찬 듯한 목소리로 말했다. 그는 확고했다. 그런 것들이 그녀의 동요를 더욱 크게 했다. 그녀는 다시 눈을 떴다.

"난 당신을 사랑하지 않아요. 결코 당신을 사랑하지 않을 수도 있어요."

"그럴 수도 있겠지만 당신은 이미 가까워지고 있소."

그는 불길로부터 시선을 돌려 그녀의 얼굴을 쳐다보았다. 깎아 놓은 듯한 남성적인 그의 얼굴에 사랑스런 미소가 지어졌다.

"지금 그것에 대해 걱정하지 말아요. 난 단지 당신이 그걸 알아야 한다고 생각했소."

그녀는 웃으며 말했다.

"당신은 뜻밖에 또 그걸 대화에 끌어들였군요."

"그게 아니오. 당신에 관한 한 뜻밖이란 있을 수 없소, 베스."

그의 빛나는 눈동자 속에서 무엇인가가 번뜩였다.

"난 한때 부드럽고 고상하려고 한 적이 있었소. 그러나 나에겐 그게 쉽지 않았소. 천성적으로 난 고상한 남자가 아니오."

존 산델에게 있어 그의 용감한 전사와 같은 본능을 누그러뜨리는 것은 쉽지 않았던 것이다. 그러나 그녀를 위해서

그는 모든 노력을 하는 중이었다. 그런 생각이 그녀를 감동
시켰다.

"우리 사이엔 너무 많은 문제가 있어요. 내가 알지 못하는
너무 많은 것들이."

"곧 그것들이 사라질 거요."

그는 손가락으로 그녀의 얼굴을 쓸어 내리며 말했다.

"우리 사이엔 아무런 문제가 없을 거요."

"아마도 당신은 나보다 더 잘 알지도 모르죠."

그의 손가락은 부드럽게 그녀의 피부를 어루만지고 있었
다. 그녀는 그에게 머리를 기대고 싶었다. 더욱 가까이, 더욱
많이…….

"당신은 비밀을 가진 사람이에요."

그는 그녀의 표정을 읽으려 했다.

"당신은 내가 당신을 만지는 걸 좋아하오, 그렇지 않소?
우린 잘 맞는다고 말한 적이 있지 않소. 난 당신의 손길을
그리워하고 있소."

"안 돼요, 난 그럴 수……."

그는 손가락을 그녀의 입으로 가져 갔다.

"쉬, 당신에게 강요하진 않겠소. 난 교양 있게 처신하려
했소. 기억하오? 난 기다릴 수 있소."

그는 속삭임보다는 한 어조 높여 말했다.

"아마도."

엄지 손가락으로 그녀의 아랫입술을 천천히 그리고 관능
적으로 문질렀다. 그녀의 입이 벌어졌다. 그의 엄지 아래에

서 그녀의 입술은 부드럽게 떨리며 부풀어 올랐다. 그녀의 호흡이 가빠졌다. 온몸의 신경이 민감해졌고 나른한 열이 근육 속으로 파고들었다. 그녀는 서서히 그에게 기대었다. 그녀의 시선이 그에게 힘없이 끌려 왔다.

"존, 이건 미친 짓이에요."

그녀는 그를 원하고 있었다. 볼이 붉어지고 눈은 빛났으며 몸이 나른해졌다. 그녀는 그에게 완전히 온몸을 내맡기고 있었다. 그는 그가 원하는 것을 할 수 있게 되었다. 그녀에게 즐거움을 줄 수 있었던 것이다.

적어도 잠시 동안 그녀는 마크조차도 잊고 있었는지 모른다. 그가 얼마나 그녀를 원했던가. 그는 갈망으로 아파 왔다. 맥박이 심하게 뛰고 있었으며 배근육이 딱딱해졌다. 준비가 된 것이다.

그러나 그녀는 준비가 되지 않았다. 아직은 말이다. 지금은 그를 원하고 있지만 내일이 돼도 그녀는 후회하지 않을 수 있을까. 그는 단지 하룻밤의 상대를 원하고 있지 않았다. 그는 내일이 필요했다. 아니 영원한 것이 필요했는지도 모른다.

존의 손가락이 그녀의 입에서 떨어져 나갔다.

"이건 정말 미친 짓이오. 당신이 맞았소. 내가 너무 서두른 것 같소."

그는 고르지 못한 호흡을 진정시키려 했다.

"이러지 말았어야 했어."

그녀는 공허한 눈빛으로 그를 응시했다. 그는 입가에 허탈

한 미소를 띠고 있었다.

"당신 혼자만 그런 건 아니에요."

그녀는 그로부터 빠져 나오려 했으나 그가 그녀의 행동을 제지했다.

"날 떠나지 말아요."

"그만 자야 할 시간이에요."

그도 그렇게 생각했다. 그녀는 잠자리에 들어야 할 시간이었다. 그의 팔에 안겨 잠자리에 들어야 할 시간. 그는 아주 부드럽게 행동할 수 있을지도 모른다. 그리고…….

"나와 함께 있어 주오."

그는 부드럽게 강요했다. 그리고는 자신의 어깨 위로 그녀를 끌어당겼다.

"여기에 나와 함께 있어 주오, 타오르는 불길을 바라보면서."

엘리자베스는 천천히 긴장을 풀었다. 그녀는 이것이 꿈처럼 느껴졌다. 그는 이전의 그와는 전혀 다른 느낌이 들었다. 그의 울 스웨터 감촉이 뺨에 거칠게 느껴졌으나 그는 부드러운 손길로 그녀의 머리를 쓰다듬어 주었다. 비누향과 무스크향이 타는 소나무향과 섞여 그녀를 진정시켜 주었다.

그는 아픔을 느꼈다. 욕망을 지워 버리려고 거의 초인적인 노력을 했고 모든 근육이 이완되도록 진정시켰다. 그가 성적 욕구를 가라앉히는 데는 적지 않은 시간이 걸렸다. 하지만 욕망은 아직 남아 있었다.

그러나 적어도 그녀는 그걸 의식하지 못하고 있었다. 그녀는 편안해 했다.

　그가 운이 좋다면 오늘밤 또 한 걸음을 내딛었는지도 모른다.

　목적을 향해서 그는 가야 할 길이 아직 더 많이 남아 있었다.

5

“도대체 뭐 하고 있는 거요.”

엘리자베스가 팔을 대자로 펴고 눈 위에 누워 있는 것을 본 존은 화가 나고 놀란 것 같았다.

“천사를 만들고 있죠.”

팔을 좌우로 흔들며 혀를 낼름 내밀었다.

“조용히 해요. 난 이렇게 숨쉴 수도, 당신과 말하기도 힘들어요. 오늘 아침에는 마치 앤드루가 내 폐 위에 누워 있는 것처럼 느껴졌어요.”

그녀는 눈사람에게 솔방울 눈을 만들어 주며 엘리자베스를 바라보았다.

"그거 재미있겠는데요. 내 눈사람에게도 천사의 링을 만들어 줄 수 있을 거예요. 그리고……."

"거너."

존이 앞으로 걸어와 엘리자베스를 일으켜 주고는 그녀의 주위를 돌며 코트와 바지에 묻은 눈을 털어 주었다.

"너나 엘리자베스나 마찬가지야. 도대체 몇 시간 동안이나 바깥에 있었던 거야? 엘리자베스가 다 젖었잖아."

"아침 식사 후부터."

거너는 엘리자베스를 걱정스럽게 바라보며 얼굴을 찡그렸다.

"정말 그렇게 젖었어? 오, 미안해. 난 단지 그녀가 재미있어 하는 것 같아서 미처 그 생각을 하지 못했어."

"넌 가끔씩 그러지."

존의 어조에는 비꼬는 기색이 역력했다.

"조용히 해요, 존."

엘리자베스는 존에게 눈을 살며시 흘기며 말했다.

"우리만 재미있게 놀아서 샘이 나고 소외감을 느낀 거죠? 그건 당신 잘못이에요. 정오가 다 될 때까지 누워 잠을 자는 대신에 적당한 시간에 일어났더라면 당신도 밖에 나와 우리와 놀 수 있었을 거예요. 우린 눈싸움도 했고 거너는 뉴욕주 사상 최고로 큰 눈사람을 만들었어요."

거너는 불만스러운 듯 말했다.

"겨우 뉴욕주라니? 난 적어도 북미의 기록은 깨길 바랐는데."

엘리자베스는 고개를 기울이고 팔 피트나 되는 눈사람을 자세히 바라보았다.

"잘은 모르겠지만 미네소타에는 꽤 심한 얼음 조각 열광자가 몇 명 있는 것 같던데……."

"눈과 얼음은 같지 않죠."

거녀의 모습은 굉장히 거만해 보였다.

"난 불공정하게 비교당하고 싶진 않아요."

맑고 차가운 공기 속으로 엘리자베스의 웃음 소리가 울려 퍼졌다. 존은 그 순간 즐거워졌다. 얼마나 그녀의 웃음 소리를 듣고 싶어했던가. 그녀의 웃음 소리는 달콤하고 즐거움이 넘쳐 흘렀다. 또 얼굴에서는 빛이 났고 살결은 비단 같은 광택을 띠고 있었다.

그녀를 바라보고 있노라면 그는 목이 타곤 했다. 그녀는 한창 피어 오르고 있었다. 그녀의 피부와 몸 그리고 갈색머리, 모든 것이 아름답게 빛나 보였다. 엘리자베스.

"안으로 들어가 옷을 갈아입어요."

그는 퉁명스럽게 말했다. 간신히 그녀로부터 시선을 돌릴 수 있었다. 엘리자베스는 그의 말에 멋쩍은 듯 말했다.

"우리의 거대한 창조물에 이름을 붙여 줄 것을 도와 달라고 하지 않았군요. 어떻게 생각해요, 거녀? 무척 현명한 것처럼 보이지 않아요. 솔로몬 어때요?"

거녀는 고개를 저었다.

"그건 너무 거만한 듯해요. 단조롭지 않으면서도 현명한 그런 이름 없을까요?"

　존은 갑자기 자신이 늙었다는 생각이 들었다. 그들은 너무 젊고 아름답고 삶의 즐거움으로 가득 찬 듯해 보였다. 지난 밤 난로 앞에서 그는 희망으로 가득 차 있었는데 오늘은 소외되고 있는 듯한 느낌을 받았다. 왜 자신은 책임을 벗어 던지고 그들과 같이 합류하지 못하는 걸까?

　"벤저민 프랭클린은 어때요? 그는 유머가 많은 사람이었잖아요?"

　엘리자베스가 제안했다.

　"그는 양키 출신이에요. 그건 중요한……."

　엘리자베스는 흘깃 존의 불안해 하는 표정을 보자 더이상 말을 이을 수가 없었다. 금세 그녀의 얼굴에서도 웃음이 사라지고 걱정스러운 표정으로 변했다.

　"존, 뭐가 잘못됐어요?"

　엘리자베스는 그에게 다가서며 물었다.

　"난 그럴 의도가 아니었는데……."

　한 걸음 더 존의 곁으로 다가가는데 갑자기 그녀는 세상이 자기 주위를 빙 돌기 시작하며 눈앞이 파랗고 하얗게 보이는 것을 느꼈다.

　"존!"

　"오, 맙소사!"

　존은 한 걸음에 그녀에게로 다가와 팔로 그녀를 들어 올려 가슴 쪽으로 끌어당겼다.

　"진통이 오는 거요?"

　"아니에요."

그녀는 고개를 저으며 말했다. 다행히도 세상은 다시 안정되어 있었다.

"잠시 어지러웠을 뿐이에요. 이젠 괜찮아요."

그는 그녀를 부축해 집 안으로 들어갔다. 그의 얼굴은 창백해 보였다. 거의 눈사람 벤저민 프랭클린의 얼굴만큼이나 창백하다고 그녀는 생각했다.

"거너, 너도 곧 들어올 거지? 너 눈사람 만드는 일을 끝내고 나면 그녀에게 뜨거운 홍차를 좀 가져다 줘."

"지금 당장 가져 갈게."

거너는 계단을 뛰어오르면서 그들 앞을 지나쳐 갔다.

"그녀는 아침 식사도 많이 먹지 않았어. 내가 간단한 점심을 준비할게."

"그냥 단순한 어지럼증이에요."

그녀는 변명하듯 말했다.

"나 같은 여자들에겐 한때의 호르몬 이상으로 가끔 이러는 것이 자연스런 일이죠. 당신이 날 갑자기 일으켰을 때 아마도 내가 너무 빨리 자세를 바꿨던 것 같아요."

"내 잘못이었소."

계단을 오르며 그가 말했다.

"하지만 난 당신을 갑자기 움직이지 않았소. 당신이 일어나도록 도와준 것이오."

그를 바라보는 그녀의 눈은 반짝거렸다.

"그래요, 날 도와줬죠."

그녀도 인정했다.

“아주 강하게요.”

“난 그러지 않았는데…….”

그는 숨을 고르지 않게 내쉬었다.

“진정해요, 그리고 좀 쉬어요.”

그들은 이 층의 계단을 오르고 있었다.

“어쨌든 다시는 눈 위에서 뒹굴면 안 돼요, 알았소?”

“난 뒹굴지 않았어요. 창조의 작업중이었죠.”

그녀는 킬킬대며 웃었다.

“제삼자의 입장에서는 그렇게 볼 수도 있겠지만요. 운동은 제게 좋아요. 지난 주엔 자주 밖에 나갈 수 없었잖아요.”

존은 대답하지 않고 입을 강하게 다물고 있었다. 조금 후에 그는 조심스럽게 그녀의 침실문을 열고 들어와 문을 발로 차 닫았다. 그리고는 방을 가로질러 그녀를 침대 위에 앉혔다. 그녀는 즉시 일어나려 했다.

“난 흠뻑 젖었어요. 이불이 다 젖기 전에 옷을 갈아입게 해줘요.”

“가만히 앉아 있어요.”

그는 자신의 코트를 벗더니 바닥에 아무렇게나 휙 던져 버리고는 그녀 앞에 무릎을 꿇었다. 그녀의 감색 코트 단추를 풀며 그녀의 어깨에서 그것을 벗겨 내리는 그의 손가락은 떨리고 있었다. 그리고는 그녀의 머리 위로 니트 스웨터를 벗기고는 그것을 코트 옆으로 던져 버렸다.

“이런, 블라우스까지 다 젖었군.”

그가 일어섰다.

"다시 올 테니 부츠와 양말을 벗어요."

그가 나가고 문이 닫히자 그녀는 욕실문을 바라보며 얼굴을 찡그렸다. 존의 권위적인 태도는 아예 몸에 밴 습관 같았다.

오, 잘 됐어.

적어도 그는 상처를 입을 것 같지는 않았다. 그렇다고 해도 아까 밖에서 그녀가 고개를 돌려 그를 보았을 때 그의 상처 입은 듯한 표정은 무엇이었을까? 그는 무슨 생각을 했던 걸까? 왜 그는 그런 표정을 지었던 것일까?

그녀는 스웨이드 부츠를 벗으려고 애쓰고 있었다. 눈 때문에 젖어서 베이지색이 짙은 갈색으로 변해 있었다. 그녀는 생각보다 많이 젖어 있었다. 아침 내내 했던 격렬한 활동이 그녀가 젖었다는 것이나 춥다고 하는 것을 의식하지 못하게 했던 것이다.

문이 열리고 존이 커다란 하얀 타월을 팔에 두르고 침실로 다시 돌아왔다. 그는 옷장 앞에 멈춰 서더니 문을 열었다.

"따뜻한 수건 걸이에 걸어 두어서 수건이 따뜻하오. 그래도 오한이 나면 당신에게 샤워를 시켜 주겠소."

그녀의 눈이 커졌다.

"그래야 할 필요는 없을 것 같은데요."

그는 옷걸이에서 오렌지 빛의 옷을 꺼내더니 그녀가 앉아 있는 곳으로 걸어왔다.

"두고 봅시다."

존은 그녀 앞에 무릎을 꿇고 블라우스의 단추를 풀어 내
렸다.

"날 믿어요. 나도 당신만큼이나 그걸 피하고 싶소. 당신이
다시 어지러워질까 봐 걱정이오. 그건 즉 내가 당신과 함께
샤워를 해야 한다는 걸 의미하니까 말이오."

그는 그녀의 어깨로부터 블라우스를 끌어 내리고는 브래
지어의 앞여밈으로 손을 가져 갔다.

"그곳에서 어떻게 될지 누가 알 수 있겠소."

그녀는 브래지어의 여밈을 풀려고 노력하는 그의 손가락
을 내려다보았다. 그 손은 강하고 까맣고 그을려 그녀의 하
얀 레이스와 대조되어 보였다. 강했지만 떨고 있었다. 그녀
는 숨이 차 오며 작은 전율을 느꼈다.

"당신 떨고 있군요, 추워요?"

그는 그녀의 얼굴을 보려 시선을 올리고는 숨을 내쉬었다.

"아니오, 당신도 춥지 않을 거요……."

"안 추워요."

그녀는 속삭이듯 말했다. 동맥 속으로 열기가 넘쳐 흐르는
듯했다. 그녀는 뺨과 목까지 발갛게 되는 것이 느껴졌다. 그
의 손가락이 그녀의 풍만한 가슴 위로 왔다갔다했다.

그는 눈을 감았다.

"지금은 안 돼. 지금 이래서는 안 돼요. 난 나 자신을 컨트
롤할 수 있을 거라 생각했소. 거의 모든 밤 그것이 날 사로
잡았지만 난……."

그가 눈을 떴다. 활활 타오르고 빛나고 굶주린 듯한 눈빛

이었다.

"당신은 괜찮지 않소. 나도……."

"난 괜찮아요."

그녀는 간신히 말을 할 수 있었다. 어떻게 이토록 짧은 시
간에 그의 마음이 여기까지 올 수 있었을까? 그녀가 한 말
은 어떤 친밀함으로의 초대와도 같았다. 그는 절망한 듯이
고개를 저었다.

"아니오."

"난 지금 전혀 매력적이지 않아요."

그녀가 웃으며 말했다.

"거의 코뿔소 같잖아요."

"매력적이지 않소."

그는 허스키한 목소리로 말했다.

"당신은 아름답소."

그의 손바닥이 그녀의 복부로 내려왔다.

"이것은 아름답소. 팽팽하고 생명으로 가득 차 있소. 그리
고 당신의 가슴도……."

그녀는 자신의 가슴으로 올라오는 그의 손을 보았다.

"그곳이 아파요. 당신 때문에 아파 와요. 당신은 날 안을
수 있을 거라고 생각해요?"

그녀는 부드럽게 물었다.

그녀를 바라보는 그의 시선이 타오르고 있었다.

"물론이오. 난 그럴 수 있소. 그게 날 죽인다 해도 난 그럴
수 있소."

존의 입이 가까워졌다. 그녀는 입술 위에서 그의 따스한 호흡을 느낄 수 있었다. 그는 복부 위에 있었던 손을 들어 그녀를 자기 쪽으로 가까이 끌어당겼다. 그의 가슴은 거친 호흡 소리와 함께 불안정하게 고동쳤고 맥박이 빠르게 뛰었다. 그는 아주 부드러웠다.

그녀는 그의 머리 속으로 손가락을 묻고 싶었다. 그녀 쪽으로 그를 더욱 가까이 당기고 싶었다. 그녀는 갈망으로 목이·말라 왔다. 모든 근육이 긴장되었고 가슴도 딱딱하게 부풀어 올랐다.

그의 혀가 그녀의 혀를 맛보았다. 따스하고 촉촉하고 관능적이었다. 전율이 다시 흘렀다. 그녀는 그에게 휩쓸려 뼈가 없는 듯이 유연해졌다. 그의 입술이 그녀 속 어디에선가 뜨거운 줄을 건드린 것 같았다.

"우리가 같이 누우면 당신이 더 편안할 텐데."

그는 부드럽게 그녀를 밝은 태양빛의 노란 시트 위로 밀어 내었다. 그의 손가락은 그녀의 머리를 쓸어 내리고 있었다. 하지만 그녀는 어렴풋이만 그의 행동을 의식할 수 있었을 뿐이었다.

그의 입은 그녀의 모든 관심을 끌었다. 그녀는 그를 향해 입술을 들어 올리고는 낮은 신음 소리를 냈다. 그 느낌은 표현하기 힘든 것이었다. 그의 입은 강하고 부드러웠다. 그의 혀가 애무하듯 부드럽게 움직이고 있었다.

그녀는 그의 키스로 거의 정신을 차릴 수가 없었다. 전에는 한 번도 이런 감정을 느껴 보지 못했다. 그녀는 키스가 그렇게 열정적인 것인지 몰랐었다. 존은 그런 그녀의 감정을 건드렸고 지금 완전히 그것에 빠지도록 만들었다. 그녀는 존이 키스를 끝낼 때까지 떨고 있었다.

그는 그녀의 복부를 부드럽게 원을 그리듯 만지기 시작했고 그 부드러운 행동으로 그녀는 전에는 그에게서 느끼지 못했던 따스함을 느끼게 되었다. 그런 생각에 그녀는 마음이 아파 왔다. 존의 어깨에서 머리를 들었다. 그녀의 눈은 촉촉해졌다.

"존."

그녀는 속삭였다.

"내가 당신에게 우리 사이엔 특별한 무언가가 있다고 말했지 않소."

그의 목소리에는 만족스러워하는 무엇인가가 있었다.

"오직 나와 말이오. 우린 완벽한 한 쌍이 될 수 있을 거요. 당신이 이런 식으로 반응한 적은 한 번도 없었을 거요."

그는 조용히 말했다. 그녀는 일어나 앉으려 했다.

"안 돼요."

그는 재빨리 그녀를 제지했다.

"그대로 있으시오. 당신에게 필요한 것은 모두 가져다 줄 거요. 당신은 조심해야 하오. 오늘 아침 너무 무리했소."

그는 매우 사려가 깊었다. 그녀는 어떻게 그에 대한 자신의 감정이 그렇게 빨리 바뀌었는지 그에게 말하고 싶었다. 손가락으로 그의 입가의 선을 만져 보려고 한층 더 그에게 다가갔다 그녀를 향해 타오르고 있는 그의 눈을 바라보았다.

그녀는 손가락을 다시 제자리로 당기고는 눈을 감았다. 그리고 침대 위에 누워 자신을 안정시켰다. 갑자기 그녀는 피곤해졌다.

근육조차 움직이기 힘들었다. 그러나 그녀는 움직일 필요가 없었다. 존이 모든 것을 해주었다. 그녀의 옷들을 다 벗기고 몸을 따뜻한 수건으로 닦아 주었다.

"앉아요, 잠시만."

그녀는 일어나 앉아 그가 그녀의 팔을 소매 속에 넣어 주며 가운을 내려 주는 것을 꿈속인 양 아련하게 바라보았다. 그는 가볍게 그녀의 이마에 입술을 대고는 이불을 당겨 덮어 주었다.

"좀 나아졌소?"

좀 나아졌다. 그 말은 아마도 너무 인색한 말일 것이다. 그녀는 만족스러웠고 기쁨으로 정신을 차릴 수 없었다.

"정말 좋아졌어요."

"나도 기쁘오. 거너가 뭘 하는지 가 봐야겠소."

"거너가 안 올라와서 다행이에요."

엘리자베스가 말했다.

"그렇지 않았다면 난 내가 어떻게 느끼는지 알 기회를 놓쳤을 거예요."

그녀는 말을 멈추고는 당황한 듯한 눈빛을 지었다. 존의 얼굴도 긴장된 듯했다. 그의 입가에는 고통스런 선이 드러나 보였다.

"오, 미안해요, 존. 당신은 날 이기적인 사람으로 생각할 거예요.”

그녀는 얼마나 잔인했던가. 존이 그녀를 원하고 있다는 것을 알고 있었으면서도 그의 부드러움과 편안함을 받아들였던 것이다. 그에게 어떤 영향을 줄지는 생각지도 않고 말이다.

그는 고개를 저었다.

“아니오, 이건 당신을 위한 시간이었소. 난 당신이 그렇게 되길 바랐소.”

그는 이마를 살짝 찡그리며 말했다.

“다행히도 당신이 좀더 산장에 있을 것이기 때문에 우리 사이를 되돌릴 수 없다는 사실을 확신시킬 수 있을 거요.”

존은 손을 양옆으로 붙여 꽉 쥐고 있었다. 그는 잠시 아무 말도 하지 않고 자제하려 애쓰고 있었다.

“또 기회가 있을 거요. 난 기다릴 수 있소.”

그는 문으로 걸어갔다.

“존.”

그는 문의 손잡이를 잡은 채 멈춰 섰다.

“왜?”

“또 기회가 있을 거예요. 약속해요.”

그녀는 그를 바라보며 미소지었다. 그의 가슴을 움직이는 사랑스런 미소였다.

“그리고 난 앤드루도 당신을 좋아할 거라고 생각해요. 당신이 날 부드럽게 만졌을 때 그가 전혀 반항하지 않았음을 당신도 느꼈을 거예요.”

잠시 동안 그의 긴장된 표정에 미소가 머물렀다.

"난 그가 날 좋아할 거라는 사실을 알고 있소. 왜 그러지 않겠소? 그는 확실히 나무랄 데가 없는 아이일 거요."

문이 그의 뒤에서 부드럽게 닫혔다. 엘리자베스는 입가에 만족스런 미소를 지으며 그 문을 바라보았다. 존의 활기 넘치는 생명력이 사라지자 방이 갑자기 외로워진 듯했다.

그는 복잡한 개성을 지녔으며 다양한 면들을 가지고 있었다. 부드러움, 지성, 열정, 소유욕, 날이 갈수록 복잡한 층들이 하나씩 벗겨지는 듯했다. 그의 한 면을 발견하면 바로 그것은 변하고 또 다른 것으로 대치되기도 했다. 그는 정지된 채 있는 것을 참을 수 없어 하는 그런 사람이었다. 그는 확실히 이해하기 쉽지 않았다.

그녀의 배를 앤드루가 자극하자 그녀는 부드럽게 웃었다.

"괜찮니? 넌 오늘 매우 게으른 것 같은데."

그녀는 따스함을 느끼며 그렇게 누워 있었다. 무어라 이름 붙일 수 없는 그런 느낌이었다.

"그가 너도 그를 좋아할 거라고 말했어."

속삭이듯 말했다.

"나도 그게 사실이길 바라. 난 두렵거든. 너의 엄마가 혹시……."

그녀는 말을 끝맺지 않았다, 머리 속으로조차도. 그것을 끝맺는 것은 모든 상황을 확실히 하는 것일지도 모른다. 전혀 서두를 것이 없지 않은가. 그녀는 달콤한 은빛 시냇물 같은 감정이 그냥 지나치도록 내버려 두었다.

존은 그녀에게 아무런 상처를 주지 않았다. 그 자신에게조
차 상처를 주지 않았던 것이다.

존은 계단에 기대 서 있었다. 그의 몸 속의 욕구가 계속해
서 그를 괴롭게 했다. 그의 이마에 구슬처럼 땀이 맺혔다.
그는 마치 화난 동물처럼 굶주림을 참으려 온갖 노력을 하
고 있었다.
거의 가까웠다. 그렇게 가까워졌었다. 그는 혀로 그녀를
맛볼 수 있었다. 아직도 그녀가 노란 시트 위에 누워 있는
것을 볼 수 있었고 그녀의 향기도 맡을 수 있을 것 같았다.
그는 질식할 것만 같았다.
"존."
거녀가 쟁반을 들고 계단을 막 올라오려 하고 있었다. 그
의 파란 눈은 그녀의 방에 차를 가져다 주어야 할지 갈등하
고 있었던 듯했다. 존이 계단을 내려가며 말했다.
"네가 뭐 하는지 보려고 마침 내려가려던 참이었어."
거녀는 그를 향해 말했다.
"빈둥거리고 있었지 뭐. 방해될 것 같은 느낌이 들었거든."
그는 부드럽게 미소지었다.
"난 나의 본능을 무시하지 않아. 그것이 내 목숨을 종종
구해 주곤 했었지."
거녀의 본능은 존의 목숨 또한 한두 번 구해 주었던 적이
있었다.
"난 산책 나갈 거니까 엘리자베스에게 점심을 차려 주고

낮잠을 자게 해."

그는 재빨리 복도 쪽으로 걸어 나갔다. 그의 온몸의 근육
은 철사에 감겨진 듯 뻣뻣했다.

"오늘 무전기로 바넷과 통화했어?"

거너는 고개를 저으며 말했다.

"이 지역에 바르도의 낌새는 없었어. 아직 그가 이곳으로
찾아올 때까지 시간이 있어."

"좋아."

존은 계속해서 걸어가며 말했다.

"난 돌아오면 바넷과 애기하고 싶은데. 우리가 다른 피신
처를 만들어야 할 시간이 되었어. 난 알렉스 벤 라치드와 만
나는 것을 상의해야 해."

"내가 그에게 너의 연락을 기다리고 있으라고 말해 줄게.
언제 돌아올 거야?"

몇 시간? 며칠? 그의 안에 있는 굶주림을 다시 물러나게
하는 데는 얼마나 오랜 시간이 걸릴까? 그는 항상 자신의
몸을 절대적으로 컨트롤했다. 지금까지는 말이다.

"두 시간쯤 시간을 줘."

거너의 표정이 어두워졌다.

"조심해. 또 눈보라가 몰려 올지도 모르니까."

존은 눈보라를 환영할지도 모른다. 그것이 그의 다리 사이
의 고통을 차갑게 식혀 줄지도 모르니까 말이다.

"조심할게."

그는 어깨 너머로 거너를 바라보며 말했다.

"넌 엘리자베스를 잘 살펴. 더이상 눈 위에서 뛰어 놀게
해선 안 돼."
"그런 생각조차도 안 해."
거녀는 입을 삐죽거리며 말했다.
"오늘 그녀는 너무 뛰어다녔어."

엘리자베스는 허벅지 사이에서 축축한 느낌이 나서 한밤
중에 잠에서 깨었다. 공포감이 밀려들었다.
"안 돼!"
그녀의 비명 소리는 거의 울부짖음이었고 신음 소리에 가
까웠다. 그녀는 일어나 앉으려고 애쓰며 창가 쪽으로 시선을
돌렸다. 휘날리는 눈은 눈조각이라기보다는 부드러운 담요처
럼 보였다. 그리고 바람은 길 잃은 아이처럼 울부짖고 있었
다.
"지금은 안 돼, 앤드루!"
그녀는 간신히 침대에서 일어났다. 배 아래쪽의 통증은 그
녀의 공포심만 더해 줄 뿐이었다.
"네가 오늘 그렇게 조용했던 것도 당연했구나. 나올 힘을
비축해 두느라 그랬었지, 그렇지?"
문을 열고 복도 쪽으로 걸어 나갔다.
"존, 거녀, 일어나요. 우린 지금 병원에 가야 해요."
거녀의 방문이 즉시 열렸다. 그의 금발 머리는 헝클어져
있었고 서둘러 와인색의 가운 벨트를 여며 매고 있었다.
"아기가?"

"양수가 터졌어요. 우린 병원에 가야 해요. 존은 어디에
있죠?"

"아직 방으로 돌아가지 않은 거 같은데요. 내가 이층으로
올라올 때도 도서실에 있었거든요."

"무슨 일이야?"

존이 물었다. 그는 한 번에 두 계단씩 단숨에 올라왔다.
엘리자베스는 그를 보자 안도감을 느꼈다. 그녀는 미소를 지
으려 했다.

"앤드루가 기다리는 데 지쳤다고 생각한 모양이에요. 우린
지금 당장 병원에 가야 해요."

"앤드루!"

존이 그녀 옆으로 다가오더니 그녀를 들어 안아 방으로
다시 데려갔다.

"아래층의 벽장에서 깨끗한 시트와 수건을 가져 와."

"알았어."

거너는 이미 아래층으로 급히 내려가고 있었다.

"존, 날 내려 줘요. 당신은 이해 못해요."

그가 그녀를 침대에 내려놓으려고 하자 그녀는 존의 팔에
안긴 채 발버둥쳤다.

"우린 서둘러야 해요. 이런 폭풍 속에서 병원으로 가는 데
는 몇 시간은 족히 걸릴 거예요."

"잘 들어요, 베스."

그녀의 눈을 보는 존의 시선은 진지했다.

"우린 그런 모험을 할 수 없소. 저 눈보라를 좀 봐요."

그는 창문을 향해 고갯짓을 했다.

"도로는 막혀 있소. 우린 제설기도 없이 어떻게 할 수가 없는 거요."

"그래도 시도는 해 봐야죠, 앤드루가……."

"앤드루에게는 차 안보다 여기가 훨씬 안전할 거요. 우리가 길을 잃으면 어떡하겠소? 당신이 차 안에서 아기를 낳게 되면 우린 갓 태어난 아기를 안전하게 보호하는 데 문제가 있을 거요."

그녀의 턱을 받쳐 든 그의 목소리는 벨벳처럼 부드러웠다.

"난 당신도 앤드루도 위험에 처하게 할 순 없소. 당신은 따뜻하고 안전한 이곳에서 앤드루를 낳게 될 거요."

그녀의 시선은 다시 한 번 창문 밖의 눈보라로 향했다. 그가 옳았다. 그녀는 그가 옳다는 것을 알고 있었지만 그것이 그녀의 좌절감이나 공포심을 막지는 못했다. 왜 하필 지금일까? 그녀는 앤드루를 의사와 간호사가 있는 깨끗하고 안전한 환경 속에서 낳고 싶었다. 그녀는 자신의 아들을 위해 모든 조건을 다 갖춰 주고 싶었다. 만약의 경우를 대비해서 시설이 다 되어 있는 병원에서 낳기를 원했던 것이다.

"난 무서워요."

그녀는 속삭였다.

"내 아기한테 절대 무슨 일이 일어나선 안 돼요. 존, 난 그러면 참을 수 없을 거예요."

"당신과 아기 모두에게 아무 일도 일어나지 않을 거요."

그가 부드럽게 말했다.

"나도 그렇게 되는 건 참을 수 없소."

그는 손가락으로 그녀의 코를 놀리는 듯 눌렀다.

"그리고 난 산모와 아기 모두 괜찮을 것임을 보장할 수 있소."

그는 마치 그녀가 다시 기운을 차릴 수 있게 할 자신이 있는 것 같았다.

"어떻게 당신이 그럴 수 있죠? 당신이나 거너가 의사는 아니잖아요."

그녀가 얼굴을 찡그리며 말했다.

"그렇지 않으면 아마 당신은…… 당신은 무슨 일이든지 해내고 또 어떤 사람도 될 수 있나요?"

"내가 그러지 못할까 나도 걱정이지만 우린 전에 아이 낳는 것을 본 적이 있고 우리 둘 모두 지식이 있는 사람이오. 우린 잘 할 수 있을 거요. 난 요즘 그것에 대해 읽던 중이었소. 그건 매우 기초적인 것이오."

"기초적인 것."

그녀는 반복해 말했다.

"좋아요, 그 단어를 선택한 것에 동의하죠."

그녀는 머리를 흔들었다.

"당신은 실제로 아이 낳은 법에 대해 연구하고 있었군요."

그는 어깨를 으쓱이고 말했다.

"우린 위급한 상황에 대비하는 훈련을 받았소. 도서실에 아이를 받은 경험에 대하여 자세히 적어 놓은 간호사가 쓴 책이 있소. 내가 그걸 직접 본 적이 있어서인지 그건 나의 흥미를 끌었소.”

“그렇다면 스테인드 글래스를 만드는 것보다는 더 실용적인 것이겠군요.”

그녀는 힘이 빠진 듯했다.

“내가 좀 괜찮아지면 당신에게 그 경험에 대해 물어 볼 것을 일러 주고 그 책도 쉽게 찾을 수 있게 두세요.”

“약속하오. 당신이 가운을 벗는 걸 도와주겠소.”

그의 손은 그녀의 가운 단 위에 놓여 있었다.

“혹시 또 진통이 오는 거요?”

“아직은 아니에요. 잠에서 깼을 때는 조금 아팠지만 지금은 괜찮아요.”

그가 머리 위로 가운을 잡아 벗기는 것을 도우며 엘리자베스는 말했다.

“이것이 습관이 될 것 같아요. 난 항상 남에게 되도록이면 도움 같은 것은 받지 않으려는 사람이라고 생각했어요. 그러나 지금 난 이것을 아주 자연스럽게 받아들이고 있는 것 같아요.”

“지금은 그럴 때가 아니지 않소. 그리고 왜 당신이 불안감을 느껴야 하는 거요? 나도 있고 거녀도 있지 않소. 우린 어느 의사 못지않게 당신을 잘 돌볼 거요.”

그는 그녀의 어깨 위로 시트를 끌어 올리면서 뺨에 키스를 했다.

“거녀는 당신의 좋은 친구고 난 당신의 삶이 다할 때까지 당신을 사랑하고 지켜 줄 사람이오.”

"그런 식으로 말하는 것은 적당하지 않아요."

엘리자베스는 항의조로 말했다.

"난 지금 앤드루 외엔 다른 것에 신경을 쓸 수 없어요. 당신은 내가 가장 약한 때 나에게 접근하려고 하고 있어요."

"알고 있소."

그의 어두운 눈동자가 반짝거렸다.

"난 지금 이런 상황에서 빠져 나가고 싶어요. 지금 난 가장 충격적인 경험을 해야 할 입장에 처해 있다구요."

"그렇소, 하지만 난……."

그녀는 힘없이 말했다.

"가서 책자나 가져다 줘요. 그것이 제발 십칠 세기의 복사본이 아니었으면……."

"그럴 리는 없을 거요. 그땐 복사본을 만드는 곳도 없었을 테니까."

그녀가 숨을 가쁘게 내쉬며 갑자기 고통스럽게 몸을 구부렸다. 그의 얼굴이 경직되었다.

"다시 진통이 온 거요?"

경련이 잠시 사라지자 그녀는 말을 할 수 있었다.

"오, 그것이 다시 왔나 봐요. 나로선 앤드루가 세상에 나오는 것이 어려울 것 같아요."

그는 손으로 그녀의 얼굴에 흘러 내린 머리를 부드럽게 쓸어 넘겨 주었다.

"우리는 무슨 일이든지 다 할 수 있을 거요. 이 녀석도 그런 엄마를 존경하는 걸 배워야 할 텐데."

그가 그녀의 얼굴을 쳐다보며 말했다.

"곧 돌아오겠소. 당신이 고통스러워하지 않도록 해주겠소."

"불안감이 항상 따르는 것 같아요, 내겐."

"그러지 마시오."

그의 목소리는 화가 난 듯했다.

"당신이 이런 고통을 겪어야 하다니 마음이 아프오."

그녀는 앤드루에게 아무 일도 일어나지 않을 거라는 모성애의 감정을 느꼈다.

"좋아요. 당신의 마술 지팡이를 흔들어 그 고통을 저 멀리로 던져 버려요. 그러면 나도 기쁠 거예요."

다시 진통이 느껴지자 그녀는 비명을 질렀다. 얼굴에 땀방울이 맺히는 것이 느껴졌다. 그녀는 눈을 감고 뭐라고 중얼거렸다. 존이 낮은 소리로 저주의 말을 하는 것이 들렸다. 그녀는 그 순간 눈을 번쩍 떴다.

"방금 생각이 났어요. 당신 무전기를 이용해서 의사에게 아이를 낳는 것에 대해 얘기해 달라고 해 볼 수 없나요?"

그는 머리를 흔들며 말했다.

"왜 못하겠소?"

그의 시선이 그녀에게서 창문으로 옮겨졌다.

"하지만 오늘 저녁 무전기를 써 보려고 애를 썼으나 이런 날씨 때문에 전혀 쓸 수가 없었소."

그는 어깨를 으쓱했다.

"어쨌든 당신은 날 믿는 수밖에 없소."

그의 시선은 다시 그녀에게로 향했다.

"걱정 말아요, 베스."

그녀는 갑자기 그가 옳다는 것을 알았다. 그녀는 그를 믿어야 했다. 그는 자신의 신뢰를 저버리지 않을 것이다.

"난 우리가 함께 잘 해낼 수 있을 거라고 생각해요."

그를 보며 미소를 지었지만 사실은 떨고 있었다.

"당신을 믿어요, 존."

그는 무슨 말을 하려 했지만 그냥 입을 닫아 버렸다.

"가서 진정제를 가져 오겠소. 그게 잘 들을 거요."

그와 거녀가 십 분 후에 다시 돌아왔을 때쯤에는 진통은 더욱더 자주 왔고 몸은 경련으로 떨렸다. 그녀는 언젠가 읽었던 자연 분만법에 대해 기억하려고 애썼다. 그것은 호흡하는 법이었다.

그녀는 올버니의 병원에서 하는 그 수업에 갔어야 했다. 그랬더라면 지금 훨씬 도움이 되었을 것이다. 그러나 그 수업은 단지 월요일에만 있었고 그 시간에 그녀는 학교에서 데이터 프로세싱의 필수 과목이 있었다.

"베스, 눈을 떠요. 이걸 마셔야 하오. 훨씬 좋아질 거요."

존은 그녀 옆에 무릎을 꿇고 있었다. 그의 손에 우유 한 잔이 들려 있었다. 그의 어두운 눈은 그녀의 눈을 응시하고 있었다. 부드러움, 따스함, 사랑, 그 모든 것이 그곳에 있었고 다른 무엇인가가 더 있었다. 모든 아픔과 두려움이 끝나고 안정감을 느꼈다.

"이거 너무 강한 약은 아니겠죠? 아기를 곧 낳을 텐데."

“당신은 정말 똑똑해.”

그는 그녀의 머리를 조심스럽게 안아 그녀의 입술에 우유 잔을 갖다 대었다.

“난 외국에서 들어올 때 진정제를 가지고 왔소.”

그가 그녀를 보며 말했다.

“이건 매우 안전하고 기적의 약이라고들 하지. 지금부터 당신은 전혀 고통을 느끼지 않을 거요. 당신은 편안해지고 아기도 쉽게 낳을 수 있을 거요. 날 믿소?”

물론 그녀는 그를 믿었다. 그가 말한 것은 모두 다 사실이었다. 통증을 느끼지 않는 것은 정말 멋진 일이었다. 그녀는 고개를 끄덕이며 우유를 빠르게 들이켰다.

“난 뜨거운 우유를 싫어해요.”

존이 웃으며 말했다.

“그래도 통증은 사라졌잖소.”

통증은 사라졌지만 그녀는 놀라지 않았다.

“당신이 그렇게 장담했잖아요.”

그녀는 그를 보며 빙그레 웃었다.

“우리가 도로에서 이런 쇼를 벌일 뻔했을까요? 앤드루가 점점 참을성이 없어지는 것 같아요.”

그녀는 거녀의 웃음 소리를 듣고 존의 어깨 너머로 그에게 웃음을 보였다.

그녀는 매우 기뻤고 생동감을 느꼈으며 행복했다. 존이 그들에게 미소지으며 말했다.

“책의 일 장부터 시작해야 할 것 같은데. 먼저 ‘환자를 깨끝이 할 것'이라……."

 앤드루 램지는 오전 세 시 사십이 분에 태어났다. 오십 년 만에 뉴욕에서 가장 심한 눈보라가 치던 날에 말이다. 그녀의 아들은 아버지의 금빛 머리카락을, 또 그녀의 갈색 눈동자를 각각 닮아 있었다. 존이 그녀의 팔에 앤드루를 안겨 주었다. 그녀가 아는 행복의 의미 이상의 것을 안겨 주는 것이었다. 행복은 곧 앤드루 그 자체였다.
 "앤드루에게서 달콤한 냄새가 나요. 무슨 파우더를 발랐나요?"
 입으로 아기의 머리를 쓸어 내렸다. 입으로 느껴지는 아기의 피부는 너무나도 부드러웠다. 그녀는 항상 비교는 나쁜 것이라고 생각했으나 이 빛나는 신선함에는 아무것도 비할 수가 없다는 생각이 들었다.
 "당신의 탤컴 파우더요."
 거녀는 그녀의 지쳤지만 만족스러운 얼굴을 바라보며 말했다.
 "나머지는 임기 응변식으로 대처했죠. 베개천으로 기저귀를, 시트로 아이를 싸는 담요를 만들었죠. 아직 아기 침대는 무엇으로 할지 결정하지 않았어요. 난 옆방의 손님방에 아기 방을 만들어 그를 보살피려고 해요."
 "아마 우리가 앤드루를 병원에 검사하러 데리고 갈 때 침대를 살 수도 있을 거예요."
 그녀는 여전히 앤드루를 바라보고 있었기 때문에 그 두

남자의 시선이 마주치는 것을 보지 못했다.

"우린 일회용 기저귀도 필요할 거예요."

"그걸 첫번째로 리스트에 적어 놓았어요."

거녀가 말했다.

"그것보다 우유병과 이유식 등을 더 우선으로 놓아야 할 거라고 생각하는데. 적당한 사이즈로 만든 병과 고무 젖꼭지도 찾아야 할 거요."

하고 존이 말했다.

"왜 그래야 하죠?"

엘리자베스는 아이를 더욱 가까이 끌어 안았다.

"난 아기에게 모유를 먹일 거예요. 난 다른 어떤 것도 생각한 적이 없는 걸요. 내가 읽은 모든 책에서는 아기에게 모유를 주는 것이 훨씬 심리학적으로 좋다고 했어요."

존의 눈에 무엇인가가 스쳐 지나갔다.

"난 때때로 그것이 불편할 것이라는 생각이 들어서……."

"어림없는 소리예요. 난 모유를 먹일 거예요."

그녀는 단호히 말했다.

"그럴 법도 하지만……."

그녀를 바라보고 있는 존의 시선은 무언가를 말하려는 듯했다. 그러나 그는 말을 끊으며 곧 미소를 지었다.

"그러면 당신은 우리를 필요로 하지 않을 거란 생각이 드는걸."

"나 혼자서 할 수 있을 거예요."

엘리자베스는 마치 그 순간만큼은 달과 해를 그리고 NASA

의 전 우주 계획까지도 자신이 모두 해낼 수 있을 것같이 느
껴졌다.

"당신은 앤드루의 임시 침대를 만들 거나 생각해요."

존이 곁눈질로 거녀를 보며 말했다.

"그럼 해고인가?"

거녀는 슬픈 듯 고개를 끄덕였다.

"새로운 남자가 태어나니 우릴 이렇게…… 어떻게 그렇게
변덕스러울 수가."

엘리자베스는 '새로운 남자'란 말에 눈을 들어 올리며 천
천히 머리를 저어 보였다.

"오, 아니에요. 당신 둘 모두가 날 떠나는 것은 생각할 수
가 없어요. 우리 모두 함께 이 일을 겪었으니 당신들은 이제
나의 것이에요. 내 가족이에요."

그녀는 아들에게로 시선을 돌렸다.

"앤드루의 가족이에요. 당신들은 공식적으로 입양된 거예
요."

"그렇다면 우린 가서 침대나 알아 보는 게 좋겠군."

존이 말했다.

"자, 이리 와, 거녀. 넌 임기 응변에 전문가잖아."

엘리자베스는 그들이 방에서 나가는 것을 바라보지 않았
다. 그 두 남자는 계단을 천천히 내려오면서 아무 말도 하지
않았다. 홀 가까이 와서야 거녀가 부드럽게 말했다.

"마치 내가 작위를 받은 기사와 같이 느껴졌어. 그건 정말
훌륭했어."

존도 끄덕였다.

"난 엘리자베스가 모유를 먹일 거라고는 전혀 생각지도 못했었는데……. 그걸 알았어야 했는데, 문제가 될지 모르겠군."

거녀는 미소를 지어 보였다.

"걱정이 돼?"

그것이 그녀를 행복하게 한다면 아무 문제도 아니었다. 그들이 방을 떠날 때 그녀가 보여 준 그 미소를 계속 볼 수 있다면 아무 문제가 되지 않았다.

"아니야, 그건 문제가 되지 않아. 난 나중에 그걸 잘 처리할 수 있어."

사실 그 문제는 다른 많은 것에 비하면 작은 것이었다. 그의 본능은 거녀의 것만큼 민감하지는 않았으나 그는 그들의 평화스런 생활이 거의 막을 내릴 것이라는 예감을 하고 있었다.

6

"산보 즐거웠어요?"

거녀는 엘리자베스의 팔에 아기를 조심스럽게 건네 주었다. 웃으며 찬 바람에 붉어진 뺨과 빛나는 그녀의 눈을 바라보았다.

"당신 표정으로 알 수 있겠는데요."

"아주 좋았어요. 앤드루는 괜찮아요?"

"완벽한 신사예요. 엄마의 이기심에는 타격적인 말인지 모르겠지만 우린 당신 없이 아주 잘 지냈어요. 앤드루와 난 서로 잘 맞는 것 같아요."

"그건 아마 당신이 아이 같은 순수한 마음을 가져서일 거예요."

존이 점잔을 빼며 말했다.

"직선적이고 쉽게 흥분하고 아주 고집이 세다는 의미지, 거너."

"으악."

거너는 얼굴을 찡그렸다.

"여기서 이런 대접을 받다니……. 도서실에 가서 앤드루에게 읽어 줄 책이나 마저 읽어야겠군요."

"무슨 책을 읽고 있는 중이에요? '엔진을 움직이는 방법?'"

엘리자베스는 눈살을 찌푸리며 물었다.

"잔소리 같아서 이런 말 하기는 싫지만 거너, 내 생각엔 앤드루는 아직 그런 책을 읽을 준비가 안 된 것 같은데요. 이제 겨우 삼 주 된 아기예요."

거너는 고개를 저으며 말했다.

"그렇지 않아요. 그런 말로 앤드루를 모욕할 수는 없어요. 우린 지금 아인슈타인의 상대성 이론에 대해 통독하고 있는 중인데요."

그는 돌아서서 홀 쪽으로 걸어갔다.

"내일 우린 철학에 대해 공부할지도 몰라요. 소크라테스가 아마 놀랄지도……."

그는 도서실로 가면서 말꼬리를 흐렸다. 엘리자베스는 그의 뒷모습만 멍하니 바라볼 뿐이었다.

"당신은 그가 진짜로 앤드루에게 아인슈타인의 이론을 읽어 줄 거라고 생각해요?"

"그러지 못할 거라고 생각진 않소."

존이 미소를 지으며 말했다.

"거너는 어떤 일이든지 잘 해내지."

"그는 앤드루에게 정말 잘 해요."

아들을 내려다보는 그녀의 미소는 걱정스러운 듯 찡그려졌다.

"근데 요즘 잘 안 먹는 것 같아요. 난 앤드루가 지금 먹는 것 이상으로 먹어야 한다고 알고 있는데요. 태어나고 첫 두 주 동안은 정말 굶주린 것처럼 잘 먹더니 지난 주부턴 밤에는 통 먹지 않고 오후에도 거의 먹는 데는 관심이 없는 것 같았어요. 혹시 어디 아픈 건지 모르겠네요."

"그럴 리 없소. 얼마나 무럭무럭 잘 자라고 있는데."

존은 장담한다는 듯이 위로해 주었다.

"하긴 앤드루가 야위어 간다는 말은 전혀 맞지 않아요."

"그럼."

앤드루는 살이 포동포동했고 날이 지나면서 하루가 다르게 자라고 있었다. 갑작스럽게 그가 먹는 것을 거부하는 이유를 알 수 없었고 또 놀라운 일이었다.

"도대체 앤드루가 이렇게 먹지 않는 이유가 뭘까요? 왜 그런 거죠? 혹시……."

그러다가 갑자기 말했다.

"우리 의사한테 그를 데리고 가요."

"그럴 수 없다는 걸 알지 않소. 도로가 지난 눈보라 때문에 아직 막혀 있으니."

존의 목소리는 그녀를 달래는 듯했다.

"내가 보장하지만 아이에겐 아무런 이상이 없소. 혹시 알레르기라고 생각하오? 엄마의 모유에 알레르기를 일으키는 아기는 거의 없다고 들었소. 당신은 책에 수록된 다른 이유식이나 살펴봐요."

"그래야겠어요."

그녀는 어쩔 수 없다는 듯 말했다.

"어쨌든 우유도 없고 또 있다 해도 주지 않을 거예요. 우린 여기서 나가야 하는데 외부와 대화도 되지 않는 상태에서 그건 앤드루에게 안전하지 않고 우리에게도 그래요. 거너는 아직 무전기를 작동해 보려고 애쓰고 있나요?"

"그는 부품이 필요할 거라고 생각하는 모양이오."

"도로가 정리될 때까지는 부품을 얻을 수 없을 거예요. 정말 악순환의 연속이네요."

"그건 너무 심한 말 같소."

존이 부드럽게 말했다.

"당신이 지난 몇 주간 꽤 만족해 하는 줄 알고 있었소."

그녀의 회복은 빠르게 진행되어서 삼 일 안에 일어나 걸어 다닐 정도였다. 앤드루는 기쁨의 원천이었다. 그녀는 아들에게 완전히 빠져 통증이나 아픔은 어디론가로 사라져 버렸던 것이다.

존은 거의 강제로 그녀를 앤드루로부터 좀 멀리 떨어뜨려 놓으려 했다. 그녀가 오후에는 휴식을 취할 수 있도록 말이다. 존, 그를 바라보노라면 어디선가 따스한 빛이 자신의 몸

속으로 들어오는 것 같았다. 누구도 그렇게 친절하고 또 부드러울 수는 없을 것이다. 그녀는 그가 욕망을 억누르고 있다는 것을 알고 있었다. 그녀가 지금은 아들과 친해져야 한다고 그는 생각하고 있는 것처럼 보였다.

그는 그녀에게 자신이 인내심이 강한 사람은 아니라고 말했었다. 하지만 그녀에게는 매우 강한 인내심을 가진 사람으로 보였다.

"난 매우 행복해요."

그녀는 부드럽게 말했다.

"앤드루는 건강하고 또 당신과 거너도 저에게 친절히 대해 주어서요. 아름다운 빛깔의 거품 속 안에 보호받고 있는 느낌이에요. 하지만 가끔씩 걱정스럽고 어떤 어려운 문제들이 서서히 나올 것만 같아요. 난 점점 거품 안에서 위로 떠오르는 느낌이 들어요."

"난 당신을 그 거품 속에서 지켜 주고 싶소."

존의 눈에 보이는 슬픔이 그녀를 당황하게 했다.

"불행히도 그런 일이 일어날 리는 없을 것처럼 보이는군요."

바르도. 정부 요원이란 그 남자 생각이 안전한 거품 속 안에 있는 그녀 속으로 침입해 왔다. 그녀는 앤드루가 태어난 후로 그 남자 생각을 하지 않고 있었다.

그녀는 자기 앞에 닥친 여러 혼란스런 상황 속에서 그를 완전히 잊고 있었던 것이다. 그러나 아직 바르도에 대해 괴로워할 때가 아니었다. 그녀에게는 앤드루의 식욕 부진 문제가 더욱 걱정스러웠기 때문이었다.

"왜 당신은 아무도 없는 이런 장소로 나를 데려온 거죠? 앤드루가 이렇게……."

"앤드루는 건강하고 아무 문제 없소. 그는 계속 더 좋아지고 있는 거요. 자, 이젠 침대 위에 눕히고 낮잠이나 좀 자게 해요."

"좋아요. 목욕시키고 그렇게 할 거예요. 당신도 곧 올라올 거죠?"

"난 지금 다른 할 일이 있소."

그녀는 그의 거절에서 느낀 실망감을 애써 감추려 했다. 엘리자베스는 존이 계속 주위에 있어 주는 것에 익숙해졌고 그가 자신만큼이나 앤드루를 목욕시키는 걸 좋아하고 있다는 것을 알고 있었다. 그녀는 일부러 미소를 지으려 했다.

"당신이 무슨 말을 해도 앤드루는 조금도 화내지 않을 거예요."

"내가 나중에 보상해 주겠소."

그는 그녀가 계단을 끝까지 올라갈 때까지 지켜 보았다. 그리고 나서 재빨리 도서실로 향했다.

앤드루는 그녀의 팔에 안겨 푹 잠들어 있었다. 아기는 정말 아름다웠다. 그녀는 임시 방편으로 만든 침대인 두껍게 패드를 넣은 서랍장 안에 아기를 눕히고 난 후 잠시 동안 찬양하듯이 바라보았다. 그녀가 앤드루를 갖게 된 건 크나큰 축복이었다.

손가락으로 아이의 부드러운 뺨을 애무해 주었다. 그녀는 아기를 깨우려고 하지 않았다. 목욕은 좀 있다 시키는 것이 더 나았다. 아마도 존이 그녀와 함께 아이를 목욕시킬 수 있도록 한가해질 때까지 말이다.

"바넷에게 연결해."

도서실로 들어서는 존의 목소리는 아주 거칠었다.

"우린 여길 떠나야 해. 여기 더 있으면서 그녀에게 더이상 거짓말을 하는 건 참을 수 없어. 난 유다보다 더 못된 놈이라는 생각이 들어."

거녀는 읽고 있던 책에서 눈을 떼며 벌떡 일어나 그를 바라보았다. 그리고는 재빨리 벽 쪽의 길고 현대적인 테이블 위에 놓여 있는 무전기를 향해 걸어갔다.

"나도 네가 언제쯤 끝낼지가 의문이었어. 어쨌든 그게 끝나서 기뻐. 그러나 며칠 더 걸릴지도 몰라. 벤 라치드가 부하인 클랜시 도나휴에게 방비를 단단히 하라고 명령했거든. 엘리자베스와 앤드루를 의심받지 않고 미국에서 나가게 하려면 매우 면밀한 계획이 필요할 거야. 바넷이 우리에게 아무 문제 없게끔 그를 설득시키겠지만 그는 매우 신중한 사람이거든."

"그게 바로 우리가 그를 선택한 이유지."

존은 이런 일이 진척되려면 어느 정도 기다려야 한다는 것을 알고 있었다. 그럼에도 불구하고 짜증이 났다. 그는 빨리 끝내기를 바랐다. 그의 기질상 속이는 것은 맞지 않았다. 특히 그것이 엘리자베스에 관한 일일 때는 특히나 더 말이다.

"내가 우리의 이동을 전부 조절할 수 있으면 좋을 텐데."

거너는 소리 없는 휘파람을 불었다. 그는 존의 좌절감이 커져 감을 의식하고 있었다. 그렇지만 그렇게까지 폭발 직전이리라는 것은 생각도 못했다.

"넌 그녀가 이제 그걸 이해할 수 있다고 생각해?"

"아니."

존은 입을 강하게 다물었다.

"그러나 우린 그녀에게 말해야 해. 그녀가 그 사실을 받아들일 수 없을지도 모르지만 우린 해야 해. 계속 그녀를 속이는 것보다는 나으니까."

"좋아, 그게 네 결정이라면."

거너는 무전기를 켰다.

"그리고 무엇보다 내가 그럴 필요가 없어 기뻐."

두 남자가 무전기로 메시지를 보내는 중간에 엘리자베스가 도서실로 걸어 들어왔다.

"오, 당신이 그걸 고쳤군요."

그녀는 그들을 향해 다가오며 진지하게 말했다. 안심하는 미소가 그녀의 얼굴에 떠올랐다.

"훌륭하군요. 지금 당신은 의사를 부를 수 있겠군요. 그리고……."

"그만 꺼, 거너."

존의 말은 마치 날카로운 면도날처럼 그녀의 말을 자르는 것처럼 들렸다.

“그리고 잠시 자리를 피해 주면 좋겠어.”

“좋은 생각이야.”

거너는 돌아서서 수화기에 뭐라고 말했다.

“나중에 다시 연락할게, 바넷.”

그는 장치를 눌러 끄고는 의자를 밀어내고 일어섰다.

“난 그만 일어나 앤드루에게나 가 봐야지.”

“아기는 자고 있어요.”

엘리자베스가 존의 얼굴을 보며 말했다. 그는 그녀가 한 번도 보지 못한 어두운 표정이었다. 그녀의 미소가 사라졌다.

“뭐가 잘못되었나요? 무슨 일이 일어난 거죠?”

“아무 일도 일어나지 않았소. 모든 것은 그대로요. 단지 당신이 생각했던 상황이 아닌 거뿐이오.”

거너는 그녀 옆에서 아무 말도 하지 않고 서 있었다. 하지만 그의 시선은 따뜻하고 동정적이었다. 그는 낮은 어조로 말했다.

“그에게 너무 심하게 하지 말아요. 그도 이런 식으로 하는 것을 싫어하지만 다른 방법이 없었어요.”

그리고는 거너는 문을 닫고 나가 버렸다.

“이해할 수 없군요.”

엘리자베스는 할 말을 잃은 듯했다.

“난 당신이 설명을 해주길 바라요. 당신은 지금 날 겁주고 있어요.”

존은 웃어 보이려 했다.

"난 당신에게 겁을 줄 생각은 없소. 또 당신이 겁 먹지 않길 바라고 있소."

"그렇다면 그건 아니에요. 당신은 날 무섭게 하고 있어요. 자, 나에게 말해요. 무전기에서 무얼 들은 거죠?"

그는 잠시 말이 없었다.

"무전기는 고장난 적이 없었소."

조용하게 말했다.

"도로도 우리가 여긴 온 후로 폐쇄된 적이 없었소. 또 앤드루에겐 아무런 문제가 없소. 거너의 말에 의하면 그의 식욕은 왕성하다고 하오."

"거너의 말에 의하면이라뇨?"

그녀는 그의 말을 되풀이했다. 존의 말을 이해하려고 애썼다. 그가 그녀에게 한 마지막 말을 다시 생각해 보았다.

"거너가 오후와 밤에 우유를 먹였소. 당신에게 데려오기 전에 젖병으로 먹였던 거요. 난 모두를 위해 그렇게 하는 것이 필요하다고 결정했소. 앤드루도 점차 잘 적응해 가는 것 같았고……."

"당신이 결정했다구요?"

그녀는 믿기지 않는다는 표정으로 그를 바라보았다.

"당신이 무슨 권리로 내 아들에 대한 결정을 하는 거죠?"

분노가 솟구쳐 막 퍼부었다.

"이, 이런…… 무슨 권리로."

"난 권리가 있소."

"믿을 수 없어요. 이 모든 걸 믿을 수 없다구요. 당신은 나에게 거짓말을 했었군요."

"그렇소."

그녀는 혼란스러운 듯 머리를 흔들었다.

"처음부터 모든 게 거짓이었어요."

그녀의 얼굴에 아픔과 슬픔이 교차되어 나타났다.

"모든 건 아니오. 난 당신을 사랑하오. 난 당신을 보살피고 보호하려고 뭐든지 했소. 그건 거짓이 아니오."

"어떻게 내가 당신을 믿을 수 있죠? 당신이 한 일이나 말들을 어떻게 내가 믿을 수 있냐구요? 당신은 거짓말을 했을 뿐 아니라 내게서 매우 중요한 것을 빼앗아 갔어요. 당신은 내가 앤드루에게 젖을 먹이는 것에 대해 어떻게 느끼는지 잘 알잖아요. 그건 무엇보다도 참을 수 없는 일이에요. 당신이 이러는 데 타당한 이유가 있는 건가요?"

"당신의 안전을 위해 당신과 앤드루가 떨어져 있어야 할 필요가 있을 수 있소. 당신이 모유를 계속 먹이는 것이 현실적으로 맞지 않았던 거요. 난 당신에게 내가 할 수 있는 한 최선을 다했소."

"그래요?"

그녀의 눈이 번뜩였다.

"어떻게 그럴 수 있죠? 참을 수가 없군요. 내 생애에 이렇게 거만한 사람은 처음이에요. 아무도 내게 아들을 보살피라고 한 적은 없어요. 난 그것이 당연하니까 그렇게 한 것뿐이에요."

엘리자베스는 주먹을 꽉 쥐어 양옆에 붙였다.

“그리고 난 당신이 여태까지 얼마나 많은 거짓말을 했었
는지 궁금하네요. 바르도 씨에 대한 것도 궁금하구요. 날 놀
라게 해 당신 쪽으로 끌어들이려 한 거짓말인가요, 아니면
그가 실제 존재하는 인물이긴 한 건가요?”

그녀는 어이없는 웃음을 지었다.

“내가 당신에게 잘 끌려 갔죠, 그렇죠? 난 당신의 친절이
고마웠어요. 참 기가 막힐 일이지. 난 그것도 모르고 당신을
고맙게 생각하고 있었다니.”

“바르도는 실제 인물이요. 나도 그러지 않길 바라지만 말
이오. 그는 우리에게 많은 문제를 일으키고 있소. 그가 나타
나지 않았다면 아이가 태어날 때까지 기다렸다 당신을 찾아
갔을 거요.”

존은 난감해 했다.

“우린 그런 위험을 무릅 쓸 수밖에 없었소. 사실 당신을
이런 곳에 격리시키길 원치 않았었소.”

“그렇다면 왜 그랬죠? 왜 병원 대신에 여기에서 아이를 낳
게 했냐구요? 왜 날 죄수로 만들었어요? 왜 거짓말을 하고
날 속였나요?”

그는 움찔했다.

“당신이 처한 상황 때문이요. 바르도는 병원을 감시하는
걸 빠뜨릴 만큼 바보는 아니니까.”

그리고는 잠시 아무 말이 없었다.

“만약 우리가 병원에 갔었다면 아마 거기서 앤드루를 검
사했을 거요. 우린 그런 일이 일어나게 할 수 없었던 거요.

그들이 혹시…… 어떤 다른 점을 발견할지도 모를……."

그녀는 두려움으로 창백해졌다.

"무슨 뜻이죠? 앤드루에겐 아무런 이상이 없어요. 아기가 건강하다고 당신도 그랬잖아요."

"아무런 이상은 없소. 앤드루는 당신이 생각하는 것 이상으로 건강하오. 내가 말하려는 것은 그런 게 아니오. 마크가 아버지이기 때문에 앤드루도 뇌파가 정상적이지 않을 수도 있다는 것이오."

"뇌파라구요. 마크가 아버지라는 사실과 무슨 상관이 있는 거죠?"

그녀는 영문을 몰라 하며 다시 물었다.

"마크는 뇌종양이나 다른 어떤 병도 가지고 있지 않았어요, 그렇지 않아요?"

"그건 아니지만 그는 다른 사람과는 같지 않았소."

존의 목소리가 부드러워졌다.

"그는 정신적인 능력이 보통인과는 다르오, 베스. 만약 그가 십 년만 더 살았더라면 그는 아인슈타인을 능가하는 지능을 가졌을 거요. 또 이십 년을 더 살았다면 어느 누구와도 비교할 수 없을 정도였을 거요."

그녀는 충격 속에서 그저 바라만 볼 뿐이었다.

"당신 제정신이 아니군요."

엘리자베스는 속삭이듯 말했다.

"마크는 지적인 사람이었죠. 하지만 다른 이상한 점은 없었어요."

"난 당신이 그런 식으로 나오리라고 생각했소. 나 역시 다른 사람과는 조금 다르오. 내 유전적인 조직이 정신적인 무질서의 가능성을 완전히 배제하고 있다고 하오. 클래나드의 유전 연구소에 의한다면 말이오. 불행히도 난 그들이 별로 재미없어 하는 몇 개의 다른 유전 조직을 갖고 있소."

"클래나드?"

그녀가 물었다.

"마크가 속했던 조직이오."

그리고는 또 조용히 말했다.

"거녀와 내가 속해 있는 조직이기도 하오."

"당신은 마크가 우수한 두뇌를 가진 사람 중에 속한다고 말하는 건가요? 그게 어떻게 다른 사람에게 위험을 준다고 할 수 있죠?"

"그는 위험 인물이 될 수 없소. 하지만 바르도 같은 놈은 그걸 믿으려고 하지 않소. 그들은 보통인과 다르다는 것이 곧 위협이 된다고 생각하고 있소. 그리고 마크가 가르바니아 인이기 때문에 그것이 미국에 직접적인 위협이라고 생각하는 거요."

"마크가 미국인이 아니라구요?"

존은 고개를 저었다.

"아니오, 우리 누구도 아니오. 우린 가르바니아에서 태어났소."

그는 진지했다.

"우리는 불법 체류자요. 이 년 전에 사우디 아라비아의 연구소로부터 이곳으로 도망을 친 거요. 우리가 처한 상황을 생각해 볼 때 미국이 가장 숨기에 안전한 곳이란 생각이 들었기 때문이오. 우린 NIB에서 그렇게 빨리 우리의 흔적을 잡으리라고는 생각지 못했소.”

엘리자베스는 아무 생각 없이 관자놀이를 문지르고 있었다.

“난 가르바니아란 이름조차도 들어 본 적이 없어요.”

“많은 사람이 그럴 거요. 사우디 아라비아와 탬로비아 사이에 있는 작은 나라였소.”

그의 어조는 다소 격앙되었다.

“당신은 내가 과거 시제를 쓴 것을 알 수 있을 거요. 사우디 아라비아의 혁명 바로 직후에 군부는 가르바니아를 합병하기로 결정했죠. 그런 혼란 속에서도 외국에서는 어느 누구도 그런 침략을 알지 못했지. 우린 그걸 똑똑히 보았소. 그놈들이 그렇게 우리 나라를 쑥대밭으로 만드는 걸. 그들은 가르바니아로 들어왔을 때 그들이 무얼 하려는지 알고 있었고 자신들이 원하던 것을 얻지 못하자 대신 사우디 아라비아로 클래나드를 데려가기로 결정한 거요.”

“그들이 원한 게 무엇이었죠?”

“미란다이트. 사마리안 정글에 있는 어떤 식물에서 발견되는 화학 물질이었소. 가르바니아의 과학자들이 그걸 오 년 전에 발견하였고 한 지원 단체가 그걸 시험하던 중이었소. 그 식물은 아주 귀하고 그 물질은 아주 작은 양도 추출하기가 거의 불가능한 일이었소. 침략자들이 그것들을 발견했을 때 그것이 거의 소멸될 것이라는 사실을 알고는 짜증이 났었소. 그러나 그들은 그 화학 물질의 효과가 지원자들에게 어떻게 나타났는지에 대해 알고는 아주 기뻐했었지."

그녀는 몸이 심하게 떨려 거의 서 있을 수가 없었다. 문쪽을 향해 고개를 돌리며 말했다.

"당신이 나에게 그런 이야기를 해서 무슨 이득을 얻으려 하는지 난 모르겠어요. 아마도 내가 당신의 다른 거짓말에도 속아 넘어갈 줄 아는 모양인데 난 그렇게 어리석지 않아요."

그는 그녀의 어깨를 잡더니 자신의 얼굴로 향하게 그녀를 휙 돌렸다.

"내 말을 들어야 하오. 내가 이러는 것이 쉬울 거라고 생각하오? 내가 이렇게 하는 건 당신에게 더이상의 거짓말을 하지 않겠다는 걸 알려 주려고 그러는 거요. 나도 이런 말을 하고 싶진 않지만 당신은 그걸 다 들어야 하오. 날 믿을 수 없을지 모르지만 당신은 내가 정직하지 않다고는 할 수 없을 거요."

그의 손이 그녀의 어깨를 잡고 그녀의 눈을 똑바로 보며 말했다.

"그 물질은 어떤 변화를 일으켜 인류에게 커다란 돌파구를 만들 수 있소. 당신은 인간이 두뇌의 십 퍼센트만을 이용하고 있다는 것을 알고 있소? 미란다이트는 삼십 퍼센트 정도로 그 수치를 높여 줄 수 있소. 오직 시간이 말해 줄 거요. 그러나 그 물질은 매우 효과적이지만 세포에 손상을 줄 수 있소. 우리의 DNA를 변경시켜 유전적 변화를 일으키게 했소. 사우디 아라비아의 군부는 그들의 지적 잠재력을 증가시키려는 꿈을 꾸고 있었소. 그러나 그게 불가능해지자 클래나드를 이용할 수 있을지 알아 보기로 결정한 거요. 그들은 우리를 동물처럼 취급하고 거의 우리를 죽일 정도로 압박을 주는 테스트를 했소.”

그는 떨면서 숨을 내쉬었다.

“삼 년이 지나서야 우린 겨우 도망칠 수 있었고 미국에 올 수 있었던 거요. 클래나드에는 오십 명이 있었소. 우린 그 중의 세 명이었고. 지금 마크는 죽었지만 말이오.”

엘리자베스의 머리 속은 고통과 혼란, 그리고 반감으로 온통 복잡했다.

“날 그만 놔 주세요.”

“잠시만 시간을 주시오. 당신에게 할 말이 남아 있소. 마크가 당신을 만나고 결혼한 후에 그는 그룹을 떠났소. 클래나드의 눈에 그가 떠난 건 아무 문제가 없었소. 하지만 거기엔 당신이 아이를 임신할 가능성이 있었기 때문에 우리 유전 연구소는 당신을 철저히 주시해 왔던 거요. 그것이 당신에 대한 모든 것을 확실하게 알 수 있었던 이유였소. 우리의 보고서는 완벽했소.”

“얼마나 좋으셨겠어요.”

엘리자베스가 비꼬는 듯이 말했다.

“뻔뻔스럽게 들릴 수도 있겠지만 당신이라면 이해해 주리라 생각했는데…….”

존은 말을 멈추었다.

"난 우리가 특별하다고 말하는 게 아니란 말이오. 우리는 다른 사람과 같소. 단지 우리에겐 좀더…… 잠재력이 있을 뿐이오. 당신이 임신하게 되었을 때 마크는 당신에게 보호가 필요하다는 걸 알았고 우리와 다시 연락을 시작한 거요."

"이야기 다 끝났어요? 이젠 가도 되겠죠?"

"아니오, 당신은 앤드루에 대해 아직 듣지 않았소."

그녀는 경직되어 물었다.

"앤드루에 대해서라니요?"

"그는 클래나드의 멤버 중에 태어난 첫번째 아이요."

"그래서요?"

"우리가 두뇌의 확장 능력이 유전된다고 믿는 데는 이유가 있소. 단지 그건 가능성이 있는 정도가 아니라 우리 과학자들은 그것이 꽤 유력할 거라고 생각하고 있소. 만약 그들이 믿는 것이 사실이라면 그건 우리가 더이상 엘리트 그룹이 될 수 없다는 것을 의미하는 것이오. 또한 그 능력이 전 인구로 퍼져 나갈 수 있을 것이라는 것도 의미하는 거요."

그녀는 웃었다.

"당신은 앤드루가 그런 수퍼 베이비라고 말하고 있는 건가요? 난 단지 그 아이를 낳은 엄마구요? 당신의 이야기는 굉장한 것처럼 들리는데요. 내가 당신 말을 믿을 거라고 생각하지는 않겠죠?"

"지금 당장은 아니오."

그의 숨결은 고르지 않았다.

"그러나 당신은 곧 날 믿게 될 거요. 왜냐하면 당신에게 한 나의 약속 때문이오. 모든 말은 사실이오. 당신에게 다시는 거짓말을 하지 않을 거요, 베스."

"너무 늦었어요. 어떻게 내가 당신을 믿을 수 있겠어요?"

그녀는 눈을 감으며 말했다.

"내 말 좀 들어요. 난 당신이 이성적인 사람이라고 생각해서 말하는 거요."

"난 이성적이고 또한 아주 아주 인간적이죠."

그녀는 눈물이 고인 눈을 보이지 않으려고 잠시 눈을 감고 있었다.

"제발 더이상 그러지 말아요. 난 아무것도 받아들일 수 없어요."

그는 그녀의 어깨를 놔 주며 뒤로 물러났다.

"좋소, 난 당신에게 여유를 주겠소. 그러나 당신이 날 떠나게 하지는 않을 거요. 우린 함께 있어야 하오."

그녀의 웃음은 거의 흐느껴 우는 것 같았다.

"당신의 그 귀한 조직에서 그렇게 해야 한다고 했나요?"

"그렇소. 그리고 난 그들이 당신에 대한 비디오 테이프를 보여 준 때부터 그걸 알고 있었소."

그는 조용히 계속 말을 이어 나갔다.

"난 항상 유전적인 결합에 동의하진 않았지만 이번 경우엔 그것이 옳지 않다고 할 수 없소."

"제발, 그만해요."

그녀는 문 쪽으로 갔다.

"당신이 만든 그 허황된 이야기를 듣느니보다 차라리 아

무 말 하지 않은 게 더 낫겠어요. 난 당신을 신뢰했어요. 그
러나 이젠…….”

　그녀는 더이상 말을 잇지 못했다. 울지 않고는 아무 말도
할 수 없었다. 그러나 울지 않으려고 애썼다. 그녀는 문을
열고 계단을 뛰어 올라갔다. 미쳤어. 모든 것이 완전히 뒤죽
박죽이 되어 버렸다. 아무것도 없었고 전세계가 암흑으로 빠
져 들어가고 있는 것 같았다.

　그녀는 현실로 돌아와야 했다. 우선 앤드루에게 돌아가야
했다. 그러나 존의 말에 의하면 앤드루가 이 모든 일의 중심
이 되는 것이었다. 아니야, 그녀는 그것을 믿을 수 없었다.
앤드루는 그녀의 아들이자 또 마크의 아들이었다. 사랑스럽
고 아름답고 너무나 달콤한 존재였던 것이다.

　그녀는 빨리 앤드루를 보고 또 안아 주고픈 충동을 강하
게 느꼈다. 존의 말이 단순히 조작된 것이라고 스스로를 위
로했다.

　앤드루의 방문을 열었을 때 거너는 앤드루의 침대 맞은편
의자에 앉아 앤드루를 안고 있었다. 거너가 아이를 안고 있
는 모습이 얼마나 편안해 보였는지 모른다. 거칠고 남성적인
그가 아기를 부드럽게 안아 본능적인 이해심으로 숙련된 보
모처럼 그렇게 조심스럽게 다루고 있었던 것이다.

　그가 고개를 들었다. 그의 얼굴에는 태양처럼 밝은 미소가
떠올라 있었다.

　“어, 아기가 울기 시작했어요. 그래서 다시 재우려고 흔들
고 있었지요. 일단 정착하면 아기에게 아주 큰 흔들의자를

사 줘야겠어요."

그는 일어서서 아기를 침대로 도로 데려갔다. 그는 그녀의 친구였다. 지난 주 그녀는 그와 아주 친하게 되었다. 마크와 존을 제외하고는 어느 누구와도 그렇게 친해진 적이 없었을 정도로 말이다. 그는 앤드루를 침대에 잘 눕혔다.

엘리자베스는 그의 부드러운 행동을 바라보았다.

"보세요, 아기들은 놀랄 정도로 단순한 머리를 가지고 있어요. 그들은 배고픔과 사랑, 분노 등을 느끼죠. 복잡한 것은 못 느껴요. 그게 내가 그들과 잘 지낼 수 있는 이유라고 생각해요."

거녀는 앤드루의 얼굴만 응시하며 말했다.

"화났어요?"

"그래요."

"존이 모든 걸 말했나요?"

"내게 이리저리 뒤얽힌 이야기를 한바탕했어요."

"그렇다면 당신에게 모든 이야기를 한 모양이군요. 난 당신이 우리에게 화낼 거라고 생각했었는데요?"

"당신은 상관이 없어요……."

도대체 그게 무슨 소용이 있단 말인가 하고 그녀는 생각했다.

"내가 화난 건 사실이에요."

그는 진지한 눈초리로 그녀를 바라보았다.

"당신이 그 분노를 극복할 수 있게 되면 아마 존이 얼마나 이런 일을 하기가 어려웠는가를 이해하게 될 거예요. 존은 클래나드의 우두머리고 그는 당신과 앤드루를 보호하기 위해 누군가를 보내야만 했던 거죠. 그는 당신이 상상하는 것 이상의 힘을 가지고 있어요. 그리고 그는 자신이 오기로 한 거예요."

그는 덧붙여 말했다.

"그는 당신을 선택했어요."

"당신도 역시!"

엘리자베스는 지친 듯했다.

"제정신이 아닌 것도 전염이 되는 게 틀림없어요."

그녀는 방의 다른 쪽 끝에 있는 서랍장의 맨 위 서랍을 열었다.

"난 그것이 내 아들에게까지 전염되게 할 수는 없어요."

그녀는 거너가 담요를 잘라 만든 사각형의 모직천을 두 개 꺼내어 의자 위에 던졌다.

"앤드루와 난 당신들의 이 미친 다과회에 작별 인사를 해야겠어요. 그리고 내가 당신이라면 날 막으려고 하진 않을 거예요."

"난 당신과 앤드루에 대해서 어떠한 결정도 내릴 위치가 아니에요. 그건 엄격히 존의 특권이죠. 그는 잘 참았어요. 그러나 그의 인내심을 너무 시험하지 말아요, 엘리자베스. 그 유전자는 그를 위대한 지도자로 만들 뿐만 아니라 시한 폭탄으로도 만들 수 있으니까요."

"난 유전자에 대한 이 모든 이야기에 진절머리가 나요."

엘리자베스는 짧게 말했다.

"지금 이 순간 나의 기분 같은 건 생각지도 않나요? 존에 게 십오 분 내로 집 앞에 트럭을 준비시켜 달라고 해주세요. 차 안을 따뜻하게 한 다음에 출발할 수 있게 말이에요. 앤드 루를 춥게 할 수는 없으니까요."

"네, 알았어요. 당신의 명령에 대한 존의 반응을 장담할 순 없지만 말이에요. 전에 어느 누구도 그에게 주차 요원에 게 말하는 것처럼 하는 걸 들은 적이 없어요. 그가 지배했던 가르바니아에 대해 언젠가 당신에게 말해 줄 것을 상기시켜 줘요."

"당신 애길 들을 기분이 아니에요, 거너. 난 지금 싸움이 라도 벌이고 싶은 심정이라구요. 내가 아래층에 내려갔을 때 준비가 되지 않았다면 아마 그렇게 될지도 몰라요."

그녀의 시선은 마치 돌처럼 딱딱했다.

"이해하시겠죠?"

"이해해요."

거너는 그렇게 대답하고 미소를 지으며 문을 향해 걸어갔 다.

"내가 존을 이해시킬 수 있으면 좋겠는데요."

엘리자베스가 현관으로 나왔을 때는 트럭이 기다리고 있 었다. 피곤함이 차가운 공기 속으로 증기 구름처럼 피어 올 랐고 존은 코트 주머니 속에 손을 집어 넣고 차 옆에 서 있 었다. 그녀의 시선과 마주친 그의 얼굴은 완전히 무표정 그 자체였다.

“기름은 가득 차 있소. 충분할 거요.”

“좋아요.”

왜 그녀는 죄의식을 느끼는 걸까? 속임을 당한 사람이면서 그리고 여전히 속고 있으면서, 그녀는 자신이 마치 그들을 버렸다는 느낌이 들었다.

거너는 트럭에서 뛰어 내려왔다.

“내가 유아용 시트를 만들어 놓았어요.”

그는 그녀를 향해 계단을 오르며 말했다.

“앞좌석 뒤에서 옷들과 일회용 기저귀들을 찾을 수 있을 거예요.”

“즉석에서 대단하시네요. 당신은 그렇게 모든 걸 미리 준비해 놓았었죠.”

그 새로운 속임수에 대한 분노가 그녀가 느낀 죄의식을 사라지게 했다.

“앤드루를 위해 당신을 속이고 이렇게 철저하게 준비한 것이 당신을 화나게 했군요.”

거너의 금빛 머리는 늦은 오후의 태양빛으로 둔탁하게 빛났다. 그는 머리를 저으며 말했다.

“난 상관하지 않아요. 그건 일종의 시도였으니까요.”

그는 그녀에게서 앤드루를 데려갔다.

“앤드루를 유아용 시트에 편안히 고정시켜 줄 게요.”

그가 트럭을 향해 걸어가는 것을 그녀는 어쩔 수 없다는 듯 바라보고 있었다. 거너가 그렇게 도움을 주고 이해심이 깊은데 어떻게 그녀에게 분노가 남아 있을 수 있을까?

“아무것도 변한 것은 없소.”

존이 조용히 말했다. 그녀를 바라보는 그의 시선은 교활하게도 충실해 보였다.

“기본적인 사실은 같소. 거녀와 난 여전히 당신과 앤드루를 사랑하오. 우린 지난 한 달 반 동안 당신과 함께 살았던 같은 사람이오. 앤드루가 태어난 밤에 당신이 당신의 가족이라고 불렀던 바로 그 사람이오. 그것을 기억해요, 언제까지나 말이오.”

“모든 건 변했어요.”

그녀는 그로부터 시선을 돌리고는 서둘러 계단을 내려갔다. 그녀는 도망쳐야만 했다. 이 모든 혼란 속에서 도망쳐야만 했던 것이다……

“모든 것이 말이에요.”

그는 트럭의 운전석 문을 열었다.

“당신이 기억해야 할 다른 문제가 있소. 당신은 마크가 당신에게 느꼈던 사랑을 의심해서는 안 돼요.”

그는 말을 더듬거렸다.

“앤드루는…… 앤드루는 사랑으로 만들어진 거요, 베스.”

그는 주머니 안에서 봉투를 꺼내 건네 주었다.

“마크가 준 편지요. 내가 당신이라면 그걸 읽고 난 다음 더 생각해 보겠소.”

그녀는 그것을 보지도 않고 편지를 주머니에 넣었다. 목이 타는 듯했고 시야가 흐려졌다. 안 돼, 그에게 휩쓸려선 안 돼.

"잘 있어요, 존."

그녀는 트럭의 운전석으로 들어갔다.

거너는 옆 자리에서 나와 앤드루에게 손짓으로 인사를 했다. 그는 패드를 넣은 시트에 아기를 편안하고 안전하게 눕혀 놓았다.

"앤드루는 편안할 거예요. 느슨해지지 않는지 가끔 끈을 잘 살펴보세요."

거너는 문을 닫고는 그녀에게 손을 흔들었다. 존이 한 걸음 다가왔다. 그의 까만 눈이 창백한 얼굴에서 더욱 빛나 보였다.

"마크는 당신을 사랑했소. 그러나 나만큼 당신을 사랑하진 않았소. 아무도 당신을 나처럼 사랑할 순 없을 거요. 그것도 기억해 주시오."

그는 뒤로 물러서며 운전석의 문을 닫았다.

"운전 조심하시오."

거너는 존의 옆에 서 있었다. 그녀는 시동을 걸고 천천히 차를 도로 쪽으로 몰고 나갔다.

"그녀는 바로 바르도의 덫으로 들어가겠지."

거너가 작은 목소리로 말했다.

"네가 그녀를 보내 주다니 놀랍군."

"난 그래야만 했어."

존은 트럭에서 시선을 떼지 않았다.

"아마 충격을 받았을 거야. 모든 걸 받아들일 수 있을 때까지 떨어져 있어야 해. 그녀는 집으로 가야만 했어."

“바르도가 오랫동안 그녀가 숨어 있게 놔 두진 않을걸. 곧 그 집을 감시하려고 할 거야.”

“그럴지도 모르지.”

존은 계단을 오르며 말했다.

“우린 그녀에게서 많은 것을 빼앗았어. 그녀에게 빚을 지고 있는 거라구. 자, 우린 바넷에게 감시하라고 연락해야 해. 바르도의 본부를 잘 감시하도록 말이야. 언제 그가 작전 개시를 할지 알아야 해. 그리고 나서 산장을 폐쇄하고 도로로 나가자. 그녀와 한 시간 이상 떨어져 행동해선 안 돼.”

7

  엘리자베스는 차를 몰고 경사진 지붕 위에 사료라고 쓰여
진 하얀 색 창고를 지나쳐 갔다. 집이다. 곧 도착할 것이다.
친숙한 건초더미가 바로 전방 앞에 여전히 있었다.

  고맙게도 떠나 있었던 동안 모든 것이 그대로라고 생각했
다. 얼마나 지금의 이 평온함을 느끼고 싶었는지 모른다. 그
녀가 건초더미를 지나 그 지붕이 씌어진 다리를 삐걱대며
건너고 나자 꿈에도 그리던 집이 시야에 들어왔다.

  앤드루는 의자 위에서 손발을 휘저어대고 있었다. 그녀는
흘깃 아기를 바라보았다. 그녀는 앤드루가 계속 깨어 있었다
는 걸 알고 있었고 얌전히 있어 줘서 기뻤다.

"자, 다 왔어, 귀여운 내 아가야. 이젠 거의 다 왔단다."

그녀는 앤드루를 달래려고 온갖 말로 구슬리고 있었다. 모든 것이 그대로 있었다. 아픔은 사라지고 제자리로 돌아온 것이다. 그녀가 필요한 것은 친숙한 환경 속에서 지내는 것이었다.

시간은 그녀의 아픔을 누그러뜨려 주었다. 어머니, 아버지가 돌아가셨을 때도, 또 그녀가 마크를 떠나 보냈을 때도, 시간은 모든 것을 해결해 주었다. 확실히 시간은 그녀가 겪었던 모든 고민들을 마술처럼 풀어 주었다.

그녀는 그와 거의 사랑에 빠졌었다는 것까지 잊을 수 있었다. 거의 모두 말이다. 아니다. 그녀는 자신에게 거짓말을 해서는 안 되었다. 그녀는 존 산델을 사랑했다. 그가 자신의 목적을 위해 그녀를 이용한 사실을 인식함으로써 왜 이 같은 번민을 겪어야 하는 것인가? 거짓이었다. 너무나 많은 거짓과 터무니없는 이야기들…….

그녀는 집 앞까지 차를 몰고 와서는 안도의 한숨을 내쉬었다. 시동을 끄고 유아용 좌석에 있는 앤드루를 안아 들었다. 집에 온 것이다. 사십오 분쯤 지난 후에는 앤드루의 기저귀도 새로 갈아 주고 젖도 먹이고 그녀의 큰 침대에 낮잠을 자도록 편안히 눕혀 놓았다.

그녀는 이 일들을 마치고 나자 다시 존에 대한 생각으로 돌아갔다. 앤드루를 바쁘게 돌봤을 때는 생각할 시간조차 없었던 것이다.

지금 그녀는 할 일이 없어지자 산장에서 집까지의 오랜

드라이브에서 그랬던 것처럼 혼란스러워졌다. 그녀는 창가를 서성이고 개울을 바라보기도 했다. 물은 아직 얼지 않았지만 회색빛 하늘 아래에서 차가운 얼음처럼 보였다. 그녀는 떨고 있었다. 지금 그녀 앞의 모든 세계는 추웠다.

몇 시간 전만 해도 그녀는 따스함과 사랑으로 둘러싸여 있었는데……. 아니야, 그건 거짓이었어. 그녀는 벽에 있는 스위치로 다가가서는 물레방아를 작동시켜 보려고 그것을 켰다.

그 오래된 오크 바퀴는 처음에는 부르르 떨더니 천천히 돌아가기 시작했다. 담요처럼 쌓인 눈이 개울의 차가운 물 속으로 떨어졌다. 마크는 물레방아 소리 듣는 것을 얼마나 좋아했었던가. 마크, 그리고 편지. 그녀는 돌아서서 방 안으로 들어가 흔들의자 위에 던져 버린 감색 코트를 집어 들었다.

진짜 마크의 편지일까? 아니면 존이 또 거짓말을 한 걸까? 그녀는 궁금했다. 그녀의 이름이 봉투 앞에 친숙한 마크의 필체로 쓰여 있었다.

오, 마크! 그건 마크의 자필로 쓴 것이었다. 분명한 마크의 글씨였다. 순간 그녀의 눈에서 눈물이 핑 돌았다. 그가 자신을 걱정해서 편지를 남긴 것이다.

그녀는 떨면서 봉투 안에서 종이를 꺼내었다. 그 편지는 매우 짧았다. 그러나 마크의 마음이 고스란히 담겨 있는 것 같았다.

사랑하는 그대에게

당신 앞의 모든 것들이 어리둥절할 거요.

나도 당신 곁에서 당신이 이해할 수 있도록 도와주고 싶소. 사실대로 당신에게 몇 번이나 말하려 했었소. 당신을 안고 있으면서 난 내가 직접 당신에게 그 얘기를 해주는 것이 나을 거라고 생각하곤 했소.

그러나 난 너무 내 생각만 해서인지 그러지 못했던 거요. 난 당신과 단지 몇 개월 동안밖에 살 수 없다는 것을 알고 있었고 그 생활이 행복하길 바랐소.

그래서 존에게 모든 이야기를 덮어 놓고 당신과 함께 완벽한 생활을 보낼 수 있었던 거요. 정말 너무도 행복했소. 당신은 내가 여태껏 원하던 모든 것을 갖춘 여자였소. 사우디 아라비아에서의 지옥 같은 생활을 겪은 후에 당신과의 꿈 같은 물레방앗간 집에서의 생활은 너무 행복해서 뭐라 표현할 수가 없소.

내가 존에게 너무 무거운 짐을 안겨 준 것 같소. 내가 그를 보증하는 것만이 그에게 진 빚을 갚을 수 있을 것이오. 엘리자베스, 모든 것이 사실이오. 가르바니아, 클래나드 등 그 모든 것이 사실이오.

그리고 내가 당신을 사랑한 것과 죽을 때까지 당신을 사랑할 거란 것도 사실이오. 나의 사랑을 당신에게 전해 주고 나와 함께 해준 생활에 대해 당신에게 감사하오.

안녕,

마크

엘리자베스는 눈물이 천천히 뺨 위로 흘러 내리는 걸 느꼈다. 그의 가슴을 에이는 편지는 그를 두 번 잃는 것만큼이나 고통스러웠다. 존의 말도 안 되는 이야기는 전부 사실이었다.

만약 그녀가 마크를 믿는다면 그녀는 존이 한 모든 말도 믿어야 했다. 그러나 어떻게 정상적인 사람이 스티븐 스필버그의 영화와 같은 이야기를 믿을 수 있단 말인가?

그녀는 흔들의자에 몸을 싣고 있었다. 마크의 편지는 여전히 그녀의 손에 꽉 쥐어져 있었다. 그녀의 머리 속은 복잡하기만 했다.

그러나 생각을 해야 했다. 그녀는 그 이야기들 속에서 진실을 걸러 내야만 했다.

그녀의 시선은 창문 밖 물레방아가 천천히 돌아가는 것을 뚫어지게 바라보고 있었다.

그 지속적이고 섬세한 리듬이 항상 그랬었던 것처럼 그녀의 마음을 가라앉혀 주었다. 그녀는 다시 의자에 깊숙이 앉으며 쿠션을 댄 머리받이에 머리를 기대었다.

사랑, 거짓, 진실, 공상. 몇 백 년 전 목수였던 자신의 조상은 건전한 양키 실용주의에 빠져 있었으나 미래를 위해 거대한 방을 남겨 두었다.

그녀도 사실 목수였던 것이다. 그녀 자신도 똑같은 자질을 가지고 있었다. 그녀는 자신이 진실이라고 선택하는 것을 받아들이거나 거부해야 했다.

그녀는 여기 앉아서 이제 어떻게 해야 할지를 결정해야

했던 것이다.

"베스."

그가 부드럽게 그녀의 이름을 불렀다. 그림자처럼 부드럽게 땅거미가 깔린 방 안으로 떠오르는 소리였다. 존이었다. 그녀는 돌아보지 않았다. 그녀의 시선은 계속 물레방아 쪽을 향하고 있었다.

그의 출현은 그녀에게 있어 놀라운 것은 아니었다. 그가 오리라는 건 알고 있었다. 그가 나타나야만 한다는 것을 알고 있었다.

"베스, 우린 떠나야 해요. 난 바르도가 농장을 막 떠나 한 시간 안에 이곳으로 올 거라는 사실을 알고 있소. 여긴 더이상 안전하지 않소."

그가 흔들의자 옆으로 다가서며 말했다.

"안녕, 존."

그녀의 목소리는 조용했고 거의 담담했다.

"베스, 난 당신에게 시간이 없다고 말하고 있는 거요. 우린 곧……."

"난 시간이 충분해요. 앉아요, 존. 당신에게 물어 볼 게 있어요."

"나중에 그러도록 해요. 당신과 앤드루는 이곳에서 벗어나야 하오."

"지금요."

그녀의 어조는 강철만큼이나 날카로웠다.

"난 당신에게 심문을 하진 않을 거예요. 하지만 꼭 알아야 할 것이 있어요."

그는 그녀의 맞은편 창가의 쿠션이 있는 자리에 앉았다. 방이 어두워서 그의 얼굴 표정은 보이지 않았지만 그녀는 존의 긴장된 자세를 보고 그가 안절부절못하고 있다는 걸 알 수 있었다.

"그게 뭐요?"

"마크의 편지엔 그가 단지 몇 달밖에 살 수 없다고 했는데 그게 무슨 말이죠?"

존은 오랫동안 아무 대답을 하지 않고 있다가 천천히 입을 열었다.

"마크는 우리가 사우디 아라비아에서 겪은 혹독한 시련으로 심장 질환을 앓고 있었소. 만약 그가 사고로 죽지 않았더라도 금방 죽었을지도 모르는 일이었소. 그것이 그가 클래나드를 떠난 이유요. 의사들은 그가 단지 육 개월을 더 살 수 있다고 말했었소. 우리가 그에게 줄 수 없는 무엇인가를 그는 원했었소. 그는 평범한 삶을 원했던 거요."

"오, 안 돼."

엘리자베스는 눈을 감았다. 금발의 아름다운 마크, 자신의 마크였다.

"순교자."

존의 목소리에는 아픔이 깃들어 있는 듯했다.

"완벽할 뿐만 아니라 피 흘리는 완전한 순교자. 어떻게 내가 그런 남자와 겨룰 수 있겠소?"

“나에게 그런 말을 할 필요없어요.”

“그는 당신을 가질 만한 남자였소. 친절하고 착하고 용감했소. 난 질투가 나지만 그를 달리 평가할 순 없소.”

“고맙군요.”

그녀가 속삭이듯 말했다.

방 안에서 들리는 단 한 가지 소리는 바깥의 물레방아가 돌아가는 삐거덕거리는 소리였다.

“지금은 날 믿을 수 있겠소?”

그녀의 눈이 커졌다.

“난 마크를 믿어요. 당신을 믿는 데는 시간이 걸릴 것 같군요.”

오랫동안 침묵이 흘렀다. 고요한 정적 속에서 존은 힘겹게 입을 열었다.

“내가 그 사실을 받아들이는 게 좋을 것 같소.”

그는 다시 말했다.

“어쨌든, 지금 우린 떠나야 하오.”

“아직은 안 돼요. 난 바르도와 얘기를 해야 해요.”

그가 항의를 하려고 하자 그녀는 손을 들어 제지했다.

“난 그렇게 해야 해요. 그게 이런 불가능한 일들을 내 의식 속에 받아들일 수 있는 방법이에요. 그러면 그건 나에게 실제로 다가올 거예요. 위태로운 것이 너무 많아요. 난 지금 너무 피곤해서 이 모든 일들을 이해하기가 어려울 뿐이에요.”

“당신이 떠날 수 없다면 적어도 내가 앤드루를 데리고 가는 것은 허락하겠죠? 거너가 아래층에서 기다리고 있소. 바르도가 도착하기 전에 아기를 보낼 수 있을 거요. 당신도 거너가 앤드루를 잘 보살필 수 있다는 것을 믿고 있지 않소?”

그랬다. 그녀는 거너를 믿을 수 있었다. 그러나 그녀가 앤드루와 떨어져 있는 걸 참을 수 있을까? 물론 그녀는 그럴 수 있었다. 그녀는 자신의 아들을 위험에 빠뜨릴 권리까지 가지고 있지는 않았다.

“좋아요.”

그녀는 일어서서 앤드루가 평온하게 잠자고 있는 침대로 갔다.

“거너가 앤드루를 데리고 갈 거요. 당장 아래층에 가서 불러 오겠소.”

“좋아요.”

존은 일어나서 문으로 걸어갔다.

“후에 거너에게 우리가 다시 만날 장소를 지시하고 오겠소.”

엘리자베스가 아래층으로 내려온 지 오 분쯤 후에 거너와 존이 입구에 나타났다.

“안녕, 앤드루와 내가 함께 책을 끝낼 기회를 가질 수 있을 거라고 들었는데요.”

거너는 그녀로부터 담요로 싼 앤드루를 받아 안으며 미소를 지었다.

“난 그런 예감을 갖고 있었죠. 우연히도 마침 내가 아인슈타인의 책을 가져 왔거든요.”

“잘 됐군요.”

안전하게 아들을 건네 주려고 손을 길게 뻗었다. 정말 그녀는 아들과 떨어지고 싶지 않았다.

“앤드루를 잘 돌봐 줘요, 거너.”

“그럴 게요.”

“누군가 네가 앤드루와 함께 이 집을 떠나는 것을 보게 되면 널 못 가게 막을지도 몰라. 혹시 검문이 있을지도 모르고.”

존은 거너를 똑바로 쳐다보고 있었다.

“보통 수단으로 앤드루를 방어하는 위험을 무릅 쓰지 마. 앤드루가 네 보호 안에 있는 한 넌 래즈널을 무시할 수 있어.”

거너는 놀라서 눈이 휘둥그래졌다. 그리고는 즐거움의 낮은 휘파람을 불었다.

“내가 잘 해낼지 걱정이군. 그러나 무슨 일이 있어도 안전하게 앤드루를 지키겠어. 나중에 다시 만나자구.”

그는 팔로 아기를 감싸 안으며 돌아섰다.

“자, 꼬마야, 가자.”

엘리자베스는 거너가 트럭으로 들어가 앤드루를 자리에 잘 고정시키는 걸 지켜 보고 있었다.

“안전하겠죠?”

“걱정 말아요. 안전할 거요.”

존이 말했다.

“안전하지 않다면 난 거너가 데려가게 하지 않았을 거요.”

"래즈널이 무슨 뜻이죠?"

존이 망설였다.

"그건 터부와 같은 거요. 그 이상의 것일 수도 있소."

"어떤 종류의 터부죠?"

"나중에 설명해 주겠소."

존은 난처한 듯한 미소를 지었다.

"그때가 되면 당신은 모든 것을 충분히 알게 될 거요."

거녀는 차를 몰아 점차 사라져 갔고 그녀는 지친 듯 한숨을 내쉬었다.

"아마 당신이 옳을지도 모르겠어요. 난 지금 머리 속이 너무 많은 일들로 복잡한 것 같아요. 그러나 난 내 질문에 대한 답을 들어야 하니까 당신은 모든 걸 꼭 대답해 주셔야 해요."

"어쩔 도리가 없군."

그는 문을 닫았다.

"나도 당신의 질문에 답하고 싶소. 그게 우리에게도 도움이 될 거요. 모든 것이 샅샅이 밝혀지면 당신이 날 믿을 수 있을 거요."

"그럴지도 모르죠."

그는 뒤로 물러섰고 엘리자베스는 자신이 경험한 무감각 속에서 슬픈 감정이 아프게 느껴졌다. 그녀는 너무 많은 동요를 겪어서 더이상 아무것도 느낄 수 없었다. 지쳤던 것이다. 그녀의 표정에 깃든 고통은 빠르게 사라져 버렸다.

"자, 우리 올라가서 바르도를 기다릴까? 아마 십 분 안에 나타날 거요."

그녀는 머리를 저었다.

"내가 거실에서 기다릴 테니 당신은 이 층 내 침실에서 기다리세요. 바르도와 만난 다음에 당신에게 가죠."

그는 인상을 찌푸렸다.

"난 그놈과 당신을 둘만 남겨 두고 싶지 않소."

"선택의 여지가 없어요. 여긴 내 집이고 난 바르도를 혼자서 만날 거예요."

그를 노려보는 그녀의 눈은 빛나고 있었다.

"더이상 간섭하지 말아요. 난 물어 볼 겨를도 없이 이 상황까지 끌려 온 거예요. 어쩔 수 없이 따르고 있지만 꼭두각시처럼 행동하진 않겠어요. 당신에게 두 번 다시 조종당하지 않을 거라구요."

그는 그녀를 쳐다보며 서 있었다.

"제기랄, 왜 당신은 그렇게 고집이 센 거요? 난 당신에게 최선을 다하고 있는데 말이오."

"완고한 것은 존경할 만한 우리 조상 양키의 특징이에요. 독립심도 그렇구요. 당신은 나의 유전적인 그러한 자질을 인정할 줄도 알아야 해요."

엘리자베스는 비웃는 듯 웃으며 말했다.

"당신 가르바니아인들은 그런 일에 문제가 있는 것 같아요. 이젠 날 혼자 놔 두세요. 당신이 초대를 받지 못했다면 나의 전쟁엔 상관하지 말고요."

"베스……."

그는 분노와 절망감으로 그녀를 바라보고 있을 뿐 아무 말도 하지 못했다. 그는 머리가 핑 돌았다. 계단 쪽으로 가면서 간신히 격렬한 감정을 조절할 수 있었다.

"좋소, 전쟁이나 잘 해요. 난 이 층에서 문을 열어 두고 있겠소. 그리고 혹시 큰 소리가 나면 달려오겠소."

"당신이 총을 가졌다고는 생각하지 않았는데요."

그는 놀란 듯 그녀를 바라보았다.

"그렇다면 당신은 그걸 사용할 수 있소?"

"모르겠어요. 난 다른 사람을 해칠 생각은 한 번도 해 본 적이 없어요. 지금은…… 앤드루……."

그녀의 표정에서 당황스러움과 슬픔이 나타나는 것 같았다.

"난 잘 모르겠어요."

"난 총을 가지고 있지 않소, 엘리자베스. 우린 총이 필요하지 않소."

그는 부드럽게 말했다.

"난 언젠가는 아무도 총이 필요하지 않길 바라오."

그는 계단을 올라가기 시작했다.

"바르도와 만나면 너무 많은 얘기를 하게 하지 말아요."

"들어와요, 바르도 씨. 당신을 기다리고 있던 중이었어요."

엘리자베스는 바르도 옆에 있는 두 남자를 흘깃 쳐다보았다.

"당신 친구들은 초대하지 않았는데요. 차에 가서 기다리라고 하세요.”

“당신은 자신이 처한 상황에 맞지 않게 참 건방지군.”

카를 바르도는 불평하듯 말하고 나서는 어깨 너머로 그의 부하들에게 말했다.

“차에 가서 기다려. 이제 곧 저 숙녀를 잘 알게 될 거야.”

그가 불쾌하게 미소를 지으며 다시 그녀에게 말했다.

“사실 당신은 아주 실용적인 방 친구가 될 거요.”

두 남자 중 키가 작은 한 남자가 소리 없이 웃었다. 그리고 그와 그의 동료가 도로에 주차되어 있는 세단으로 어슬렁거리며 돌아갔다.

“만족하오?”

바르도가 물었다.

엘리자베스는 고개를 끄덕이며 그가 들어올 수 있도록 한 걸음 물러섰다.

“이번엔 기분 좋게 당신을 맞아 주지 않을 거예요, 바르도 씨.”

그녀는 문을 닫고 그 문 뒤에 기대 섰다.

“솔직히 말해 한 가지 이유 때문에 당신을 들어오게 한 거예요. 난 대답을 듣길 원해요.”

“당신은 날 안으로 들이지 않을 수 없기에 그런 거잖소. 그리고 나도 마찬가지요. 당신의 이야기를 듣고 싶어 당신 말을 따른 거요. 내 부하들에게 무슨 일이 있었소?”

“당신의 부하들이라니요?”

“모르는 척하지 말아요. 이 집을 감시하게 했던 내 부하들에 대해 말하고 있는 거요. 그들은 아이를 데려가는 한 남자를 보았다는 연락을 남겼소. 난 아이를 가로채 나에게 데려오도록 했었소.”

엘리자베스는 심장이 두근두근거렸다.

“그리고요?”

바르도가 이를 꽉 물자 턱밑살이 도드라져 보였다.

“그들은 어디로 간 거요? 그게 우리가 받은 마지막 연락이었소. 우린 무전기로 계속 연락을 시도해 보았지만 아무런 수신을 받지 못했소. 당신 도대체 그들에게 무슨 짓을 한 거요?”

“난 몰라요.”

그녀는 안도감을 느꼈지만 거의 쓰러질 뻔했다. 거너와 앤드루는 안전했다. 어떻게 거너가 그렇게 할 수 있었을까? 그녀는 궁금했다.

“당신 그래선 안 되는데. 당신은 참 용감하게도 꼬마 새끼를 거느리고 여기로 다시 돌아왔소.”

“내 아들을 그렇게 말하는 것이라면 좀 점잖은 말을 쓰는 게 좋겠군요. 난 내 아들이 꼬마 새끼라고 불리는 것이 몹시 거슬리는데요.”

엘리자베스는 조롱하는 듯이 미소를 지으며 말했다.

“그리고 왜 내가 돌아와선 안 되나요? 여긴 내 집이에요.”

“당신의 정체가 밝혀지면 그럴 수 없을 거요.”

“그럼 내 정체가 뭐죠, 바르도 씨?”

“음모 속의 액세서리요.”

“무슨 음모요?”

“우릴 속이는 음모.”

엘리자베스는 온몸이 떨려 와 깊게 호흡을 가다듬었다. 지금의 이 상황은 그녀가 실제로 일어나길 바랐던 것이었다. 그리고 그녀의 바람이 확실히 이루어지고 있는 중이었다. 그 투명한 파란 눈동자가 자신을 악의 있게 노려보고 있는 것 이상으로 확실한 것은 아무것도 없었다.

“당신은 내 남편의 시체 검시 보고서에 대해 이야기하고 있는 건가요? 그 사람이라는 증명 말이에요. 그게 무엇을 뜻하는 거죠?”

그는 어이가 없다는 듯 웃어 버렸다.

“당신은 내가 무슨 말을 하는지 알 거요. 그 보고서가 무얼 말하는지도 역시 알겠지.”

“내가요? 왜 나에게 말해 주지 않는 거죠?”

“당신의 남편은 우리와 같지 않았소. 그는 생물학적인 변종이었소.”

“당신은 그가 육체적으로 비정상이었다는 말을 하는 건가요?”

“난 그가 희한한 변종이라는 걸 말하고 있소. 그의 뇌세포에 실제로 이상이 있었던 거요.”

“아마 그 보고가 잘못된 것일 거예요.”

“당신은 우리에게 그렇게 보였으면 싫겠지. 그래서 램지의 몸을 검시한 직후 바로 화장한 것이었소. 그 보고는 잘못된 것이 없소. 당신은 우리가 다시 검시하는 걸 원치 않았던 거요. 육체적인 증거를 남기지 않도록 말이오. 우리는 몇 년 동안 사우디 아라비아 놈들이 무엇을 하려는지 알고 있었소. 우린 언제 그들이 침입하기 시작했는지조차 알고 있소.”

“난 당신을 믿을 수 없어요. 설사 마크가 당신이 말한 그런 사람이라고 해도 왜 당신은 그를 벌 주려 하는 거죠? 왜 환영하지 못하나요?”

바르도는 놀라서 말이 나오지 않는 듯 그녀를 잠시 멍하니 바라보았다.

“그는 적이었소. 그는 우리완 달랐소. 만약 그가 우리에게 좋은 의도를 가지고 있었다면 왜 떳떳하게 백악관 문을 두드리지 못하고 몰래 숨어 들어왔겠소?”

“아마 그는 세상에 너무나 카를 바르도 같은 사람이 많다는 것을 알았기 때문일 테죠.”

그녀가 피곤한 듯 말했다.

“램지와 같은 변종과 결혼한 여자다운 말이군.”

그녀는 불끈 화가 치솟았다.

“마크는 변종이 아니에요. 그는 친절하고 또…….”

그녀는 더이상 말을 잇지 않았다. 소용이 없었다. 바르도의 마음은 너무 꽉 닫혀 있어서 진실이나 이성이 들어갈 틈이 없었다.

“할 말 다 끝났으면 가 보세요.”

그의 입이 비틀렸다.

“이번엔 그냥 가지 않겠소. 당신은 나와 함께 가야 하오. 내가 부하들을 부를까, 아니면 조용히 스스로 응해 주겠소?”

엘리자베스는 이런 반응을 기대하고 있던 중이었다.

"당신이 정 그러시다면 그렇게 하죠. 지난 번에 나에게 짐을 꾸릴 수 있게 허락하셨었죠? 그게 아직도 유효한가요?"

그는 놀란 듯했고 그녀의 순순한 태도에 약간 불안해 하는 눈치였다.

"그렇소, 그렇게 하도록 해요."

그리고는 현관 쪽으로 걸어갔다.

"그러나 도망칠 생각은 하지 않는 게 좋소. 앞문과 뒷문에 부하들이 지키고 있으니까. 십 분을 주겠소. 그리고 나서 떠나도록 합시다."

엘리자베스는 그의 뒤로 현관문이 닫히는 것을 볼 때까지 마음을 졸이고 있었다. 십 분이었다. 단지 십 분이 주어졌던 것이다. 그녀는 현관으로 뛰어가서 빗장을 걸었다. 그리고 나서 이층으로 단숨에 한 번에 두 계단씩 뛰어 올라갔다. 그는 침실문에 서 있었다.

"이젠 내 말이 사실이라는 것을 충분히 믿을 수 있겠소?"

"네."

엘리자베스는 창가로 뛰어가 무릎을 꿇고 여닫이 창문을 열었다.

"그건 분명한 사실이에요. 난 그 바보 같은 놈에게 당신이나 앤드루나 거너를 넘겨 준다면 미쳐 버릴 거예요."

그는 미소를 지어 보였다.

"거너와 내가 당신의 보호 대상이 된 것이 기쁘오. 그러나 그는 거너와 나를 잘 모르고 있다는 것을 알려 줘야 할 것 같군. 당신이 지금 위험에 처해 있는 사람이오.”

“바르도가 말해 준 바에 따르면 당신이 생각하는 것보다
그는 더 알고 있을지 몰라요.”

그녀가 말했다.

“당신이 그에게 잡혀 클래나드의 한 사람이라는 걸 바르
도가 알아내는 데 얼마나 걸릴 거라고 생각하죠?”

“좋은 지적이오.”

그는 그녀가 부츠를 벗는 것을 보고 얼굴을 찌푸렸다.

“도대체 당신 뭐 하려는 거요?”

“우린 지금 여길 떠나야 해요. 당신 코트는 그냥 여기 둬
요. 물 속에서 무게만 더 나가게 할 뿐이니까요. 서둘러요.”

그는 코트를 벗어 던졌다.

“우리가 수영을 해야 하는 거요? 어떻게 시냇물로 들어갈
수 있겠소. 여기서 우리가 다이빙을 하면 누군가가 물이 튀
기는 소리를 들을 텐데.”

“우린 다이빙을 하지는 않을 거예요. 물레방아의 페달을
타고 갈 거니까요.”

“페달이라구?”

그는 갑자기 웃기 시작했다.

“지금 난 당신에 관한 조직의 보고를 더 확실히 믿을 수
있소, 엘리자베스 램지. 당신은 힘 있고 개척 정신이 있다고
그들이 말했소.”

그의 눈은 흥분된 것처럼 보였다.

“난 당신의 계획은 당신 선조인 양키의 유전자에서 유래

된 거라고 생각하오."

"또 유전자 애길 해요?"

그녀는 창턱에 올라가 균형을 잡았다.

"베스, 우린 이렇게 해야 할 필요는 없소. 반드시 그럴 필요는 없지만 난……."

그는 조용해졌다.

그녀는 어깨 너머로 그를 바라보았다.

"뭐라고요?"

그는 잠시 조용히 바라볼 뿐이었다. 그의 얼굴에 감정이 이는 듯했다.

"아무것도 아니오."

그는 미소를 지었다.

"아무것도 아니오. 내가 당신과 함께 가게 되어 기쁠 뿐이오."

그는 부츠를 벗어 던지고 양말만 신은 채 방을 가로질러 걸어왔다.

"어디든지. 자, 갑시다, 귀여운 나의 양키."

8

　"먼저 첫번째 페달을 밟고 물레방아가 다시 내려가면 다른 페달을 손으로 잡아요. 꼭 붙잡아야 해요."
　그녀는 창턱 위에서 끝 쪽으로 조심스럽게 균형을 잡으며 걸어갔다.
　"바퀴에 올라타기 위해서는 약간 뛰어내려야 해요."
　"당신은 이 지역에 대해선 모르는 게 없는 것 같소."
　"난 이 집에서 줄곧 자라 왔어요. 어릴 적에 내가 저 물레방아 페달 위에서 놀고 싶은 것을 참을 수 있었을 거라고 생각해요? 해마다 여름이면 난……."
　그녀는 페달 위로 살짝 뛰어내려서 즉시 눈높이에 있는

다른 페달을 잡았다. 나무가 젖어 있어 손바닥이 매우 미끄러웠다. 그녀의 무게로 페달은 쪼개질 것 같은 소리를 냈지만 견고했다. 그녀는 존이 자신의 위쪽 어디엔가에 있다는 것을 짐작할 수 있었다.

바람은 그녀의 허벅지까지 내려오는 스웨터 속까지 들어와 차갑게 느껴졌다. 추웠다. 무척 춥게 느껴졌다. 그러나 앞으로 다가올 그런 추위만큼은 아직 아니었다. 개울의 잔잔한 물결은 바로 그녀 아래로 흐르고 있었고 물레방아가 천천히 내려가는 매순간마다 물이 차갑게 다가오는 것 같았다.

마침내 그녀가 서 있던 페달로 물이 들어왔다. 그녀는 차가운 물이 들어오기 전에 한 번 숨을 크게 들이마셨다. 고드름이 그녀의 정맥을 찌르는 듯한 충격을 느꼈다. 페달을 놓고 최선을 다해 그리고 조용히 집으로부터 멀리 헤엄치기 시작했다. 그녀의 움직임은 힘겨웠다. 무감각한 팔로 물을 가르듯 저어 나갔다.

"괜찮소?"

존이 작은 목소리로 물었다. 그는 바로 그녀 옆에 와 있었다.

"네."

그녀의 대답 소리는 힘겨웠다.

"될 수 있는 한 빨리 물 밖으로 나가는 게 좋을 것 같아요. 이런 차가운 온도에서 너무 오래 물 속에 있는 건 위험해요. 이젠 우리가 보이지 않겠죠? 난 숲속으로 갔으면 좋겠는데……."

"쉬, 아무 말 하지 말아요."

존은 팔로 그녀의 허리를 감싸며 둑 쪽으로 향해 갔다.

"나에게 기대요. 금방 물 밖으로 나가게 해주겠소."

물을 가로지르며 헤엄치는 그의 동작은 아주 힘차 보였다. 그는 추위를 전혀 느끼지 않는 것처럼 보였다. 어떻게 그럴 수 있을까? 그녀보다 그가 훨씬 더 추위를 느껴야 하는 것이 당연할 텐데. 그가 태어난 나라는 따뜻한 지역이라고 했는데…….

그는 그녀를 놓아 주고 둑 위로 올라가 끌어내 주었다. 그녀는 덜덜덜 이를 부딪히며 스웨터 가장자리의 물기를 짜 내려고 했다. 집을 바라보았다. 아주 가까운 거리였다. 너무나 가까웠다.

그들은 간신히 풀밭을 가로질러 갔다. 그녀는 존의 팔에서 벗어나 힘차게 뛰었다.

"우린 숲속으로 가야 해요. 여긴 너무 가까운 거리예요. 금방 그들이 집으로 쳐들어 갈 거예요."

"베스, 당신은 더이상 갈 수 없어요. 추위가……."

그의 어조는 난감한 듯 무거웠다.

"내가 어리석었어. 난 내 생각만 하고 당신은……."

그녀는 듣고 있지 않았다. 그녀는 숲속을 향해 눈으로 덮인 풀밭을 뛰었다. 눈 아래의 잡목과 돌이 그녀의 양말 속으로 들어와 발을 아프게 했다. 그러나 적어도 혈관 속으로 피가 다시 도는 것을 느낄 수 있었다. 바람이 그녀의 몸에 젖은 옷이 달라붙게 하는 것을 막을 수 있다면 좋으련만. 그 생각만 해도 훨씬 따뜻해지는 것 같았다. 존이 어디 있지? 그녀는 궁금했다. 그들이 그를 잡을 수는 없었다. 그녀보다 그가 잡히는 것이 훨씬 나쁜 일이었다.

"존."

그녀는 어깨 너머로 바라보았다. 그가 바로 뒤에 있어서 안심이 되었다.

"당신 괜찮아요?"

"나 말이오?"

그는 길게 호흡을 하며 말했다.

"난 괜찮소. 도대체 당신은 날 어디로 데려가는 거요? 따뜻한 곳이면 좋겠는데."

"당신 추워요? 당신은 사막의 나라 출신이라고 했죠?"

사막의 나라, 그녀는 혼자 되뇌어 보았다. 괜찮은 소리로 들렸다. 태양의 뜨거운 빛이 뼛속까지 느껴지는 추위를 녹여 줄 것 같았다.

"아주 따뜻할 거라고는 생각지 않지만 그들이 우릴 찾을 수는 없을 거예요. 적어도 아침까지는요. 내가 어렸을 때 즐겨 놀던 동굴이 있어요. 난 그곳을 깨끗이 치워 놓았죠. 그걸 앤드루에게 보여 주길 고대하고 있었거든요. 여기 다 왔어요."

그녀는 이끼로 덮인 돌에 기대어 숨을 돌렸다.

"입구에 있는 돌을 밀어 줄 수 있으세요? 몸이 떨려 참을 수가 없어요."

떨리는 것 이상이었다. 그녀는 온몸을 심하게 전율했다.

"내가 왜 이러는지 모르겠군요. 지금은 훨씬 따뜻한 편인데 말이에요."

"조금만 참아요."

무거운 돌을 한쪽으로 굴려 밀어내는 존의 표정은 음울했다.

"잠시 여기 있어요. 내가 당신의 은신처를 먼저 좀 살펴보고 오겠소."

"이곳은 아무도 몰라요. 막아 놔서 동물들도 들어가지 못했을 거예요."

"일단 한 번 봅시다. 안에 회중 전등이 있소?"

그녀는 머리를 흔들었다.

"아뇨, 그러나 기름 전등과 입구에 남겨 둔 성냥 한 갑이 있을 거예요."

그는 몇 분 동안 사라졌다가 기름 전등을 들고는 다시 돌아왔다.

"안으로 들어와요. 당신이 비축해 둔 것으로는 불을 피울 수 없을 것 같소."

"난 여름에만 여기에 왔었어요. 겨울엔 너무 추워서요. 그래도 저녁 때를 위해 갖다 놓은 패치워크 이불이 두 개 있을 거예요."

그녀는 주위를 살펴보았다.

"그렇군요. 여기 있어요. 어머니는 내가 이 이불들을 만드는 걸 도와주셨어요. 어린 소녀들이 큰 모자를 쓰고 있는 그림이 그려진 천이었죠. 내가 여덟 살이었을 때 만들었는데 어머닌 날 자랑스럽다고 말씀하셨죠.”

“아름다운 이불이오. 어느 어머니라도 자랑스러워했을 거요.”

존이 다정하게 말했다.

“내가 돌을 다시 제자리에 갖다 놓을 동안 여기 있어요. 괜찮겠소?”

“좋아요.”

그녀는 거대한 돌을 잡고 있는 그를 바라보았다. 그의 등과 어깨 근육이 젖어서 달라붙은 빨간 색 셔츠 위로 드러나 보였다. 돌이 제자리에 놓여지자 그는 그녀를 바라보았다.

“당신은 다 젖었소. 불 피울 나무가 없어 아쉽군.”

그녀는 뺨 위에 달라붙은 젖은 머리를 쓸어 내리며 말했다.

“우린 밖에 가서 구해 올 수도 있어요. 그러나 아마 소용 없을 거예요, 눈 때문에……. 난 정말 겨울이 싫어요. 내가 그걸 얘기했던가요?”

“했었소.”

그는 바닥 위에 이불을 펼쳐 놓았다.

“이리로 와요, 베스.”

“자려고 하는 거예요?”

그녀는 어린 아이처럼 복종하듯이 그에게로 다가갔다.

“그렇소.”

그는 그녀의 머리 위로 스웨터를 올려 벗기고 그걸 땅바닥으로 던졌다.

"먼저 당신을 따뜻하게 해주고 나서."

"난 지금 따뜻해요. 근데 왜 이렇게 떨리는지 모르겠어요."

"나도 그렇소. 저체온이라고 하는 치명적인 병이 있는데 아마 지금의 상태로 보아 당신은 그 병에 걸릴 수도 있소."

그의 목소리는 갑자기 커졌다.

"내 잘못이오. 당신을 물 속으로 뛰어들게 하지 말았어야 했는데. 그렇게 하다니……."

그의 숨소리는 거의 헐떡이는 소리와 같았다.

"베스, 난 당신을 따뜻하게 해줘야 해요. 그러지 않으면 당신은 쇼크로 죽을 수도 있소. 난 당신이 날 믿지 않는 줄 알지만 당신은 선택의 여지가 없소."

그리고는 그녀의 블라우스 단추를 하나씩 풀고 브래지어도 벗겼다.

"당신 전에도 이렇게 했었죠. 당신은 항상 날 벗기고 있군요."

"그렇게 보일 수도 있겠지. 난 그게 당신을 유쾌하게 해주어 기쁘오. 난 당신이 그걸 계속 재미있게 생각하길 바라오. 당신이 정상으로 돌아온 후에도 말이오."

그는 젖은 진과 팬티 그리고 양말도 벗겼다.

"벌거벗기는 것이 따뜻하게 하는 방법이라니 맞지 않는 것 같아요."

존도 벗었다. 그리고 그녀와 한 이불 속으로 들어갔다.

"하지만 그건 아주 좋은 방법이오. 우리가 체열을 함께 나눌 수 있으니까."

그는 다시 두 번째 이불을 끌어당겨 덮었다.

"그러나 그것으로도 충분하지 않을 거요. 여긴 매우 춥고 당신은 이미 체온이 너무 내려가 있소. 당신은 나에게 도와 달라고 해야 하오. 나와 싸워선 안 돼요, 베스."

"물론이죠. 누군가가 당신이 얼어 죽게 된 것을 구해 주려고 할 때 그걸 거부한다면 생각이 없는 사람이겠죠."

"그만 웃어요."

존의 어조는 심각했다.

"당신이 이해하는 것이 중요하오. 난 당신의 몸이 잘 적응하도록 도울 거요. 인간의 신체는 자기 몸을 방어하는 조직이 아주 훌륭하지만 때때로 어떻게 해야 할지 잘 알아야 할 필요가 있소."

그는 손으로 그녀의 뺨을 감싸 안으며 그녀의 눈을 쳐다보았다. 그의 눈이 얼마나 아름다운가 하고 막연히 생각했다. 맑고 힘이 있고 타오르는 듯한 눈이었다.

"정도에서 벗어나지 않고 당신의 프라이버시를 침해하지도 않을 거요. 하지만 난 이렇게 해야 하오."

벌거벗은 그의 육체는 그녀의 것과 달리 따뜻했고 그녀에게 그 열을 발산하고 있었다.

"지금 내가 말하고 있는 것을 주의 깊게 들었으면 하오. 날 위해 그렇게 할 거요?"

"네."

"좋소."

그는 미소지었다.

"곧 당신은 따뜻해질 거요. 나만큼 말이요. 당신 몸은 밤새 그걸 유지하려고 매우 열심일 거요."

그의 입술이 그녀의 이마에 가볍게 애무하듯 닿았다. 마치 그가 그녀 주위에 금빛 거미집을 짜는 듯했다.

"눈을 감고 편안히 쉬어요."

그는 그녀의 뺨을 자신의 어깨가 보금자리인 양 느끼도록 가까이 끌어당겼다.

"걱정할 건 없소. 난 당신이 안전해질 때까지 잠들지 못하게 할 거요. 내 말을 잘 들어요."

후에 그녀는 그가 무슨 말을 했는지 기억할 수 없었다. 그의 목소리는 그녀에게 아득하게 들려 왔다. 그의 목소리는 아무도 전에 한 번도 밝혀 본 적이 없었던 따스하고 밝은 횃불과도 같았다. 너무나도 아름다운 꽃들이 만발하는 빛나는 초원을 그린 그림이었다.

그 아름다움은 따뜻한 이끼와 여름날의 노래 소리로 베일에 싸인 듯했다. 그녀가 지나치는 곳곳마다 그 횃불이 표현할 수 없을 정도로 웅장하고 멋지게 타올랐다. 그녀는 기쁘고 황홀해서 참을 수가 없다고 생각했다.

그녀는 언제 떨리는 것이 멈추었는지, 언제 무감각한 느낌이 따스함으로 바뀌었는지 알 수 없었다. 그의 목소리는 그녀의 귀에 울리는 듯 들려 왔고 마음을 누그러뜨려 주는 것 같았다.

아냐. 그가 말을 멈췄다는 것을 알았다. 그러나 여전히 들을 수 있었다. 얼마나 이상한 일인가. 오, 그러나 그녀는 걱정할 것이 없다고 혼자말을 했다. 존이 그녀에게 걱정할 필요가 없다고 하지 않았던가. 그는 모든 걸 보살피고 있었다.

그녀는 여기 이렇게 누워 그녀 안의 횃불에 그의 목소리로 불을 붙이게 했다.

"베스."

그녀는 귀에 강한 떨림을 느꼈다.

"당신 이젠 자도 돼요."

그녀는 자신을 감싸 주었던 그의 품에서 벗어났다. 그러자 그녀는 전에 한 번 경험해 보았던 방향을 잃은 것만 같은 상태로 빠져들었다. 외로움, 전에는 결코 그런 외로움을 알지 못했었다.

"존."

그의 입술이 그녀의 관자놀이 위에 있었다.

"알아요."

그는 알고 있었다. 그녀는 여전히 그의 감정이 전해져 옴을 느끼고 있었고 이해했다.

"불빛들이."

졸음이 엄습하자 그녀의 목소리는 분명치 않게 들렸다. 매우 아름다웠다.

"돌아와요."

"난 그럴 수 없소, 내 사랑."

"제발."

그 목소리는 거의 소리라고 할 수 없었다.

"언젠가."

약속이었다. 존은 항상 약속을 지켰다. 그녀는 지난 시간 동안 다른 많은 것들처럼 그에 대한 모든 것이 사실이라는 걸 알았다.

"언젠가."

그녀는 그의 강한 어깨에 뺨을 묻으며 메아리치듯이 말했다. 그러나 무엇인가가 그녀에게 잔소리를 하는 것 같았다. 그녀가 기억할 수 없는 무엇인가가 있었다. 불빛이 밝아지기 전에 존이 그녀를 바라본 그 순간 무엇인가가 떠올랐다.

"아기."

"뭐라구?"

그녀는 눈을 뜨지 않았다.

"앤드루가 태어난 그날 밤예요, 우유 속에 무엇이 들었었죠?"

그는 그녀의 관자놀이에서 뒷머리카락까지 부드럽게 쓸어내렸다.

"아무것도."

그녀는 그가 그렇게 대답할 것을 짐작하고 있었다.

"당신은 나에게 그걸 마시게 해선 안 되었어요. 난 따뜻한 우유를 싫어해요."

"당신은 내가 아부를 해야만 내 도움을 받으려 하는 것 같소."

"나도 모르겠지만 당신이 옳을 수도 있어요."

그녀는 너무 졸음이 와 더이상은 말할 수 없었다. 단지 잠의 날개를 달고 이리저리 표류하고 싶었다. 더이상 사랑스런 빛나는 햇불이 타오르지 않았던 것이다…….

　다음날 아침 눈을 떴을 때 따스함이 여전히 느껴졌다. 동굴은 완전히 어둠 속에 있었고 입구를 막아 둔 돌 주위로 회색 빛줄기가 가늘게 들어와 새벽이라는 신호를 나타내 줄 뿐이었다. 그녀의 벗은 가슴은 존의 따스하고 부드러운 가슴에 의해 눌려 있었고 그가 숨쉴 때마다 그의 윗몸뚱이로 자신을 문지르고 있는 것 같았다.
　그것이 아픔일까? 아니면 마치 초대를 하는 것처럼 젖꼭지를 팽팽하게 만드는 욕망일까? 그녀는 혼란스러웠다. 그의 숨쉬는 소리가 바뀌어지자 그녀는 그가 깨어 있다는 것을 알게 되었다.
　“베스?”
　“우린 떠나야 하나요? 지금은 새벽임에 틀림없어요.”
　그녀의 목소리는 숨을 죽이고 있었다.
　“그렇소.”
　그녀는 들썩거리며 웃었다.
　“새벽인 건 틀림없어요. 정말로 우린 떠나야 하나요?”
　“내 목소리가 혼란스러워하는 것 같소? 내 이성이 지금 이 순간 제대로 발휘되지 않는 것 같소.”
　엘리자베스의 정신적인 능력도 존의 것보다 더 나을 것이 없었다. 그녀는 아무것에도 집중할 수 없는 것처럼 느껴졌다. 그러나 그의 벗은 몸에서 그녀의 몸으로 전해지는 열기는 느낄 수 있었다.

손을 뻗어 그를 만질 수 있다면 그를 태워 버릴 것만 같았다. 그의 숨쉬는 리듬이 더욱 거칠게 바뀌었다. 그녀 또한 숨쉬는 것이 힘들었다.

"당신은 그들이 밖에 있다고 생각하나요?"

"모르겠소. 지금 이 순간 난…… 베스…….."

그는 손을 뻗어 갑자기 그녀의 허리 주위에 담요를 둘러 주었다.

"베스, 난 고통스럽소. 난 당신도 그럴 것이라고 생각하오. 당신을 사랑하게 해줘요."

그는 손가락으로 그녀의 가슴을 더듬었다. 그러자 그녀는 짧게 숨을 들이쉬었다.

"오, 사랑스럽고 풍만하며 아름다운 이 가슴, 당신을 알고 싶소."

손바닥으로 부드럽게 가슴을 잡았다.

"당신을 돕게 해줘요. 당신을 맛보도록 해줘요. 당신 속으로 들어가게 해줘요. 당신에게 필요로 하는 걸 주게 해줘요. 당신이 결코 꿈도 꾸지 못했던 즐거움을 보여 줄 거요. 그런 식으로 난…….."

"횃불들."

그의 몸이 경직됨을 느끼자 비로소 그녀는 자신이 무슨 말을 했다는 것을 알 수 있었다. 그의 손이 그녀의 가슴에서 내려갔다. 그의 숨소리는 무겁고 힘들어 보였다.

"안 돼."

그는 그녀로부터 떨어져 나와 몸을 움츠리고 바른 자세를

취하려고 했다. 그녀는 어둠 속에서 생생히 그의 고통과 욕
망 그리고 좌절을 느낄 수 있었다.
　"무슨 말 하는 거요? 제기랄, 당신 옷이나 가져 와요."
　"뭐라구요?"
　그녀는 마치 다시 개울의 차가운 얼음물 속으로 뛰어든
것처럼 몽롱한 상태에서 정신을 차리게 되었다. 그는 그녀를
보지도 않은 채 재빨리 말했다.
　"난 입구의 돌 위에 옷을 널어 두었소. 바람이 옷들을 말
려 놓았을 거요. 아마 약간 젖었을 수도 있겠지만."
　"왜요, 존?"
　그는 그녀가 오해하고 있도록 놔둘 생각은 없었다.
　"이건 정당하지 못하오. 어젯밤 내가 당신에게 그랬던 것
때문이오. 지금 당신이 느끼는 것은 그 잔재일 뿐이오."
　"당신은 나에게 아무 짓도 안 했어요. 그건 모두 나 때문
이에요. 그것은 정신감응과 같은 것이었어요, 그렇죠."
　"그렇소, 깊은 최면 상태와 같이 작용해서."
　그는 일어나서 입구 쪽으로 걸어갔다. 그녀는 어둡지 않기
를 바랐다. 그를 잘 볼 수 있도록 말이다. 그녀의 머리는 밤
에 그가 옷을 벗겼을 때처럼 아직 몽롱한 상태였다. 사방은
아직도 어두워 그의 몸조차 볼 수 없었다. 그러나 그녀는 밀
착되었던 그의 엉덩이와 허벅지의 감촉을 기억할 수 있었다.
　"당신이 속했던 그룹의 사람들도 우리들과 같을 거예요."
　그녀가 말했다.
　"평범한 작은 마을의 사람들 말이에요."

“정신적인 능력이 증가되는 것은 지적 능력이 확장된 결과요.”

그는 빈정대는 듯이 말했다.

“말할 필요도 없이 연구소는 기뻐했고 우린 모든 능력을 이용하도록 배워 왔소. 그놈들은 우리를 넣어 둔 새장의 열쇠를 우리가 쥐고 있다는 걸 알지 못하였소.”

“모든 능력이요?”

그는 급히 옷을 입었다.

“그렇소, 모든 능력. 지난 밤 내가 당신을 위해 한 것은 정말 간단한 거였소. 티벳의 수도승들은 수세기 동안 그들의 체온을 조절하고 조직의 기능들을 컨트롤할 수 있었소. 우리의 정신적인 능력은 가능한 빨리 우리가 사우디 아라비아에서 도망쳐야 한다고 결정한 중요한 이유였소. 우리는 미친 사람들의 식민지 속으로 들어가길 원치 않았으니까.”

“미친 사람들이라구요?”

엘리자베스의 눈이 커졌다.

“무슨 뜻이죠?”

그는 그녀 뒤로 다가갔다.

“나중에.”

그가 이불 위로 그녀의 옷을 떨어뜨리며 말했다.

“난 지금 그 문제에 대해 토론할 기분이 아니오. 이곳이 점차 밝아지고 있어서 당신의 벗은 모습을 볼 수 있소. 난 이미 충분히 고통스럽소.”

“난 당신을 고통스럽게 하고 싶지 않아요.”

천천히 옷을 입고 있는 엘리자베스의 목소리는 괴로운 듯했다. 피부에 느껴지는 옷의 천은 축축했고 차가웠다.

"당신 그만두지 않아도 돼요."

"알고 있소. 하지만 내가 당신과 사랑을 나누고자 할 땐 당신이 원하는 것이 나라는 것을 확인하고 싶소. 난 정신적인 합일 또한 얼마나 마음을 사로잡는 것인지 알고 있소. 감정도 함께 하는 당신의 마음속에 있고 싶은 거요."

점점 말소리가 작아졌다.

"우리의 사랑을 아름답게 만들려고 했었소."

"그랬어요."

"난 그걸 더 아름답게 할 수 있소. 우리가 합쳐지면 당신이 나의 욕망을 느끼게 하고 나의 만족도 느끼게 할 거요. 또한 당신의 욕망과 만족도 물론이오. 난 당신이 육체적으로 느끼게 할 거요. 내가 무얼 느끼는지……."

그는 웃었다.

"내 말 좀 들어 봐요. 한 손으론 당신을 놓아 주면서 또 다른 손으로는 당신을 다시 잡아 당기고 있소. 난 마크 램지는 아니오, 그렇지 않소?"

"아니죠."

존이 사랑스런 이상주의자 마크가 될 수는 없었다. 그러나 지금 그녀는 존이 그렇게 되는 걸 원치 않았다. 지난 밤 그들이 합쳐졌을 때 그녀는 그 안에 있는 아름다움을 발견했다.

마크에게서 찾아볼 수 있었던 것과 같이 빛나는 아름다움이었다. 그는 화합과 힘과 엄격한 가치관을 소유하고 있었다. 그는 또한 공격적이고 열정적이며 집착이 강하고 소처럼 고집도 셌다.

아니다. 새벽이 석양과 닮지 않은 것처럼 그는 마크와는 닮지 않았다. 그러나 그들 모두 그들만의 아름다움과 자신들만의 독특한 위치가 있었다. 그리고 살아 있는 한 그녀의 인생에서의 존의 위치를 알고 있었다.

"아니에요, 당신은 마크가 아니에요."

마치 그녀가 그를 한 대 친 것처럼 존이 움찔했다.

"그게 아니라……."

"당신이 한 말을 설명할 필요는 없소. 우린 가야 할 길이 아직도 멀다는 걸 알고 있소."

그는 돌아서서 입구의 돌을 굴려 치웠다.

"그러나 난 지난 밤 우리가 몇 개의 장애물은 건너 뛰었다고 생각하오. 빨리 옷을 입도록 해요. 난 좀 살펴보고 돌아오겠소."

엘리자베스는 젖은 양말을 신으면서 그들이 그 이상의 장애물을 건너 뛰었다고 생각했다. 결코 상상할 수 없었던 친밀감을 향해 도약을 했던 것이다. 그것은 사랑이었다. 그녀는 존 산델을 사랑했다. 자유롭게, 자랑스럽게, 그녀의 온 마음을 다해서 말이다.

그녀는 자신이 걱정을 했다는 것과 계속 마크와 존을 비교했었던 것을 부인할 수 없었다. 그녀는 존이 오해한 것은 당연한 일이라고 생각했다. 이제 그를 향한 자신의 사랑에는 조건이 없다는 것과 더이상 마크와 비교하는 일은 없을 거라는 사실을 보여 줄 때가 곧 오리라는 것을 알고 있었다.

그녀는 자신의 마음을 나타내 보일 더 좋은 상황이 올 때까지 기다려야 했다. 존과 함께 있을 때는 항상 자신의 가장 보기 싫은 모습을 보이는 것처럼 보였다. 첫째 그녀는 임신했었고 앤드루를 낳았을 때도 뚱뚱하고 고약해 보였으며 지금도 허수아비처럼 흐트러진 머리를 보여 주고 있었다.

"숲속엔 바르도의 무리가 없는 것 같소."

존이 입구에서 말했다.

"아마 도로와 집을 감시하고 있을 것이오. 그렇다면 우린 숲속을 지나쳐 그곳에 갈 수 있을 거요."

"그곳이란 어디를 말하는 거죠?"

엘리자베스는 일어서며 급히 담요를 개기 시작했다.

"당신 어디를 염두에 두고 있는 건가요?"

"세레나의 집이요. 그녀는 당신의 친구잖소. 내가 그녀를 처음 만났을 때 그녀는 모험을 겁내지 않을 사람이라는 인상을 받았었소."

"오, 당신 세레나를 잘 보았군요. 아마 그녀는 코 앞에서 악마를 해치우고는 상처 입은 손에 대한 보상을 받으려고 고소할 정도일 거예요."

엘리자베스는 동굴 밖으로 나가 그의 옆에 서서 얼굴을 찡그렸다.

"그녀가 나 대신에 상처 입는 걸 원치 않아요. 바르도는 매우 비열한 사람이에요."

"내가 그녀에게 부탁할 건 차를 좀 빌려 달라는 것과 당신에게 마른 옷 몇 가지를 좀 달라는 거요."

존이 비위를 맞추는 듯 말했다.

"바르도의 부하들이 그녀의 집을 감시하고 있지 않을까요? 바르도는 그녀가 나의 가장 친한 친구라는 사실을 조사해 냈을 거예요."

"그녀의 집으로 몰래 들어가는 방법을 찾아야 하오. 나도 당신이 겪는 이 소란 속으로 그녀를 끌어들이고 싶진 않소. 하지만 우린 교통 수단이 필요하오. 우린 내일 아침 로체스터에서 거녀와 다시 만나야 하니까."

"거기까진 이백 마일도 넘을 거예요."

"그러니 자동차가 필요해요. 난 당신이 친구를 위험에 빠뜨리게 하는 걸 원치 않는다는 걸 알고 있소. 내가 그녀의 안전을 약속하겠소. 날 믿어요."

엘리자베스의 얼굴에 다시 미소가 지어졌다.

"네, 그럴 게요."

그는 앞으로 반 걸음 내딛다가는 멈추었다.

"고마운 일이군."

그의 말은 기도하는 사람처럼 열성적이었다.

"그 동안은 돌투성이의 길을 가는 듯이 지옥 같은 시간이었소."

"오해는 보통 있는 일이죠."

그녀는 말했다.

"당신은 내가 극복해야 할 큰 방해물들이 있었다는 걸 인정해야 해요. 난 알고 싶어요. 당신 더이상 날 놀라게 할 계획은 없는 거죠, 그렇죠?"

"그럴 거요."

"좋아요."

그녀는 미소를 지었다.

"당신은 내가 얼마나 안심했는지 모를 거예요. 여태까지 난 외국의 계략, 최면, 정신감응 같은 놀라운 정보를 접할 수 있었어요. 이제 더이상 그러지 마세요, 약속하는 거죠?"

그의 얼굴에 무언가가 스쳐 지나갔다.

"베스, 난……."

그는 말을 잇지 않고 그냥 웃어 버렸다.

"약속하겠소."

"왜 당신이 무언가를 감추고 있다는 의심이 드는 거죠?"

그녀는 날카롭게 물었다.

"지금 누가 정신감응을 연습하고 있는 거요?"

그는 그녀의 팔을 잡아 끌어 서둘러 길을 걸어갔다.

"서둘러요. 난 당신에게 신발을 얻어 주어야 하오. 세레나가 같은 사이즈면 좋겠소."

세레나의 신은 모두 폭이 너무 좁았다. 그러나 그녀 오빠의 옷장 속을 뒤져 간신히 엘리자베스에게 맞는 신발을 찾아낼 수 있었다. 물론 발가락 끝 쪽에 휴지를 잔뜩 채워 넣어야만 했지만 말이다.

"데인이 기분 나빠하지 않을까?"

엘리자베스가 물었다.

"세레나, 내가 이것들의 값을 지불하면 안 될까?"

옷장 속에서 고개를 돌리며 세레나는 얼굴을 찡그렸다.

"바보 같은 소리, 데인은 이 옷의 절반도 안 입는걸. 이 옷가지들은 그의 세련된 취미에 너무 맞지 않거든. 너도 그가 요즘 거의 집에 오지 않는다는 걸 알잖니?"

엘리자베스는 천천히 고개를 끄덕였다. 데인 스파울딩은 매력적인 사람이었다. 그리고 그는 집에만 있는 사람이라고는 할 수 없었다.

"지금 어디에 가 있어?"

"몬테카를로. 누군가가 그에게 몬테카를로의 한 은행을 파산시킨 남자에 대한 노래가 있다고 말했나 봐. 그래서 그는 합창단에 새로운 노래를 첨가해 줄 것을 약속했대."

세레나는 옷장에서 가방을 꺼냈다.

"참 평화스런 생활이지. 난 아마 집을 저당 잡혀 그를 구하러 가야 할 거야."

"넌 그걸 즐기는 것 같구나. 너도 그 못지 않은 방랑자야. 난 너희들이 이렇게 아름다운 집에서 왜 많은 시간을 보내지 않는 건지 이해할 수가 없어. 너의 인생에 영속적인 것은 없는 거니?"

"집은 단지 휴식을 취하러 돌아오는 장소일 뿐이야. 영속적인 것은 지루한 거고."

세레나의 바이올렛 빛 눈이 빛나고 있었다.

"우린 너 같지 않아. 몇몇 사람에겐 담쟁이로 덮인 집보다는 도로 아래에 무엇들이 있느냐가 더 중요할 수도 있어.”

그녀는 침대 위에 가방을 올리고는 그걸 풀었다.

“얼마나 오랫동안 떠나 있을 거니? 저녁에 입을 옷도 필요할까?”

“아니야, 우린 며칠만 떠나 있을 거야.”

엘리자베스는 미소지으며 말했다.

“진바지가 구슬과 장식이 박힌 옷보다 훨씬 실용적일 거야. 몬테카를로로 가는 유람 여행이 아니거든.”

“그래도 장식이나 구슬은 경우에 따라 분위기를 북돋아 줄 텐데. 그래도 모르니까 하나만 가져 가. 이젠 아래층의 그 멋진 남자에게 가 봐. 내가 짐을 꾸리는 동안 말야. 옆에서 헛기침이나 하지 말고.”

엘리자베스가 항의하려 하자 세레나는 손을 들어 막았다.

“넌 전혀 날 귀찮게 하고 있지 않아. 난 봄에 있을 쇼를 위한 스케치를 끝내고 그걸 서둘러 챙겨 지난 주에 뉴욕으로 부쳤어. 마침 지루하던 참인데 너의 이 일이 내 생활을 밝게 해주고 있다니까.”

그녀는 가방을 열었다.

“넌 무슨 일인지 얘기를 하고 싶어하지 않을 거라 생각해. 총에 맞아 부상을 입은 개와 한밤중에 내 문을 두드린 음울한 인상의 남자, 지금 같은 새벽에 내 부엌문으로 나타난 너희 두 사람에 대한 것 말이야. 넌 그게 여자의 호기심을 자극하는 거라는 사실을 인정하지?”

음울한 인상이라고?

“어젯밤 누가 여기 왔었니?”

세레나는 고개를 끄덕였다.

“네가 샘을 데려다 놓고 간 후에 여기 왔었던 그 남자였
어. 파란 눈을 한⋯⋯.”

세레나는 잔뜩 공기를 머금어 뺨을 부풀리며 말했다.

“그리고 턱밑살이 늘어졌고.”

“분명 바르도야. 너 그에게 무슨 말을 했니?”

“지난번에 그에게 말한 것과 같은 거였어. 만약 그가 내
집에 한 걸음이라도 들어온다면 그의 무릎뼈를 쏠 거라고
했지.”

엘리자베스는 웃었다.

“그가 얼마나 기가 죽었을지 상상이 가는데. 그가 너의 허
세에 대해 소송을 제기하면 넌 어떻게 할래?

세레나의 눈이 커졌다.

“무슨 허세? 난 이미 법정에서 무슨 옷을 입을지도 계획하
고 있는걸. 하얀 색같이 깨끗한 옷 같은 걸 생각하고 있어.
희고 순결해 보이는 것 말이야. 갈색 피부를 가진 사람은 보
통 마돈나 같은 외모를 가진 사람에겐 꼼짝 못하거든.”

그녀는 눈썹을 들어 올리며 말했다.

“나에게 털어놓지 않을 거지?”

“그럴 수 없어, 내가 너에게 말하고 싶지 않은 건 아니야.”

엘리자베스의 표정은 괴로운 듯했다.

“다른 사람들이 관련된 문제야.”

“흥분하지 마. 난 단지 물어 보고 싶었을 뿐이야. 나는 네

가 나쁜 짓을 하지 않았다는 걸 확신해. 조금 있다가 가방을
싸 가지고 내려갈게."

그녀는 옷장 옆의 마호가니 서랍으로 고개를 돌렸다.

"가서 도시락이나 챙겨. 냉장고에 차가운 고기와 치즈가
있을 거야."

"세레나, 고마워. 결코 잊지 못할 거야."

"그러지 마."

세레나의 미소가 그녀의 아름다운 얼굴에 따스한 기운을
어리게 했다.

"그건 우리 사이를 어색하게 만드는 거야. 샘을 며칠간만
더 맡겨 줄 수 있겠니? 난 이 집에 장난꾸러기를 두는 것에
익숙해진 것 같아. 그는 데인이 없는 동안 좋은 친구가 될
거야."

엘리자베스가 고개를 끄덕였다.

"집에 오자마자 샘을 데려갈게. 이런 소란을 빨리 정리할
수 있는 좋은 방법이 있어."

"그러길 바라. 어린 앤드루 도련님이 보고 싶어."

"그는 건강해."

엘리자베스가 부드럽게 말했다.

"그리고 훌륭하고."

"그럴 거야."

세레나가 미소지었다.

"넌 훌륭한 엄마가 될 거야. 나에게 앤드루의 대모가 되어
달라고 한 말 잊지 마. 난 어떤 일이 있어도 그 약속을 지킬

거야. 난 대모가 되는 것에 관한 의무와 혜택에 대해 자세한 조사를 다 했다구.”

“조사라구? 너와 존은 정말 잘 지낼 수 있을 거야. 조사라면 그가 최고일걸. 어쩌면 그가 너의 거실에 스테인드 글래스를 만들어 줄지도 몰라.”

“스테인드 글래스라구?”

세레나가 어리둥절해서 물었다.

“신경 쓰지 마.”

엘리자베스는 문 쪽으로 갔다.

“그리고 넌 앤드루의 대모가 될 거야. 나는 다른 사람에겐 부탁할 생각조차 하지 않았는걸.”

존은 부엌의 식탁에 앉아 있었다. 세레나가 엘리자베스를 데리고 가기 전 그에게 커피를 주었다. 그는 그 커피를 마시고 있었다. 존도 데인의 옷장의 도움으로 부츠와 진 그리고 파란 옥스퍼드지 셔츠로 갈아입었다. 그것이 그의 피부색을 더욱 강조해 주었다. 엘리자베스가 걸어오자 그가 힐끗 쳐다보았다.

“잘 되었소?”

그녀는 고개를 끄덕였다.

“세레나는 우리에게 뭐든지 다 해줄 거예요. 아마 우리가 원하면 차 그 이상의 것도 넘겨 줄 거예요.”

“나도 그녀가 그럴 거라 생각했소.”

그는 커피를 한 모금 마셨다.

“당신 말이 맞소. 그녀는 정말 매력적이오. 그녀는 엘리자

베스 테일러의 젊은 시절을 상기시켜 주는 것 같소. 그녀는
드레스 디자이너라기보다는 모델로 보이는데. 그녀는 성공했
소?"

"그래요. 만약 세레나가 그럴 생각만 있다면 자신의 가게
를 낼 수 있었을 거예요. 하지만 그녀는 너무 많은 책임이
따른다고 싫어하죠. 그녀는 다른 사람을 위해 일하는 걸 더
좋아해요. 지난 계절에는 하렘(회교국의 궁전이나 가옥에서 부
인들이 거처하는 방—역주) 패션을 유행시켰어요."

그녀는 갑자기 얼굴을 찡그리며 말했다.

"바르도가 지난 밤에 여기 왔었대요. 세레나에게 어떤 해
도 입히진 않겠죠? 우리들이 차로 빠져 나갈 때 집을 감시
하고 있으면 어떡하죠?"

"우린 차로 가지 않을 거요. 숲속으로 몇 마일 걸어가서
도로 쪽으로 갈 거요. 세레나는 차로 우릴 만나러 와서 걸어
서 집으로 돌아가야 하오."

"바르도의 부하들이 그녀가 우릴 도왔다는 걸 알면 어떡
하죠?"

"그는 우릴 찾느라 바빠 그녀를 괴롭힐 시간이 없을 거요.
걱정 말아요. 내가 전화해서 그녀를 도와줄 사람을 보낼 거
요. 우리가 로체스터로 떠나자마자 말이오."

그녀의 눈이 휘둥그래졌다.

"이 지역에 다른 가르바니아 사람이 있어요? 거녀와 당신
뿐인 줄 알고 있었는데."

그는 머리를 저었다.

"앤드루는 우리에게 매우 중요하오. 우린 당신이 임신한 걸 안 순간 아기를 보호할 모든 준비를 해 놓았소."

"나에게도 역시 중요해요."

그들이 그녀의 아기 앤드루를 위해 모든 준비를 해 놓았다니? 어떤 위험으로부터 그를 보호하려고 하는 걸까? 그 모든 것이 믿을 수 없었고 놀랄 만한 일이었다.

"우린 별 문제 없이 이걸 해결할 수 있을 거예요. 정부에 있는 모든 사람이 바르도와 같진 않을 거예요."

"나도 그렇게 생각하고 있소."

그는 의자를 밀어내고 일어섰다.

"나중에 그 문제에 대해 이야기해 봅시다. 우린 떠나야 해요."

"당신은 교묘히 잘도 빠져 나가시는군요."

"그렇소. 난 당신이 우리가 그걸 토론하기 전에 그 문제에 대해 생각해 보았으면 하오."

그녀는 미소지었다.

"그 소린 듣기 싫은데요. 당신 날 다시 어둠 속에 숨겨 둘 생각인가요?"

그는 머리를 저으며 말했다.

"그런 계획이 있다는 걸 부인하진 않겠소. 하지만 당신의 동의 없인 아무것도 하지 않을 거요. 강요하기에는 너무 중요한 결정이오."

"당신의 관대한 처분에 대해 당신 조직에선 무슨 말을 하고 있죠?"

“난 쓸데없는 말은 하고 싶지 않소. 이건 당신과 나 사이의 문제요.”

그리고는 잠시 아무 말도 하지 않았다.

“그리고 앤드루. 우린 무엇이 앤드루에게 최선인가를 생각해야 하오, 베스.”

“내가 그걸 모른다고 생각해요?”

그녀는 홱 방향을 돌렸다.

“당신이 옳아요. 나중에 다시 얘기해요. 세레나가 우리더러 도시락을 싸라고 했어요. 난 그걸 싸야겠어요.”

“베스.”

존의 목소리는 부드러웠다.

“아뇨, 애기하고 싶지 않아요.”

냉장고 문을 여는 그녀의 손은 떨리고 있었다.

“지금은 아니에요.”

그는 그녀가 플라스틱 통을 꺼내는 것을 힘없이 바라보며 손을 천천히 아래로 내렸다. 그녀의 표정 속에 있는 슬픔과 좌절을 읽을 수 있었다. 그녀는 이미 그 문제를 생각하고 있었다.

아마도 그녀는 그의 잠재 의식 수준까지의 해결책까지도 쥐고 있을지도 모른다. 함께 하는 동안 장벽을 치는 것은 어려운 일이었다. 그는 팔로 그녀를 안고 싶었고 그녀를 돕고 그녀의 모든 고통을 누그러뜨리고자 했다. 하지만 그녀는 지금 그 위로를 받아들이려 하지 않는다는 걸 알고 있었다.

그는 단지 그냥 그녀가 그에게로 다가올 때까지 기다리는 수밖에 없었다. 그는 앞으로 나와 그 통을 받았다.

"도와주겠소."

당신의 짐을 모두 나에게 지게 해주시오. 당신을 보호해
주고 돌투성이의 험한 길도 치워 주고 당신을 위해서 모든
것을 해주고 싶소.

"세레나가 빵을 어디 두었는지 말해 주었소?"

9

"모텔이라 미안하오. 리츠 같은 고급 호텔은 아니지만 우리에겐 크고 잘 알려진 로체스터 시내의 호텔보다는 이 숙소가 안전하다고 생각했소."

존이 방문에 기댄 채 말했다.

"우린 거너와 내일 아침 연락할 때까지 눈에 띄지 않도록 해야 하오."

"모텔도 괜찮아요."

엘리자베스는 창가로 가서 베이지 색 무늬가 있는 커튼을 잡아 끌어 이른 저녁의 어둠을 지워 버렸다.

"호텔은 모두 비슷해요. 적어도 이곳은 꽤 깨끗한 편인데요. 룸 서비스로 음식을 주문할 수 있을까요?”

“그건 잘 모르겠소. 먼저 샤워하고 잠시 쉬도록 해요. 난 밖에 나가 사 올 수 있는 음식이 있는지 알아 보고 오겠소. 여기서 몇 블럭 떨어진 곳에서 피자집과 멕시코식 레스토랑을 본 것 같소. 어느 것이 좋겠소?”

“멕시코 음식이요.”

그는 고개를 끄덕이고는 돌아섰다.

“멕시코 음식이라. 내가 나간 뒤 체인으로 된 자물쇠를 잘 채워요. 내가 돌아올 땐 문을 두드리겠소.”

“그렇게 조심스러울 필요가 있을까요? 우리가 미행당했다고는 생각하지 않아요. 난 도로에서 이상한 것은 아무것도 보지 못했어요.”

“나도 보지 못했소.”

존의 찡그린 눈썹이 선명하게 보였다.

“그들이 너무 일을 잘 하고 있어서 우리 눈에 띄지 않았을 수도 있으니 조심스럽게 행동해서 손해날 건 없소.”

그녀는 아랫입술을 깨물었다.

“당신은 거녀가 잘 빠져 나갔을 거라고 생각하나요? 난 바르도의 부하들이 사라졌다는 이야기를 듣고 안심했었어요. 사실 그 생각은 그다지 하지 않고 있었죠. 혹시 그들의 무전기에 이상이 있었던 건 아닐까요? 그들이 실제로 사라진 것이 아니고 말예요. 거녀를 따라가서 잡으면 어떡하죠?”

그는 어깨 너머로 그녀를 힐끗 바라보며 미소를 지었다. 그는 차분히 말했다.

"오늘밤 당신은 온통 걱정으로 가득 차 있는 것 같소. 걱정하지 말아요. 내가 그의 부하들이 거녀를 막지 못했다는 걸 장담한다면 당신 기분이 좀 나아지겠소?"

"어떻게 그렇게 확신하는 거죠. 말해 주지 않는다면 알 수 없겠죠."

그는 항복하는 흉내를 내듯 손을 들어 올렸다.

"나중에 내가 왜 그걸 확신하는지 말해 주겠소. 저녁이나 먹으면서 말이오. 이제 됐소?"

"네."

그녀는 그의 뒤로 문이 닫히는 걸 보고 복종하는 듯이 체인 자물쇠를 잠그러 방을 가로질러 걸어갔다. 그녀는 불을 켜고 세레나가 싸 준 가방을 들어 침대 위에 올려놓았다. 비록 부피는 그다지 크지 않았지만 꽤 무거웠다. 그걸 열어 보자 그 이유를 알게 되었다.

몇 벌의 진과 스웨터뿐만 아니라 세레나는 속옷까지 챙겨 넣었고 휴대용 드라이어와 화장품 백까지 넣었던 것이다. 세레나의 선택에 실용성이란 없었다.

특히 눈에 띄는 옷은 실용적이지 않았을 뿐만 아니라 호화스럽기까지 했다.

복숭아색의 새틴 네글리제인 그 옷은 튼튼한 천으로 만든 데님 진과는 대조적으로 보석처럼 빛나고 있었다. 엘리자베스는 손을 뻗어 그 천을 어루만져 보았다. 그러던 중 그곳에 꽂아 둔 쪽지를 발견했다.

넌 이 네글리제가 구슬이나 장식은 없다는 걸 알겠지. 하지만 모든 여성은 경우에 따라 우아한 것이 필요할 때가 있는 법이야. 투덜대지 말고 입어 봐.

이건 내가 디자인한 중세의 콜렉션이야. 난 항상 이것이 날 귀족 부인처럼 보이게 만든다고 생각했지. 그리고 이것이 너에게 훨씬 잘 어울릴 거라고 생각해.

세레나

엘리자베스는 가방에서 옷을 꺼내어 몸에 대 보았다. 그건 너무나도 로맨틱한 옷이었고 색깔 또한 그녀에게 잘 어울렸다.

존은 그녀에게 이렇게 유혹적인 면이 있으리라고는 생각지 않았을 것이다. 유혹적, 엘리자베스는 뺨이 달아 오르는 것을 느꼈다.

유혹.

그것이 그녀가 오늘밤 의도하고 있었던 것일까? 그녀는 그 복숭아빛 천을 꽉 잡고 있었다. 그녀는 결코 아름답다고는 할 수 없을지는 몰라도 그 관능적인 옷이 그녀에게 썩 잘 어울렸다.

어떤 여자도 이렇게 우아한 분위기에 잘 어울리지 않을 것이다. 왜 그녀는 망설이고 있는가? 오늘 아침에만 해도 그녀는 존 앞에서 항상 자신의 보기 흉한 모습만을 보여 준 사실에 안타까워하지 않았던가.

이제 완벽하게 다른 모습을 보여 줄 수 있지 않은가. 엘리자베스는 팔에 그걸 걸쳐 보고는 씩 웃었다. 그리고 헤어 드라이어와 화장품 백을 집어 들었다. 그녀는 욕실로 급히 걸어갔다. 오, 그렇다. 이젠 유혹을 위한 계획을 마련해야 할 시간이었다.

그녀는 너무 유혹적으로 보였다. 존은 거의 숨을 쉴 수 없을 지경이었다. 쥐고 있던 음식 상자를 마루에 떨어뜨리지 않으려고 더욱 꽉 잡았다.

"아름답소."

그녀는 아름다웠다. 그녀의 갈색머리는 곧게 뻗어 있었고 어깨 아래까지 내려와 빛나고 있었다. 그리고 그녀의 피부는 잘 익은 복숭아처럼 부드러워 보였고 관능적인 구름 속에서 새틴빛을 반사하고 있는 것 같았다. 느슨하게 내려오는 그 옷은 목선이 많이 패어 있어서 풍만한 윗가슴선의 경사가 훤히 드러나 보였다.

"세레나의 디자인이오?"

엘리자베스는 고개를 끄덕이며 박스를 건네 받고 그가 들어오게끔 한 걸음 뒤로 물러섰다.

"그녀의 중세풍 디자인이에요. 모든 여자들은 일생에 우아해야 할 때가 있다고 했어요. 당신 맘에 들어요?"

"물론이오."

그는 목이 타 거의 아무 말도 할 수 없었다.

"사이브라."

그녀는 어리둥절해 그를 바라보았다.

"뭐라고요?"

"가르바니아의 거너가 살던 곳에선 관능적인 즐거움을 주는 데 헌신하는 여자가 있었소. 모든 생각과 행동은 욕망을 증진하고 성적인 공연을 하는 것에 목표를 두고 있었소. 그들을 사이브라라고 부르지."

엘리자베스는 코를 찡그렸다.

"매우 지루한 생활같이 들리는 걸요."

그는 입을 실룩거렸다.

"지루한 생활을 하는 것처럼 보이지 않소. 난 그들의 파트너가 결코 지루함을 불평한 적이 없다는 걸 보증할 수 있소."

"당신은 여태……."

그녀는 말을 하려다 말았다. 알고 싶지 않았다. 그녀는 자신이 성의 대가들과 경쟁하고 있었다는 것을 모르고 있었다. 그녀는 부끄러웠고 불안했다. 돌아서서 창가의 둥근 테이블 가로 갔다.

"당신은 오랫동안 밖에 나가 있었어요. 난 걱정하던 중이었어요."

"전화를 몇 통이나 걸어야 했소. 그런데 연결이 잘 안 돼서 기다려야만 했었소."

그는 문을 닫고 잠갔다.

"그리고 와인 한 병을 사느라 상점에 들렀었지. 지금 상황이 좀 그렇지만 난 당신이 우리의 특별 식사를 음미할지도 모른다고 생각했었소.”

그는 자신이 말하고 있는 것을 의식하지 못하고 있는 것 같았다. 그녀의 매동작마다 부드러운 실크옷이 움직이며 곧 흘러 내려올 듯했다. 옷의 가장자리 아래로 그녀의 맨발이 드러나 보였고 이상하게도 그 발은 그녀의 가운 목선으로 언뜻 보여지는 가슴만큼이나 자극을 불러일으키는 것이었다.

그의 시선은 그녀에게로 고정되어 있었다. 그는 와인병을 집어 들고는 종이백에서 두 개의 와인잔을 꺼냈다.

“상점의 남자가 이건 자신의 상점에서 가장 좋은 것이라고 보장한다더군.”

그녀는 테이블 위에 종이 접시를 차려 놓는 것을 쳐다보았다.

“누구에게 전화했죠?”

“한 번은 거너에게였소.”

그녀의 놀란 듯한 시선을 바라보며 존이 말했다.

“난 우리측 사람을 통해 그와 연락했소. 앤드루도 잘 있다고 하오. 잘 먹고 잘 자고 있소. 거너의 말에 의하면 앤드루는 아인슈타인 이야기도 좋아하고 있다고 하오.”

“잘 됐군요.”

엘리자베스는 의자로 털썩 주저앉았다. 지금까지 자신이 얼마나 걱정하고 있었는지를 깨닫지 못하고 있었던 것이다.

“그들은 지금 어디에 있죠?”

“로체스터 근처의 작은 호텔에 있소. 내일 정오에 우리와 합칠 거요.”

“좋아요.”

그녀의 미소는 밝았다. 거의 그가 숨을 쉴 수 없게 말이다. 그는 숨을 돌리려 일부러 다른 곳으로 시선을 돌렸다. 존은 데인의 코드를 벗어 침대 위로 던지고는 그녀의 맞은편 자리에 앉았다. 와인을 여는 그의 손은 떨리고 있었다. 그는 그녀의 시선을 느꼈다.

“그들은 괜찮소.”

“하지만 어떻게 거너가 그들로부터 벗어날 수 있었죠? 바르도의 부하들에겐 무슨 일이 일어난 거예요?”

“바르도의 부하들은 샌디에이고로 가고 있을 거요.”

엘리자베스는 어리둥절하여 그를 바라보았다.

“샌디에이고라고요? 도대체 무슨 말을 하고 있는 거죠? 왜 그들이 샌디에이고로 가는 거죠?”

존은 그녀 쪽을 바라보지 않은 채 잔에 백포도주를 따랐다.

“거너가 그들에게 바르도가 그곳으로 가라는 명령을 했다고 말했기 때문이오. 그는 또 극도의 안전을 위한 통제가 실시중이라고도 했소. 그렇기 때문에 그들이 무전기로 어느 누구에게도 연락할 수 없었던 거요. 그들이 샌디에이고에 도착할 때까지는 말이오.”

그는 병을 테이블에 내려놓았다.

“거너의 말에 의하면 그들은 방금 전에 콜로라도를 통과했다고 하오.”

“거너가 그들에게 말했다고요. 어떻게 그들이 그걸 믿을 수가……."

그녀는 말을 잇지 못했다.

"최면 같은 것?"

그는 고개를 끄덕였다.

"정신감응적인 명령과 같은 것이오."

"마인드 컨트롤 같은 건가요? 믿을 수 없어요."

그녀는 작은 목소리로 말했다.

"당신은 실제로 사람들의 의지에 반하는 일을 하게 할 수 있나요? 어느 누구도 당신이 하고자 하는 대로 만들 수 있는 거예요?"

"거의 누구에게라도 그럴 수 있소. 거너는 마인드 컨트롤에서 팔십오 퍼센트의 성공률을 가지고 있소. 난 좀더 높은 편이오."

그의 표정은 아주 단호해 보였다.

"그러나 아주 극도의 상황에서만 그럴 수 있소. 다른 사람의 의지를 꺾고 그들의 프라이버시를 침해해서 우리의 능력을 사용하는 것은 래즈널을 위반하는 거요. 우리 조직에서 그건 죽음을 받을 만한 죄이고 그런 래즈널을 무시할 수 있는 권리는 몇 명만이 가지고 있소."

"당신이 그들 중 한 명이겠죠."

그녀는 멍하니 중얼거렸다.

"거너는 당신이 장악하고 있는 힘이 내가 상상할 수 없을 정도라고 말했어요."

그녀는 떨면서 말했다.

“누군가가 나에게 내가 원하지 않는 일을 하라고 한다면 내가 과연 좋아할 수 있을지 모르겠군요. 당신이라도 말이에요.”

“난 당신이 그렇게 느낄까 봐 두려웠소.”

그는 힘을 주어 잔을 꽉 쥐었다.

“내게 그런 힘이 있다는 걸 부인하지는 않겠소. 하지만 난 당신의 허락 없이는 결코 그 힘을 당신에게 사용하지 않을 거요. 어떻게 당신에게 래즈널을 깨는 것이 심각한 상태에서만이라는 것을 인식시킬 수 있을지 모르겠소.”

그는 포도주잔을 내려다보았다.

“자, 봐요. 우리가 처음 우리의 능력을 발견했을 때 그건 우리가 굉장한 장난감을 가지고 있는 것과 같았소. 우리는 그걸 시험하고 우리가 모든 해답을 가지고 있다고 생각했지. 그 잠재력을 생각해 봐요, 베스. 의학과 정신 의학적으로 우린 기적적인 단계를 만들 수 있소. 그리고 나서 우린 그 힘에 대한 꿈도 꾸지 못했던 나쁜 면을 발견했소. 그 힘을 제어하지 않는다면 우리는 인간성조차 파괴할 수 있는 거요. 지금 우린 자제력을 가지고 있고 래즈널도 있긴 하지만 우리 자신들은 언제 우리가 그럴 수 없을지 그때를 잊어선 안 돼요. 그게 우리가 연구하고 더욱 개발하는 이유요.”

그는 그녀를 뚫어지게 바라보았다.

“왜 당신은 내가 바르도를 그 자리에서 제거하지 않았는지 알 수 있겠소? 그건 간단한 일일 수도 있겠지만 그러려면 난 래즈널을 어겨야 했소. 난 다른 가능성을 먼저 시도해 보지 않고는 그럴 수 없었소."

"그러나 당신은 거너에게 래즈널을 어겨도 된다고 허가를 했어요."

"앤드루를 보호하기 위해서요. 당신 아이일 뿐만 아니라 앤드루는 내일을 위한 우리의 희망이기도 하오."

그의 목소리는 긴장한 듯 떨리고 있었다.

"클래나드는 매우 외롭소, 베스. 우린 외롭길 원치 않지만 사실이 그렇소. 우리가 앞에 나서서 세상에서의 우리 위치를 찾으려면 오랜 시간이 걸릴 거요. 우리가 하나로 단결하기 전에 먼저 불신과 의심을 받을 거요. 그리고 우린 불신의 바다를 메우는 것이 필요하겠지."

그는 잠시 말을 멈추었다.

"어떻게 당신이 사랑했던 그 다리를 얘기했었나 생각해 봐요. 당신은 그걸 집으로 가는 마지막 다리라고 했었소? 그건 바로 앤드루의 위치와 같은 거요. 그는 과거와 미래 사이에 있는 다리고 또 지금 우리가 무엇인가와 무엇이 될 수 있을지의 사이에 있는 다리라고도 할 수 있소. 외로운 길과 사랑스런 집과의 사이에 있는 다리인 셈이라고도 할 수 있는 거요."

엘리자베스는 미소를 지으려 했으나 입술이 떨렸다.

"제발…… 앤드루는 이제 겨우 삼 주밖에 안 된 아이예요. 그는 아직 어느 곳으로 가는 다리가 아니에요. 당신이 앤드루의 잠재력에 대해 말하는 것이 잘못된 것이길 바란다고는 할 수 없지만 난 내 아들이 정상적이고 낙천적인 아이로 자라 주었으면 좋겠어요.”

“아마 우리가 틀렸을 수도 있소.”

그는 부드럽게 말했다.

“어쨌든 난 앤드루를 안전하게 지켜 줄 거요. 그 아이가 행복한 어린 시절을 보내지 못할 이유는 없소.”

그녀는 입술에 잔을 갖다 대고 한 모금 마셨다.

“그렇게 돼야 해요. 난 그렇게 되도록 할 거예요.”

그는 미소지었다. 그녀는 그가 생각했던 것보다 더한 반응을 보였다. 그는 잔을 들어 올려 건배를 했다.

“우리 서로 그렇게 되도록 합시다.”

그녀는 끄덕였고 플라스틱 포크를 집어 들고는 음식을 한 입 먹었다.

“그런 식으로 고쳐 말한 것을 받아들이죠. 당신은 긴박한 순간에 몰려 있을 때 능숙하게 잘 빠져 나가는 남자예요, 존 산델.”

“오, 당신은 내가 긴박한 상황에 있는 걸 좋아하는 것 같소.”

그녀의 뺨이 달아 올랐다. 그의 말은 지금의 이 상황을 말하는 게 아니었다. 전혀 생각지도 못했던 그의 말에 그녀는 마음이 흔들렸다. 그의 설득적인 어조가 금세 관능적으로 변하여 그녀를 방심하게 했던 것이다. 그녀는 접시로 시선을 돌렸다.

“난 당신에게 약속을 한 적이⋯⋯.”

그는 미동도 하지 않은 채 말했다.

“지금 초대하고 있는 거요?”

그녀는 그를 바라보지 않았다.

“난 당신에게 다른 시간이 있을 거라고 약속했어요.”

“확실한 거요?”

그가 다급하게 물었다.

“그렇다고 해줘요. 난 더이상의 거절을 받아들일 수 없소.”

“네, 그래요.”

그녀는 그의 시선이 자신의 얼굴에서 목으로 또 가슴으로 옮겨지는 걸 의식할 수 있었다. 그녀는 그의 눈이 무엇을 보고 있을지 바라보기가 두려웠다.

성적인 긴장감이 너무 오래 계속되었다. 그녀는 떨고 있었고 무엇인가가 균형을 잃게 해 그녀를 구석으로 몰고 가는 것 같았다.

“당신을 유혹하는 건 무엇이죠? 난 사이브라가 될 수는 없지만 최선을 다해서…… 존.”

그가 팔로 그녀를 끌어당겨 그녀의 뒤로 의자가 곤두박질쳤다. 그의 입술은 그녀 자신의 것처럼 딱딱하고도 굶주린 듯했고 그녀는 그들 사이에 있는 얇은 천조각으로 그의 두근거리는 심장을 느낄 수 있었다.

“날 원하오? 마크가 아니고 다른 남자도 아닌 나 말이오?”

“네, 당신을.”

그의 셔츠가 그녀의 가슴을 문지르자 그의 가슴이 올라갔다 내려갔다 하는 것이 느껴졌고 거의 아무 말도 할 수 없었다. 그는 강한 다리 근육으로 그녀의 엉덩이를 조여 안고 있었다.

그녀는 그의 몸에서 발산되는 열기를 느꼈고 그의 굶주린 듯한 표정만큼이나 흥분된 그를 느낄 수 있었다. 그녀도 역시 그렇게 보일까?

그의 손가락은 그녀의 머리카락 속에 뒤엉켜 있었고 그녀의 눈을 바라보기 위해 머리를 뒤로 잡아 끌었다. 그는 자산이 찾고 있던 것을 찾아냈다. 그리고 낮은 탄성으로 그녀를 흥분시켰다.

"내가 당신을 얼마나 원했는지 알고 있소?"

그의 입술이 그녀의 목으로 옮겨 갔다.

"난 오랫동안 타올라서 이제 더이상 남은 것이 없소."

"난 남아 있는 게 있다는 걸 의심하지 않아요."

그녀는 희미하게 말했다.

"당신은 매우…… 강해 보여요."

"그럴지도."

그는 혀로 그녀의 목덜미를 섬세하게 핥았다. 그녀는 전율했다. 그는 손가락으로 그녀의 머리를 흐트러뜨리고는 부드럽게 잡아 끌었다.

"이젠 이걸 치워 버릴 때가 된 것 같지 않소?"

그녀의 가운이 카펫 위에 흐르듯이 떨어졌다.

"그리고 이것도."

존이 손가락으로 그녀의 왼쪽 어깨에서 옷을 천천히 잡아 끌었다.

"당신은 아름다운 어깨를 가졌소."

그는 다른 쪽 어깨를 벗기고는 그녀를 바라보려고 뒤로 물러섰다. 복숭아빛 옷이 겨우 가슴 정상에 걸쳐 있었고 실크 자락에서 젖꼭지의 어두운 선이 보였다. 그는 복부의 근육이 꼬이는 듯했다.

"난 오랫동안 참을 수 없을 것 같소."

그가 그 천을 허리까지 밀어내자 가슴이 드러나 보였고 어두운 핑크빛 젖꼭지가 부풀어 올라 있었다. 전등빛 아래서 그녀의 몸은 옅은 핑크빛으로 드러나 보였다.

"사실 난 더이상 참을 수 없소."

갑자기 그녀의 옷을 당기자 발 아래로 떨어졌다.

"베스."

그는 그녀를 들어서 침대로 안고 갔다. 베이지색의 이불이 그녀의 벌거벗은 등 밑에서 차갑게 느껴졌다.

오, 신이여.

그녀의 몸은 뜨거웠다. 떨리고 녹아들고 있었다. 그녀는 그가 옷을 벗는 것을 멍하니 바라보았다. 그는 옷을 벗는 동안 그녀로부터 시선을 떼지 않고 있었다.

그의 몸은 유연했고 탄탄했으며 깊게 그을린 몸은 그의 솟아오른 근육과 잘 어울렸다. 가슴의 삼각형 모양의 털은 짙은 까만 색으로 빛나고 있었다. 그리고 무척 부드러워 보였다. 그 털만이 그의 몸에서 유일하게 부드러운 부분이었다.

그는 강하고 남성적인 힘으로 만들어진 것 같았다. 순식간에 그는 그녀 옆의 침대로 들어왔다. 그의 손이 그녀를 탐험하듯 열성적으로 더듬어 갔다.

"내가 당신을 즐겁게 하고 있소? 난 당신을 즐겁게 해주고 싶소."

그의 손이 그녀의 다리를 벌리고 그녀를 매만졌다. 그녀는 신음 소리를 냈다. 그에게 휩쓸려 버려 자신을 잃을 것만 같았다.

"이게 좋소? 나도 그렇소. 당신도 이걸 좋아할 거요."

그는 머리를 굽히고 따스한 혀로 그녀의 젖꼭지를 부드럽게 애무했다.

그녀는 전율했다.

"매우 민감하군. 아프오? 오, 내 사랑."

"약간요."

그녀는 자신이 말을 했는지도 거의 의식할 수 없었다. 숨을 쉴 수도 없었다. 그녀의 심장은 빠르게 뛰었고 매순간마다 그와 더욱더 밀착해 갔다. 그가 그녀 위에서 가볍게 그녀를 침대로 눌렀다.

그녀의 눈을 바라보는 그의 눈은 어두운 욕망으로 흐릿해졌다. 그는 그녀 속으로 천천히 아주 서서히 들어왔다.

그는 그녀 속에서 맹렬하게 움직이며 머리를 그녀의 가슴에 파묻었다. 그의 입술이 벌어지고 그녀는 자신의 젖꼭지에서 퍼덕이는 그의 호흡을 느꼈다.

"날 가져요."

그는 탁한 소리로 말했다.

"그리고 난 당신을 가질 거요."

그는 입을 그녀의 가슴에 파묻었다.

동시에 그는 앞으로 뛰어들었다. 그가 그녀에게 말했듯이 그녀가 그를 받아들이게끔 몸이 아치 모양으로 휘게 했다. 그녀는 신음 소리를 내기도 하고 흐느끼기도 했으며 그녀의 손톱은 그의 어깨 근육 속으로 파고 들어갈 듯했다. 그들의 사랑의 리듬이 점점 거세지고 깊어지자 그녀의 머리가 앞뒤로 막 흔들렸다. 그의 입이 그녀의 다른 쪽 가슴으로 옮겨졌다.

손가락이 그녀의 여성을 보호하고 있던 부드러운 털을 살짝 만지려 내려가자 그의 허벅지 근육의 긴장이 강해졌다. 그녀는 순순히 더욱 그를 받아들이려고 했다. 그러나 더이상 받아들일 것이 없을 정도로 둘은 강하게 서로에게 얽혀 있었다.

"존……."

그녀는 떨고 있었다. 그는 그녀의 모든 곳을 채우며 강하고 빠르게 움직이고 있었다. 그녀는 충분하지 않았다. 그녀의 다리는 그의 엉덩이를 격렬히 꽉 감고 있었다. 그는 부드럽게 비명을 지르며 머리를 들었다. 그의 뺨은 정열로 붉어졌고 관능으로 얼굴이 이글이글 타올랐다.

"베스, 난……."

그는 손으로 그녀의 엉덩이를 들어 더 깊은 곳으로 몰고 갔다. 그녀는 짧게 호흡했다. 그는 잠시 멈추고 그녀를 내려다보았다. 그의 표정은 너무나 만족스러운 얼굴이었다.

"나의 것!"

그는 그녀를 기절이라도 시킬 듯한 힘찬 힘을 폭발시키고 있었다.

가까웠다. 그렇게 아주 가까웠다. 그녀의 뺨 위로 눈물이 흘러 내렸다.

불, 열정, 갈망……. 그 느낌이 아주 강해 그녀는 참을 수 없었다. 그리고 그녀는 더이상 참아야 할 필요가 없었다. 마지막 순간 그녀 또한 모든 열정을 폭발시켰다.

그녀의 숨소리는 거의 흐느낌이었고 그녀는 전율을 멈출 수 없었다.

그녀는 혼자가 아니었다. 존도 역시 떨고 있었다. 그는 호흡을 힘겹게 이어 가면서 그녀 옆에 누워 있었다. 전등불 아래서 땀으로 뒤범벅이 된 그의 가슴이 반짝였다.

그녀는 손을 뻗어 그의 복부 근육을 부드럽게 애무했다. 그는 그녀를 내려다보고는 미소지었다. 그건 아름다운 미소였다. 그녀도 그에게 미소를 지어 보였다.

"당신이 맞았어요."

그녀의 목소리가 쉰 듯했다.

"우린 정말 잘 맞는 것 같아요. 당신이 백만 명 중의 한 쌍이라고 말했었죠!"

그가 끄덕였다.

"그게 유전 과학자들이 보고한 거요."

그의 눈이 반짝였다.

"난 우리가 그들의 분석을 성공적으로 입증시켰다고 생각하오."

그는 머리를 낮추고 그녀의 입술에 부드럽게 키스했다. 그리고는 그녀 곁에서 떨어지며 일어났다.

"금방 돌아오겠소."

그녀는 팔꿈치를 대고 일어나며 물었다.

"어디 가는 거죠?"

"샤워하고 내 여인에게 가능한 유혹적으로 보이게 꾸며야겠소. 그녀가 나에게 그랬던 것처럼 말이오."

그는 그녀의 포도주 잔을 들고 다시 채워서 침대로 가져다 주었다. 그리고는 우아한 태도로 절을 했다.

"당신을 위한 거요, 내 사랑. 잠깐 잠을 자도록 해요. 매우 긴 밤이 될 테니까."

10

“가르바니아에 대해 얘기해 줘요.”

엘리자베스의 목소리는 만족한 듯했고 또 부드럽고 아련했다.

“아주 아름다운 곳인가요?”

“그렇다고 생각하오. 그곳은 나의 고향이오. 당신에게 보여 주고 싶소. 난 당신에게 주마라 사막의 녹빛 모래 빛깔과 사마리아의 열대 정글을 보여 주고 싶소. 그곳에는 당신이 깜짝 놀랄 만한 꽃들도 있소. 색깔들이……”

그는 어깨를 으쓱했다.

“얼마나 아름다운 곳인지 그걸 말로 표현하기가 어려울

것 같소.”

“하지만 눈은 없겠죠.”

엘리자베스는 그의 어깨에 뺨을 묻었다.

“눈은 없소. 난 여기 오기 전에는 눈을 본 적이 없었소. 그 걸 볼 기회를 놓치지 않아 기쁘오. 가르바니아의 모든 것은 밝고 깎아지른 듯한 풍경이 많소.”

그녀는 그를 보려고 머리를 들었다.

“잠깐만 기다려요. 당신이 깎아지른 듯한 걸 원한다면 난 당신에게 나이아가라 폭포를 보여 줘야겠군요. 또 밝은 거라 면 우리의 페인티드 사막이 당신의 주마라와 경쟁할 수 있 으리라고 생각해요.”

그는 웃었다.

“난 미국인들이 매우 경쟁심이 강하다고 들었소. 비난할 생각은 없지만 말이오.”

“그러지 마세요. 당신이 우리보다 정신적으로 발달되었을 지는 모르지만 난 우리가 당신에게 몇 가지 유용한 것들을 가르쳐 줄 수 있다고 생각해요.”

“그럴 수 있겠지. 당신은 이미 내가 전에 알지 못했던 많 은 것들을 가르쳐 주었소.”

그는 손가락으로 그녀의 콧등을 살짝 건드렸다.

“사랑이라든가 존경 그리고 열정 같은 것. 당신은 훌륭한 선생이오, 베스.”

“내가요?”

그녀는 감정이 북받쳐 올라 목이 메었다.

"난 당신 역시 나에게 여러 가지를 가르쳐 주었다고 생각해요. 당신이 그렇게 나쁘지만은 않다고 말이에요."

"당신이 나의 좋은 점을 인정하기 시작해서 기쁘오."

그의 얼굴에서 미소가 희미해졌다.

"그러나 당신이 알아 두어야 할 것이 있소. 경쟁심은 미국인들만의 특성이 아니오. 난 경쟁심이 강한 편이오. 당신이 만난 누구보다도 더 경쟁심이 강하오. 당신이 마크와 결혼했을 때 난 거의 죽을 것 같았소. 난 내가 그렇게 집착력이 강한 사람이라고는 생각하지 않았었는데 갑자기 그걸 알게 된 거요. 난 조직에서 준 비디오 테이프를 연구했고 그리고 내 생애 처음으로 사랑에 빠졌었소."

그는 씁쓸한 미소를 지었다.

"난 사랑에 빠지는 걸 원치 않았었소. 하지만 그런 나 자신을 멈추게 할 순 없었소. 난 조직에 당신을 원한다는 얘기와 당신을 쫓아 갈 거란 말을 했었소. 그러자 그들은 마크의 의료 상태에 대한 이야기를 해주었소. 어떻게 내가 한 남자의 마지막 몇 개월을 혼란으로 몰 수 있었겠소? 난 그렇게까지 할 수 없어서 기다리기로 결정했었소."

그의 어두운 눈이 전등불 아래서 빛났다.

"당신은 무엇이 날 기다리고 있었는지 알겠소? 곧 그가 당신과 결혼했다는 것과 당신을 만지고 당신이 웃는 소리를 듣는다는 것이었소."

그는 깊게 공기를 들이쉬고는 고르지 않은 숨을 내쉬었다.

"난 단지 내가 어떻게 느꼈는지 당신에게 말해 주고 싶었소. 당신은 이젠 나의 것이고 나와 함께 있소. 난 어느 누구도 당신을 빼앗아 가게 하지 않을 거요.”

그녀는 갑자기 불안감을 느꼈다. 그가 말한 집착력은 굳이 말을 하지 않았더라도 분명한 것이었다. 그녀는 그에게 속하고 싶었지만 그러나…… 그녀는 그런 생각들을 떨쳐 버렸다. 그들의 관계는 이제 시작이었다. 그들은 모든 것들을 잘 풀어 나갈 것이다. 그녀는 그 분위기에서 벗어나려고 가벼운 이야기를 꺼내려 했다.

“나같이 평범한 사람이 그렇게 위엄 있는 당신 조직에게서 인정을 받다니 감사해야겠어요. 개인적으로 누군가가 보고를 잘못했다는 생각이 드는데요.”

그의 얼굴이 부드러워졌다.

“그렇소? 난 왜 그들이 당신을 가치 있다고 생각했는지 알 것 같소.”

용기와 화합 그리고 사랑스런 본성. 그녀는 빛나는 불처럼 따스함을 발산하였다. 그는 손가락으로 그녀의 뺨의 곡선을 애무하듯이 쓸어 내려갔다.

“주근깨들. 우린 어두운 피부를 가져서 그런지 주근깨는 가르바니아인에겐 매우 드문 것이오. 자연적으로 우린 그런 것들이 생기길 원하지만…… 아!”

그는 그녀의 입에서 손가락을 빼내며 말했다.

“그리고 당신은 매우 깨끗한 치아를 가지고 있소.”

“그것 역시 가르바니아에선 드문가요?”

“드문 거요. 그러나 야만적인 성향들이 있는 데선…….”

"당신 무얼 생각하고 있는 거죠? 당신은 미국인들이 기본적으로 매우 원시적인 국민이라는 걸 알게 되겠죠. 우린 삶에서 단순한 것들을 즐기죠. 따뜻한 불, 좋은 식사, 안전한 곳 등을……."

그녀의 얼굴에서 갑자기 웃음이 사라졌다.

"돌아갈 집 같은 안락한 곳 말이에요."

그녀의 뺨이 아까처럼 그의 어깨 위로 돌아가며 더욱 가까이 몸을 기대었다.

"안아 줘요, 날 안아 줘요."

"좋소."

그의 팔이 즉시 그녀를 감싸 안았다. 방 안에는 침묵이 흘렀다. 그는 그녀의 목덜미를 부드럽게 마사지하듯 어루만졌다.

"무엇인가가 당신을 괴롭히고 있는 것 같소."

"그래요."

"그것에 대해 말해 주지 않겠소?"

"아뇨. 하지만 그러는 것이 나을 것 같아요. 당신은 앤드루를 위한 계획이 있다고 말했었죠. 당신의 계획은 물레방앗간 집도 포함하고 있는 건가요, 그런가요?"

"그렇지 않소."

그녀는 숨을 몰아 쉬었다.

"난 그렇게 생각하지 않았어요."

"우린 앤드루가 미국을 떠나는 것이 안전하다고 결정했소."

“왜요? 여기가 더 안전할 거예요. 우린 세계의 어느 나라
보다도 더 많은 자유를 누리고 있어요.”

“난 그 사실에 반박하지 않지만 자유로운 나라에서 사는
것이 앤드루에겐 유리하지 않을 수도 있소. 민주주의는 관료
주의를 낳은 억제와 균형이란 제도를 기초로 한 것이오. 관
료주의가 얼마나 더디게 움직이고 있는지 말해야 하오? 난
바르도가 속한 조직이 결국은 없어질 것이라는 걸 의심하지
않소. 하지만 그건 꽤 시간이 걸릴 거요. 만약 앤드루의 특
이한 점이 발견되고 대중의 의견이 그를 원치 않는다면 어
떡하겠소?”

“당신은 앤드루가 어디로 가길 원하는 거죠?”

“세디칸이라는 나라를 들어 본 적 있소?”

“중동에 있는 석유가 풍부한 나라요?”

존이 끄덕였다.

“세디칸은 알렉스 벤 라치드에 의해 통치되는데 그는 매
우 민주적이고 나라의 복지를 위해 헌신적이오.”

그리고는 잠시 말을 끊었다가 다시 말했다.

“그러나 그곳은 절대 군주제의 나라요. 그건 라치드의 보
호하에 있다면 앤드루는 안전할 거란 뜻이오.”

“알았어요.”

“라치드는 우리 모두를 위험에서 보호할 책임을 받아들일
것이오. 그리고 내일 저녁 로체스터의 작은 공항에 그의 전
용 비행기를 보낼 예정이오.”

“세디칸…… 매우 이국적으로 들리네요.”

"살기에 정말 좋은 곳이오. 앤드루도 세디칸을 좋아할 거
요."

"당신이 어떻게 그걸 알죠?"

그녀의 어조가 격앙된 듯했다.

"어떻게 당신은 앤드루가 여기보다 그곳에서 더 행복할지
를 확신하는 거죠?"

"난 앤드루가 더 행복해질 거라고 말할 수는 없소. 그러나
난 단지 당신에게 앤드루가 안전할 거라는 내 생각을 말하
고 싶었소."

존이 조용히 말했다.

"나의 집은 아이들이 자라기엔 더할 나위 없이 좋은 환경
이에요."

엘리자베스의 목소리는 쉰 듯했다.

"난 그 집을 정말 사랑해요, 존."

"나도 알고 있소."

존이 팔로 그녀를 꽉 안으며 말했다.

"난 그건 당신의 결정이란 걸 말하고 있는 거요. 당신이
여기 머물기로 결정한다면 그렇게 해 보겠소."

그녀는 희망으로 기분이 좋아졌다.

"그럴 수 있어요?"

"그렇게 노력해 보겠소."

그의 입술이 그녀의 머리 끝을 스쳐 내려갔다.

"난 항상 물레방아가 있는 집에서 살고 싶었소."

"난 보여 주고 싶은 것이 많아요……."

엘리자베스는 말을 하다가 갑자기 말꼬리를 흐렸다.

"확실치 않지만…… 오, 존. 난 모르겠어요."

"생각할 시간은 있소. 지금 결정하지 않아도 돼요."

그는 그녀의 눈을 바라보려고 머리를 살짝 들었다.

"사실 난 지금 당장 당신의 관심을 다른 곳으로 돌렸으면 하오."

그는 그녀에게 가볍게 키스했다.

"당신이 충분히 휴식을 취했다면 말이오."

"또요?"

그녀는 웃었다.

"이번엔 공손하기도 하네요. 당신 지난 밤에는 내가 너무 피곤한지 어떤지 한 번도 물어 본 적이 없었어요."

그는 그녀가 아무 말도 못하도록 손가락을 그녀의 입술에 갖다 대었다.

"그러나 이번엔 다른 것을 생각하고 있소, 당신을 더욱 피곤하게 할지 모르는."

"내가 그걸 좋아할까요?"

그는 사랑스럽게 미소지었다.

"물론이오. 당신이 그걸 좋아하리라는 건 의문의 여지가 없소. 난 당신이 지난 밤에도 매우 좋아했다고 생각하오."

그가 그녀 위에서 움직이기 시작했다.

"해도 되겠소?"

그녀의 눈이 갑자기 커졌다.

"당신……."

그가 그녀의 몸 속으로 천천히 미끄러지면서 빛나는 그의 눈동자가 그녀의 눈동자를 감쌌다.

"오, 그래요, 내 사랑."

"그 동안 더 자란 것 같아요."

엘리자베스는 앤드루를 꼭 껴안으며 기쁨에 넘쳐 말했다.

"이렇게 무거운 것 같지 않았는데."

존이 웃었다.

"겨우 며칠 떨어져 있었다는 걸 말해 줘야겠소. 난 그렇게까지 빨리 자랄 수 있을지 의심스러운데."

"훨씬 오랫동안 떨어져 있었던 것 같아요."

너무 많은 일들이 그 짧은 시간에 있었다. 그녀는 당혹스런 생각과 감정들로 공격을 받았었다. 두려움, 슬픔, 욕망, 그리고 사랑.

"난 질투하고 있나 봐요, 거너. 앤드루는 당신과 있는 게 만족스러운가 봐요. 삼 주가 지나도록 난 그에게 아무런 소용이 없는 존재 같아요."

"그는 날 참아 주고 있을 뿐이에요."

거너는 웃으며 말했다.

"앤드루는 여자를 좋아하는 남자예요. 조금만 있으면 자신과 같은 남자들에게 싫증을 낼 거예요."

"존이 내게 말한 바에 의하면 존은 여자를 좋아하는 남자가 아니라고 하던데요."

엘리자베스는 말했다.

"난 사이브라들에 대해 더 알고 싶어요."

"어떻게 존이 사이브라들에 대해 말했는지 궁금한데요."

거너가 존을 흘깃 바라보며 말했다.

"그가 비교를 했을 리가 없을 텐데. 만약 그랬다면 무슨 일이라도 있었던 것이 아닐까요? 그가 철학적인 것과 문화적인 동일성을 비교하였다거나, 혹은 어떤 에로틱한 자세라도……."

"거너!"

존이 경고하듯 말했다. 거너는 금방 입을 다물었으나 그의 눈에는 짓궂은 조짐이 있는 듯했다. 그는 가지고 있던 기저귀 가방을 침대 위로 떨어뜨렸다.

"단지 궁금했을 뿐이야. 내가 호기심이 많다는 걸 알잖아."

"너무 잘 알지."

존의 어조는 퉁명스러웠다.

"오늘 저녁 우리의 출발 계획에나 그 호기심을 두지 그래?"

거너가 끄덕였다.

"클랜시 도나휴가 오늘 오후 다섯 시에 린드버그 공항에서 라치드의 전용 비행기로 도착할 거라고 해."

그는 시계를 바라보았다.

"지금부터 네 시간 정도 남았군. 그는 우리더러 여섯 시까지 떠날 준비를 하라고 했어. 도나휴는 내일 아침까지 돌아가려고 하거든."

그는 엘리자베스를 바라보았다.

"그는 그의 아내인 리사와 당신이 같이 지내도록 해 놓았어요. 그리고 그들의 아들과 함께요. 세디칸 사막에 있는 그의 집에서 한두 주 정도 머물 거예요. 당신은 그의 아내의 손님 자격으로 머무는 거죠. 그녀는 남편이 당신의 거처를 마련할 동안 당신과 함께 있게 되어 기뻐하고 있어요. 그녀의 아들도 이제 겨우 한 살이고 그래서 당신과 공통점이 많거든요."

"그녀는 매우 친절한 분이군요."

엘리자베스의 눈썹이 찡그려졌다. 그녀는 존이 자신에게 결정하도록 한 것에 대해 생각하려고 하지 않았다. 단지 네 시간이었다. 그녀는 중요한 결정을 할 준비가 되어 있지 않았다. 너무 빨랐다. 적절한 생각을 할 상황을 주지 않고 그녀에게 이러한 일을 부과하는 것은 너무나 힘겨운 것이었다.

"지금은 그녀가 세디칸에 가서 누구와 지내냐는 것이 문제가 아니야."

존이 조용히 말했다.

"우리가 가게 되느냐 안 가게 되느냐가 문제지. 그녀는 미국에서 지내기로 결정할 수도 있어."

거녀의 눈이 커졌다.

"그러나 넌 그렇게는 안 된다고……."

그는 존의 시선과 마주치자 더이상 아무 말을 하지 않았다.

"알았어. 도나휴에게 연락해서 우리가 떠나지 않을지도 모른다고 전하지."

그는 문 쪽으로 향했다.

"난 즉시 공항으로 갈 테니 엘리자베스가 결정을 내리면 나에게 그곳으로 연락해."

"알았어."

존이 의자에서 코트를 집어 들었다.

"트럭까지 같이 가자. 바넷과 전화를 해야 하니까. 그리고 상의할 문제도 몇 가지 있고."

그는 엘리자베스를 바라보며 미소를 지어 보였다.

"곧 돌아올게."

그녀는 고개를 끄덕였다.

"서두를 필요 없어요. 난 앤드루의 기저귀를 갈아 줘야 해요."

"기저귀 가방에서 새로운 파우더를 찾아봐요. 어제 약국에서 그걸 샀는데 당신 것보다 더 좋은 것 같아요."

거녀가 문을 열며 말했다.

"그리고 크림은……."

"그녀가 찾을 수 있을 거야."

존이 조급하게 말했다.

"베이비 파우더에 대해선 나중에 얘기할 수 있을 거야. 가능한 빨리 바넷과 연락해야 해."

"존은 이 문제의 중요성에 대해 이해를 못하는 게 확실해요."

거녀가 어깨 너머로 엘리자베스를 바라보며 얼굴을 찡그렸다.

“당신은 그 파우더를 좋아할 거예요.”

존이 그를 급히 내모는 바람에 간신히 말을 끝낼 수 있었다. 그들 뒤로 문이 닫혔다. 그녀는 거녀의 말대로 그 파우더 냄새가 좋았다. 앤드루의 기저귀를 갈아 주자 향기가 좋은 깨끗한 아기 냄새가 났다.

앤드루는 정말 귀여웠다. 아기가 그녀에게 미소를 짓고 있는 걸까? 그 나이의 아기는 미소지을 수 없겠지만 그녀는 자신을 향해 방긋방긋 웃고 있는 것이라고 확신했다. 아기 책들의 저자들은 이걸 알고 있을까?

앤드루는 행복하고 만족스런 아기였다. 그녀는 집게 손가락으로 아기의 입 주위를 만져 보았다. 미소가 더욱 뚜렷하게 보였고 그녀는 이상하게 승리감에 빠져들었다. 문이 열렸으나 그녀는 돌아 보지 않았다.

“존, 앤드루가 날 보고 미소짓는 것 같아요. 어쩜 이리 똑똑할까? 이렇게 갓난아기는 미소를 지을 수 없는데 말이에요.”

“아마도 아빠처럼 변종인 모양이군.”

엘리자베스는 두려움으로 심장이 뛰고 쿵쾅대기 시작했다. 오, 안 돼. 바르도!

그녀는 천천히 몸을 펴고 그의 얼굴을 바라보았다. 바르도는 만족스러운 듯 미소를 지으며 문 쪽에서 그녀를 바라보고 서 있었다. 천천히 방 안으로 걸어오며 열쇠를 주머니에 넣었다.

“우린 그것을 곧 알아낼 거요. 농장엔 의사들이 언제든지

대기하고 있고 우린 당신의 아기도 변종인지 몇 시간 내로 알 수 있을 거요.”

엘리자베스는 깊은 숨을 내쉬며 목소리를 가다듬으려 애썼다.

“당신에게 내 아들에 대해 그런 경멸스런 말을 하지 말라고 얘기한 적 있죠. 내 아들은 변종이 아니고, 당신은 내 아이를 어느 곳으로도 데려갈 수 없을 거예요.”

“당신은 선택의 여지가 없소. 당신 친구들이 도와줄 거라고 생각하오? 머리 좋은 놈들은 약간 멍청하다니까.”

그는 경멸하듯이 입술을 비틀며 말했다.

“내가 두 번씩이나 당신을 내 손에서 빠져 나가게 할 거라고 생각하오? 난 당신을 일부러 도망 가게 내버려 둔 거요. 난 아이를 원했고 당신이 아기에게로 갈 거라는 사실을 알고 있었소. 당신 친구의 차에 도청기를 설치해 놓았었소. 우린 어제부터 이 모텔에 아기가 나타나기만을 감시하고 있었지.”

도로에서는 아무것도 볼 수 없었던 것이 당연하다고 엘리자베스는 멍하니 생각했다. 바르도는 안전한 거리에서 그들의 일거수 일투족을 감시할 수 있었던 것이다.

바르도는 미소를 지었다.

“당신의 두 친구들에 관해서 말인데 우린 그들이 나가는 걸 보았소. 그들을 따라가라고 내 부하들을 보냈지. 아마 그 두 사람에게 여섯 명의 부하들이면 충분하다고 생각하는데.”

그는 총을 꺼내 침대에 누워 있는 아기에게 겨누었다.

“당신이 날 방해하진 않겠지?”

“앤드루는 아직 어린 아기예요.”

그녀는 갑자기 공포감이 느껴졌다.

“아무도 아기를 해치진 못해요.”

“아무도라구? 나에게 한 번 기회를 줘 보시오.”

그의 미소는 예사롭지 않았다.

“물론 당신은 그런 모험은 하지 않겠지?”

“안 해요.”

그녀는 앤드루에게 다가가서 담요로 감쌌다.

“당신은 충분히 그럴 수 있을 정도로 비정상이에요.”

“비정상.”

그가 입에 신맛이 남겨진 것처럼 그 단어를 반복했다.

“당신은 그 이상한 당신 친구들과는 얘기가 잘 통하지. 혹시 그들이 당신을 이용한다고는 생각해 본 적 없소?”

“없어요.”

“만약 산델과 닐슨이 우리 과학자가 생각하는 것만큼 영리하다면 어떻게 당신이 그들과 계속 잘 지낼 거라 생각하오? 그들 둘은 당신을 남겨 둔 채 떠날 거요. 그들은 모두에게서 떠날 거요. 곧 그들은 우리에게 경멸의 눈초리를 보내겠지. 그리고…….”

“이제 그만해, 바르도.”

“도대체 어떻게 된 거야?”

바르도는 자신의 뒤에 서 있는 두 남자를 보니 머리가 핑 도는 것 같았다. 그는 총을 더 꽉 쥐었다.

“너희는 여기 있어선 안 되는데. 내 부하들에게 무슨 짓을
한 거야?”

“그들은 다치지 않았어.”

존이 냉정한 말투로 말했다.

“사실대로 말하자면 그들은 당신의 차에서 기다리고 있
어.”

“기다린다고? 거짓말하고 있군.”

바르도는 몸을 움츠렸다.

“네 말이 진짠지 거짓말인지 그건 상관없어. 곧 내려가서
보게 될 테니까.”

그는 총으로 지시했다.

“앞장 서.”

“난 그렇게 생각지 않아. 내가 인내심을 잃을까 걱정이군,
바르도.”

“내가 그를 상대해 주길 원해?”

거너가 존에게 물었다.

“내가 손 좀 봐 줘야겠어. 난 아이들에게 총을 겨누고 위
협하는 놈들은 좋아하지 않거든.”

“안 돼.”

존의 눈이 번뜩였다.

“안 돼, 그는 내가 처리할 거야.”

바르도가 갑자기 고개를 돌렸고 그의 총은 엘리자베스와
앤드루를 겨누고 있었다.

“넌 미쳤어. 내가 총을 가졌다는 걸 알아? 내가 쏘지 않을

거라고 생각하나?”

엘리자베스가 앤드루를 감싸며 막아 섰다.

“조심해요, 존. 그는 정상이 아니에요.”

바르도의 웃음은 거의 울부짖음이었다.

“내가 정상이 아니라고? 내가 아니라 너희들이 정상이 아니야. 알아? 너희들은 모두 변종이야.”

“그건 네가 하려던 말은 아닐 거야.”

존이 조용히 말했다.

“변종이라고 하지만 사실 괴물을 말하는 거잖아. 총을 이리 줘.”

“어림없는 소리.”

그는 총을 엘리자베스에게 겨누었다.

“이리 와.”

그가 그녀에게 말했다.

“내 총이 당신의 등을 겨누고 있으면 당신 친구들은 어떤 짓도 하지 못할 거야.”

“총 내려놔.”

존이 바르도를 보며 말했다.

“난 이러는 걸 원치 않아, 바르도. 당신만 응하면 우린 협상할 수 있어.”

“꼼짝 말고 서 있어.”

바르도는 입술에 침을 발랐다.

“더이상 가까이 오지 마.”

“난 더이상 가지 않아.”

존이 그의 눈을 노려보았다.

"포기해, 바르도."

"안 돼!"

바르도가 괴로운 듯 뭐라고 퍼부어댔다. 존이 천천히 자신의 머리를 흔들며 무엇이라고 말을 했다. 그 소리는 너무나 낮아 엘리자베스가 이해할 수 없었다.

아악!

바르도가 총을 떨어뜨리고 손으로 얼굴을 필사적으로 감쌌다. 그는 다시 비명을 질렀다. 그 고통스런 소리가 엘리자베스의 등뼈까지 오싹하게 만들었다.

"안 돼, 저리 가. 안 돼."

그가 무릎을 꿇고 흐느꼈다.

엘리자베스는 공포 속에서 그를 바라만 볼 뿐이었다.

"어떻게 된 거예요?"

바르도는 문 옆 구석에 고꾸라졌다. 그의 손은 여전히 눈을 감싸고 있었다. 마치 아이가 어둠을 두려워하는 것처럼 말이다. 그는 거의 알아들을 수 없게 뭐라 중얼거리면서 훌쩍거렸다.

"제발 저리 가."

존이 엘리자베스의 코트를 들고 그녀의 어깨에 둘러 주었다.

"우린 지금 떠나야 하오."

엘리자베스는 바르도를 바라보며 그 자리에서 얼어 버린 듯한 느낌이 들었다.

“바르도를 어떻게 한 거죠?”

존은 부드럽게 그녀가 방에서 나가도록 팔로 부축했다.

“바르도에 대해 걱정할 필요는 없소. 난 그의 부하들에게 십오 분 정도 기다렸다가 그에게 가 보라고 했소.”

그는 문을 닫고 그녀를 복도 쪽으로 이끌었다.

“그는 더이상 우리에게 위협을 줄 수 없을 거요.”

“당신이 그에게 뭐라고 말한 거예요? 난 알아들을 수 없었지만 당신은 뭐라고 말했어요.”

“그렇소.”

“그게 무엇이었죠? 그에게 뭐라고 말한 거예요? 나에게 말해 줘요, 네?”

존은 눈앞만 주시하였다.

“그를 알잖소. 그는 주위에 있는 추한 것만 보는 사람이오. 난 그가 본 것이 사실이라고만 말했을 뿐이오.”

그녀의 눈이 커졌고 놀란 표정이 얼굴에 역력했다. 그리고 그가 계속 애기하기만을 기다렸다.

“난 알아야 해요, 존.”

존은 여전히 그녀를 바라보지 않고 트럭이 있는 주차장으로 서둘러 그녀를 데려갔다. 거녀는 이미 앤드루를 좌석에 고정시키고 있었다.

“난 많이 말하지 않았소. 오직 한 마디만 했을 뿐이오.”

“뭐라고 했죠?”

“괴물들이라고.”

11

　엘리자베스는 존이 트럭문을 열어 주는 것을 바라보고 서 있었다. 괴물들. 나쁜 악몽이 그대로 실현되는 무서운 일이었다.

　"제발 그런 식으로 날 바라보지 말아요."

　존이 화가 난 목소리로 말했다.

　"당신은 내가 지금 이런 일들을 즐기고 있다고 생각하고 있소? 난 그에게 모든 기회를 주었소. 그는 당신과 앤드루를 눈 깜짝 할 사이에 쏴 버릴 수도 있었단 말이오."

　"알고 있어요."

　그는 긴장이 풀리는 것을 느꼈다.

"하지만 그건 영원한 것이 아니오. 난 바르도의 부하들에게 그의 대장이 과거 몇 달 동안 정신이 불안했다고 의심하게 만들어 놓았소. 그들이 바르도가 그렇게 된 것을 발견하면 그가 신경 쇠약일 거라고 생각할 거요. 난 몇 주 있다가 사람을 보내 바르도를 살펴보게 할 생각이오. 그리고 환각은 곧 사라질 거요. 그럼 그는 다시 정상으로 돌아갈 수 있소."

그는 잠시 말을 하지 않았다.

"제정신을 가진 지극히 정상적인 사람으로 돌아갈 거요. 또 그의 조사는 불신을 받을 거고 우린 안전해질 거요."

다시 잠시 아무 말도 하지 않았다가 말했다.

"잠시 동안 말이오. 클래나드의 기록이 다시 꺼내지지 않으리란 보장은 없소. 다시 문제가 될 수도 있을 거요."

"그렇게 낙관적인 미래를 기대할 순 없겠군요."

"그렇소. 하지만 이건 사실이오."

그는 그녀의 시선을 똑바로 바라보고 말했다.

"난 당신에게 약속했소. 다시는 거짓말을 하지 않겠다고 말이오."

눈이 내리기 시작해서 커다란 눈조각이 존의 머리에 내려앉았고 그의 스웨이드 재킷을 얼룩지게 만들었다. 그녀는 어느 날 밤 그가 떨어지는 눈을 호기심어린 눈으로 진지하게 바라보던 기억이 났다. 그는 주위의 모든 것들에 대해 호기심과 진지함을 보였다. 그는 영리했고 날이 갈수록 더욱 지식이 풍부해져 갔다. 그녀는 갑자기 공포감이 느껴졌다.

"바르도는 언젠가 당신이 날 떠날 거라고 말했어요."

존은 경직된 듯했다.

"그 사람은 바보 같은 놈이오, 베스. 당신이 더 잘 알고 있지 않소."

"내가요? 난 지금 아무것도 확신할 수 없어요."

그녀는 관자놀이를 문지르며 말했다.

"난 생각해 봐야 해요. 모든 것들이 내 머리 속에서 복잡하게 원을 그리고 있는 것 같아요."

그녀는 손을 내밀었다.

"세레나의 차 열쇠를 주세요."

"어디 가려고 하는 거요?"

"모르겠어요. 단지 잠시 드라이브하고 싶을 뿐이에요. 생각들을 정리해 봐야겠어요."

"나와 같이 있도록 해요. 우린 그것에 대해 이야기할 수 있을 거요. 난 바르도에게 일어난 일로 당신이 무서워하고 있다는 걸 알고 있소."

존은 천천히 자신의 옆으로 손을 내렸다.

"난 그가 말하듯이 변종도, 또 괴물도 아니오. 난 당신을 사랑하는 한 남자일 뿐이오."

그의 목소리는 긴장한 듯했다.

"그리고 내 삶의 나머지를 당신과 보내고 싶소. 날 떠나지 말아요, 베스."

그는 마치 애원하듯이 간곡히 부탁했다. 그의 간청은 필사적이었다. 그녀는 당황스러웠지만 미소를 지으며 말했다.

"당신을 저버리지는 않을 거예요. 다만 당신을 만난 후 계속 어디론가로 정신없이 달리고 있는 것 같아요. 이제 멈춰 정리를 해야 할 시간이 온 것 같아요. 그리고 결정을 내려야 해요. 열쇠를 주세요, 존."

그는 천천히 주머니에서 열쇠를 꺼내더니 그녀의 손바닥에 내려놓았다.

"여기서 당신을 기다리겠소."

그녀는 머리를 흔들었다.

"공항에 가 있으세요. 나중에 거기서 만나요."

그녀는 갑자기 그를 끌어안았다.

"그렇게 의심스런 눈으로 절 보지 말아요. 난 당신과 앤드루와 같이 있을 거예요. 내가 앤드루를 버릴 수 있다고 생각해요?"

그녀는 그가 미소짓기 전에 고통스런 표정을 잠시 엿볼 수 있었다.

"아니오, 당신은 앤드루를 절대 떠나지 않을 거요."

그는 트럭으로 걸어갔다.

"너무 늦지 않도록 해요. 당신을 기다리고 있겠소."

클랜시 도나휴는 그의 시계를 바라보았다.

"거의 여섯 시야. 그녀가 올 거라고 생각해?"

"물론이지."

존이 떨어지는 눈을 조종실에서 바라보고 있었다.

"앤드루가 여기 있어."

그 나이든 남자의 예리하고 파란 눈은 부드럽게 존을 주시하고 있었다.

"여자들이란 재미있게도 그들이 좋아하는 모든 사람들에게 너무 많은 사랑을 쏟아붓고는 하지."

그는 미소지었다.

"항상 넘치지."

"그렇게 확신하진 말아."

"그래."

클랜시는 차 한 대가 몇 미터 떨어지지 않은 곳에서 격납고로 다가오는 것을 보고 그 차 쪽으로 고갯짓을 했다.

"저기 오는 게 엘리자베스가 탄 차야?"

존은 배의 근육이 굳어지는 걸 느꼈다. 그는 두려웠다.

"그래, 가서 그녀를 만나 봐야겠어."

클랜시가 고개를 끄덕였다.

"서두르는 게 좋겠어. 비행기는 몇 분 내로 여길 떠나야 해."

"그녀는 가지 않을지도 몰라."

클랜시는 어깨를 으쓱해 보였다.

"그래도 여행은 쓸모없진 않았어. 우린 다음 몇 달 동안 미국 밖으로 클래나드의 나머지 사람들을 몰래 출국시킬 수 있는 계획을 짤 수 있을 거야."

존이 미소지었다.

"세디칸은 대대적으로 우리들에게 은신처를 제공해 주고 있어. 너도 알다시피 우리는 굉장히 고마워하고 있어."

"너희는 충분히 그렇게 해줄 가치가 있어. 알렉스는 아마

브레인 트러스트(BRAIN TRUST. 두뇌 위원회. 정부에 위촉되어 정책 입안 등의 자문에 참여하는 전문가 집단—역주)를 만들어서 새벽부터 밤까지 뼈빠지게 일하도록 시킬 거야.”

클랜시는 웃었다.

“너도 알렉스 벤 라치드를 좋아할 거야. 그는 거친 남자지만 공정한 사람이거든.”

“그거 잘 됐군.”

존은 더이상 듣고 있지 않았다. 그는 엘리자베스가 차에서 내리는 것을 지켜 보고 있었다.

“곧 돌아올게.”

그가 그녀에게 다가갈 때 엘리자베스는 활주로 쪽을 가로질러 오고 있었다. 빛이 조종실의 열린 문에서 빠져 나와 그녀의 갈색머리를 비추고 그녀의 창백한 안색도 보여 주었다.

“가까스로 왔군.”

존이 말했다.

“걱정하고 있었소. 눈이 점점 많이 와서…….”

“난 충분히 생각해 보았어요.”

그녀의 생각은 차를 격납고에 주차했을 때 명백해졌었다. 하지만 지금 자신이 느낀 것을 말하는 것이 어려웠다.

“비행장을 찾느라 고생했어요. 상당히 떨어진 곳이에요, 여긴.”

“그게 우리가 여길 선택한 이유요.”

존은 한숨을 쉬며 말했다.

“나도 몇 가지 생각을 하고 있던 중이었소. 난 당신을 떠

나지 않을 거요. 당신이 무슨 결정을 했다 하더라도 문제를
해결할 거요. 우린 문제를 해결할 수 있소. 우선 앤드루와
당신 집으로 돌아가 결혼할 거요. 난 당신을 행복하게 만들
어 줄 거요. 마크가 될 순 없지만……."

"그만해요."

엘리자베스는 날카롭게 소리쳤다.

"그 문제를 정리하는 게 좋겠어요. 그래요, 당신은 마크
램지가 아니에요. 당신은 그처럼 잘생기지도 부드럽지도 않
아요. 함께 지내기도 쉽지 않고요."

존이 음울한 표정을 지었다.

"그런 말 할 필요 없소. 난 당신이 마크에게 어떻게 느꼈
는지 알고 있소. 나에게 시간을 줘요. 그리고……."

"존, 조용히 해줄래요."

그녀가 또렷하게 말했다.

"난 내 생각을 말하려 하는데 당신이 어렵게 하고 있잖아
요. 마크는 훌륭했어요. 난 그를 매우 사랑했어요. 그는 나의
첫사랑이었죠. 무엇인가 특별한 그런 사랑이었어요. 당신은
내가 당신에게 속해 있다고 하지만 내가 마크 램지와 결혼
했었던 부분을 소유할 수는 없다는 걸 알아야 해요. 당신은
나의 과거는 가질 수 없어요. 그건 나의 것이에요."

그녀는 미소지었다.

"그러나 내 현재와 미래는 당신 거예요."

"그렇소."

"아직은 아니에요. 내 애긴 끝나지 않았어요."

그녀는 책망하듯 머리를 흔들었다.

"당신은 내가 당신에게 관심이 없다고 불만을 얘기한 적이 있었죠? 왜 당신은 내게 당신을 사랑하는지 물어 보지 않는 거죠?"

"난 물어 보기가 두려웠소."

그는 건조하게 말했다.

그녀는 눈에 눈물이 고였고 목이 조이는 듯한 느낌을 받았다.

"오, 존."

그녀는 앞으로 다가와서 그의 팔에 안겼다.

"당신을 죽도록 사랑해요. 그러지 않으려 했지만 당신을 사랑해요. 내가 왜 그토록 오랫동안 그것을 부정하려고 애썼다고 생각하나요? 난 당신이 나의 세계 속으로 들어오자마자 나의 평화로운 생활은 창문 밖으로 날아갈 거라고 생각하고 있었어요."

"날 사랑하오?"

그의 말이 그녀의 머리카락을 날리게 했다.

"단지 성적으로 끌리는 게 아니라 진짜 날 사랑하오?"

"당신은 믿게 만들기도 어려운 사람이군요. 당신을 사랑해요. 첫사랑은 아니지만 그 만큼 깊고, 아니 아마 더 깊을 수도 있어요. 난 지금 우리 삶에 아무것도 영원한 것은 없다는 걸 알았어요. 우린 항상 변하고 우리가 사랑하는 방법도 변하리라고 생각해요. 오, 내가 제대로 애길 하고 있는지 모르겠군요. 하지만 당신이 나의 삶에 가장 중요한 사람이라는 건 알고 있어요."

"베스, 당신을 잘 보살펴 주겠소. 당신을 집에 데려다 주고 그리고……."

"아뇨."

그는 머리를 들었다.

"뭐라구?"

"아뇨, 우린 집으로 가지 않을 거예요."

그녀는 애써 웃으려 했다.

"우린 세디칸으로 갈 거예요."

존이 그녀의 표정을 살피려 했다.

"당신을 불행하게 하지 않을 거요. 난 당신을 여기서 살게 할 수도 있소."

그녀는 고개를 흔들었다.

"아뇨, 당신과 앤드루를 위해선 세디칸이 더 안전할 거예요. 난 내가 그렇게 이기적으로 살 수 없다는 결정을 내렸어요. 이곳을 떠나는 것이 마음 아프다는 걸 부인하진 않아요. 마음이 너무 아프지만 때때로 사람은 또 다른 것을 위해서 사랑하는 것을 포기해야 할 때가 있거든요. 당신은 앤드루가 과거와 미래의 다리라고 말했었죠. 글쎄요, 다른 다리들도 있어요. 난 사랑이 다리가 될 수 있다고 생각해요. 이제 당신이 어떤 사람인지, 어떻게 될지 두렵지 않아요. 난 당신에 대한 공포감을 떨치고 나 스스로 살아갈 수 있어요. 결국 시간이 설명해 줄 거예요. 난 당신의 아이큐에 관계 없이 당신에게 모험을 걸기로 한 거예요."

“난 그걸 의심하지 않소.”

존의 눈은 따스하고 부드러웠다. 그녀는 그의 어깨에 손을 올리고 그의 눈을 바라보았다.

“진심으로 당신을 사랑해요. 하지만 사랑은 집으로 가는 마지막 다리가 아니에요. 그것이 곧 집이니까요. 우리가 함께 있는 한 어느 곳이든 우리 집이 될 거예요.”

그의 어두운 눈이 빛났다.

“언젠가 당신의 물레방앗간 집으로 데려가겠소. 약속하오, 베스.”

“아마도 그때쯤이면 세디칸이 집이 되어 있겠죠. 난 단지 거길 방문하길 원할 거예요. 난 목수의 첫 세대가 처음 물레방앗간 집을 지었을 때도 옛 고향을 그리워했을 거라고 믿어요.”

그녀는 미소지었다.

“우리 양키들은 마음만 먹으면 언제나 적응을 잘 하거든요.”

그는 머리를 숙여 그녀의 손바닥에 입술을 갖다 댔다.

“내가 혹시 이 특별한 양키가 내 삶에 들어와 행복하다는 말을 했소? 난 당신을 사랑하오, 베스. 당신도 알 거요. 당신을 행복하게 해줄 거요. 마크 램지를 더이상 생각하지 못하도록……..”

그는 그녀의 눈을 보자 말을 잇지 못했다.

“미안하오. 당신에게 내가 경쟁심이 강하다고 말한 적이 있었잖소. 시간이 좀 걸릴 거요.”

그의 얼굴은 기쁨에 가득 찬 듯했다.

"우린 시간이 있소, 그렇지 않소?"

그는 그녀에게 격렬히 키스했다.

"우린 나머지 삶을 함께 할 수 있을 거요."

"우리 삶의 나머지를."

그녀는 부드럽게 반복했다. 기쁨, 소망, 아름다움, 그것들을 함께 가지고 있었다. 그건 어떠한 슬픔이라도 곧 밀어 버릴 것이다.

"당신 머리카락이 젖었소."

그는 그녀의 관자놀이에 붙은 눈조각을 쓸어 내며 말했다.

"비행기로 들어가는 게 좋겠소."

그러나 그는 여전히 움직이지 않았다.

"난 당신을 내 품에서 내보내기 싫소. 왜 항상 우린 눈에 둘러싸여 있는 것처럼 보이는 걸까?"

"양키와 사랑에 빠진 것에 대한 벌이 아닐까요?"

그녀는 방긋 웃으며 뒤로 물러섰다.

"불안한 생각들이 들기도 하지만 난 더욱 많은 것이 기대가 돼요."

그녀는 그의 팔에 매달렸다.

"이제 안으로 들어가는 게 좋겠어요. 당신 친구 도나휴가 참을성이 없어질 거예요."

거녀가 문에 서서 그녀에게 수건을 건네 주었다.

"이게 필요할 거라고 생각했어요."

그는 존에게 눈살을 찌푸렸다.

"내가 너에게 해준 충고 기억해, 존? 눈은 숙녀의 정열을 식힐 수 있어."

그는 엘리자베스를 돌아보았다. 그녀의 빛나는 눈동자를 들여다보는 그의 표정은 부드러워졌다.

"그러나 한편으론 틀린 것일 수도 있죠. 아마도 특별한 소수에겐 최음의 효과가 있을 수도. 당신 코트를 줘요, 엘리자베스. 우린 세디칸으로 가는 거죠?"

"그래요, 세디칸으로 갈 거예요."

그녀는 수건으로 뺨과 머리를 가볍게 두드렸다.

"난 조종석으로 가는 게 좋겠소. 클랜시에게 이륙할 준비가 되었다고 알려 줘야겠소."

존이 그녀의 관자놀이에 입술을 맞추며 말했다.

"이륙하자마자 돌아오겠소."

그는 돌아섰다.

"엘리자베스와 앤드루를 편안하게 잘 돌보도록 해, 거너."

"알았어."

거너는 창가의 푹신해 보이는 파란 의자를 가리키며 말했다.

"당신은 여기 앉아 있어요. 먼저 앤드루를 데려올게요. 그리고 트럭으로 뛰어가 유아용 시트를 가져 와야겠어요. 우리가 떠나는 것이 확실해지면 그걸 비행기 좌석에 설치하려 했거든요."

몇 분 후에 그녀는 빠르게 내리고 있는 눈을 창문 너머로 바라보며 앤드루를 따뜻하게 안고 있었다. 그녀는 떠나는 중이었다. 그녀가 다시 이런 눈을 보려면 몇 년이 걸릴지도 몰랐다.

순간 그녀는 아픈 상실감을 느꼈지만 그것을 억눌렀다. 아무도 자신이 원하는 모든 것을 가질 수는 없는 것이다. 그녀는 지금의 것에 감사했다. 그녀는 존과 앤드루, 거너와 함께 있었다. 사랑, 우정 그리고 어떤 목적을 가지고 있었다.

그렇다, 그녀는 매우 운이 좋은 사람이었다. 그녀는 의자에 기대어 눈을 감았다. 앤드루를 안은 팔을 더욱 꽉 조였다. 그들이 구름 위로 높이 오르고 그녀의 땅을 훨씬 지나쳐서야 비로소 창문을 다시 내다볼 것이다. 그러는 편이 쉬웠다.

그녀는 집 생각을 버리는 것이 옳다는 것을 알고 있었으나 마음이 아파 오는 것까지 부인할 수는 없었다. 그녀는 진정될 때까지 존이 도나휴와 앞좌석에 있어 주길 바랐다. 자신에게 있어 집을 떠나는 것이 얼마나 어렵고 힘든 일인지 그에게 보여 주고 싶지 않았던 것이다.

그녀는 다른 것을 생각하려고 노력했다. 무엇인가 그녀의 마음을 자신이 떠나 가는 모든 것으로부터 다른 곳으로 빼앗아 갈 수 있을 것이다. 그녀는 세디칸 사막의 따스함을 생각하려 했다.

또 그녀에게 키스하기 전 기쁨에 찬 존의 미소, 그리고 라일락의 진한 향기, 아름다운 불빛에 의해 빛나는 초원 등을 생각하려 했다.

참 아름다웠다. 그리고 친숙한 것이었다. 다시 한 번 그녀의 마음을 밝게 해주는 것으로 돌아가 따스한 이해와 사랑으로 어두운 순간들을 지워 버릴 수 있었다. 사랑의 향기가 그녀의 슬픔을 지워 버리고 그녀에게 밝은 내일을 보여 주는 것이다. 그토록 찬란한 불빛들이…….

불빛들!

그러나 그건…… 몽롱한 의식 속에서 그녀는 갑자기 그걸 깨닫게 되었다. 그러나 어떻게? 존은 클랜시 도나휴와 조종석에 있었고 거너는 트럭으로 유아용 시트를 가지러 갔다.

천천히 매우 천천히 엘리자베스는 눈을 떴다.

앤드루가 그녀에게 미소를 짓고 있었다.

< 끝 >

똑똑한 여자가 저지르는 7가지 실수

이제 당신도 사랑에 성공할 수 있을 것입니다.

당신은

· 상대가 늘 당신의 마음을 읽어 주기를
  바라고 있지는 않습니까?
· 상대를 위해 희생을 자처하고 있지는 않습니까?
· 열정을 식게 내버려두지는 않습니까?

바로 이런 것들이 똑똑한 여자들이 남녀 관계에서
저지르게 되는 어리석은 실수들입니다.
이 책은 당신에게 이러한 실수를 더 이상
저지르지 않는 방법을 제시해 줄 것입니다.

캐롤린 부숑 지음
❖ 값 7,000원

리사 클레이파스　Lisa Kleypas

그의 향기를 느낄 때　Midnight Angel

이국적인 신비를 간직한 러시아의 한 귀족 여인
타샤가 힘든 역경을 헤치고 거만하지만 매력적인
영국 귀족 루크와 사랑을 키워 나가며 행복을 얻게
되는 이야기를 아름답게 그려낸 사랑의 대서사시.
러시아와 영국을 넘나들며 일어나는 사건과
사건들, 그리고 위험은 시시각각 다가오고……
하지만 어떠한 위험 속에서도 그들의 정열은
더욱더 불타오른다.

❖ 값 7,000원

❖ Prince of Dreams

「그의 향기를 느낄 때」의 후속 작품. 전편에서 살짝 드
러났던 타샤의 의붓딸 엠마와 러시아의 망명 귀족 니콜
라스 공작의 아름다운 사랑 이야기.

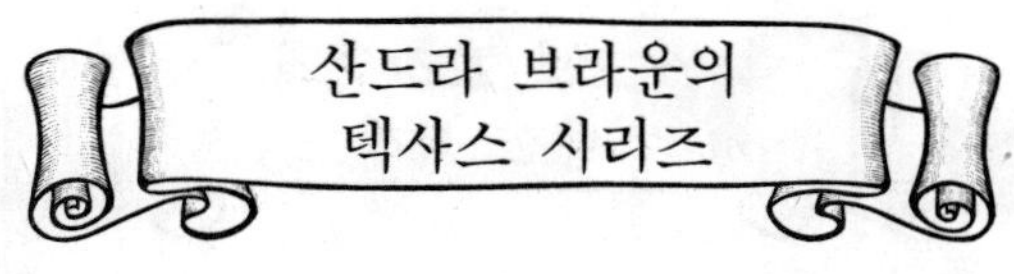

때로는 연인처럼(A WHOLE NEW LIGHT)

나채성 옮김 / 값 6,000원

갑작스런 사고로 남편을 잃은 후, 단조로운 생활에 묻혀 살던 씬에게 어느 날 친구이자 사업 파트너인 워스가 아카풀코로의 주말 여행을 제의하면서부터 정열적인 이야기가 전개된다. 뜨거운 태양과 이국적 정취가 물씬 풍기는 아카풀코. 하이비스꽃의 자극적인 향기……. 마침내 씬과 워스는 위협적인 갈망의 파도를 어쩌지 못하는데…….

여신과 사랑을(TEMPERATURES RISING)

나채성 옮김 / 값 6,000원

특별한 남자와 매혹적인 여자의 독특한 사랑 이야기! 아름다운 패리쉬 섬을 사랑하는 챈틀 뒤퐁. 그녀의 반쪽 피와 같은 피가 흐르는 원주민들을 위한 엄청난 계획을 세우면서 스카우트가 다리를 세워 주는 일에만 필요할 뿐이라고 수없이 되뇌였다. 하지만 시간이 흐르고 일이 진척될수록, 스카우트는 그녀에게 더욱 많은 의미를 갖게 되는데…….

사랑이 눈뜰 때(ADAM'S FALL)

김수정 옮김 / 값 6,000원

일에 대한 열정과 투철한 직업 의식을 소유한 물리 치료사 라이라. 그녀는 새로운 환자를 치료해 줄 것을 부탁받는다. 그런데 매순간마다 그녀에게 도전하는 아담에게 마음을 뺏기고 있는 자신을 발견한다. 그녀는 물리 치료사라는 직업 의식과 열정적으로 아담를 그리워하는 마음간의 충돌 사이에서 그들에게 옳은 것을 선택하는데…….

황홀한 신부(FANTA C)

나채성 옮김 / 값 6,000원

엘리자베스 버크의 생활은 우아한 부티크를 운영하는 것과 두 아이를 돌보는 일로 가득 차 있다. 남편이 갑자기 세상을 떠난 이후로 길고도 외로운 그녀의 밤은 사랑의 환상들로 채워야만 했다. 그때 그녀의 인생으로 걸어 들어온 태드 랜돌프. 그녀의 가장 은밀한 환상 속에서 빠져나온 듯한 남자. 영원한 진실을 자신의 기억 속에만 남겨 둘 것인가, 아니면 위험한 사랑을 한 번 더 시도할 것인가?

오랜 기다림 후에(LONG TIME COMING)

나채성 옮김 / 값 6,000원

16년 동안 마니는 언니의 아들을 자기의 아들처럼 키워 왔다. 언젠가 데이비드의 아빠가 그녀의 삶 속으로 돌아오는 상상을 하면서. 그는 그녀의 첫사랑이자 유일한 사랑인 로. 마니와 로가 만나면서 시리도록 아름다운 로맨스는 시작된다.

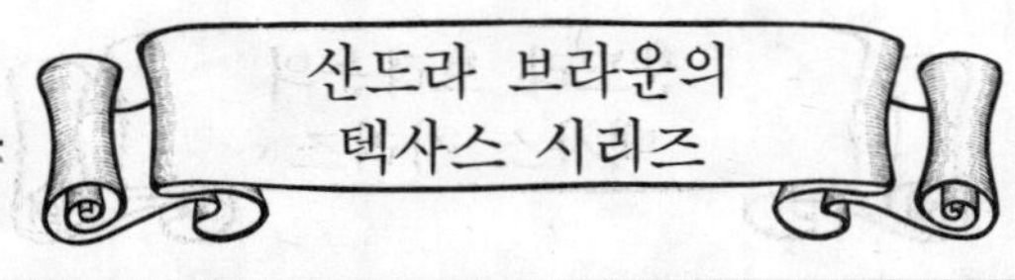

≪사랑의 텍사스(행운의 럭키)≫

왜 날 떠나려고만 하는 거지? 당신도 날 사랑하잖아.

여자를 좋아하지만 결혼을 거부하는 남자, 모든 여자가 붙잡고 싶어하지만 누구한테도 붙잡히길 거부하는 남자, 그런 럭키가 드디어 임자를 만났다. 빨간 머리의 여인을 구출하던 날 밤, 이전에는 상상도 할 수 없었던 일들이 일어난다. 그녀는 그를 흥분시켰고, 그에게 도전했으며, 욕망으로 미치게 만들었다. 그리고는 흔적도 없이 사라져 버렸다. 설상가상으로 럭키는 화재 사건의 용의자가 되어 있었다. 자신의 알리바이를 입증하기 위해서라도 그는 그녀를 찾아야 했다. 심각하게 얽힌 사건을 푸는 동안 럭키와 그녀의 밀고 당기는 줄다리기가 시작되고, 그들의 사랑의 갈등은 커져만 가는데……

≪정열의 텍사스(새로운 시작)≫

바다보다 깊고 대지보다 영원한 사랑

사랑하는 아내 타냐를 잃은 체이스는 고통에 짓눌린 채 로데오와 술집을 전전한다. 한편 마르시는 자신이 운전하다 사고로 타냐가 죽자 체이스가 자신을 탓할까 두렵기만 하다. 하지만 사랑하는 체이스가 만신창이로 지내는 걸 계속 보고만 있을 수는 없었던 마르시. 그녀는 타일러 드릴링 사를 파산에서 구하기 위한 제안을 하게 되는데, 체이스는 자신의 귀를 의심한다. 그리고 마르시의 깊고 푸른 눈 속에 담긴 끝없는 정열에 끌리는 자신이 경멸스럽기만 한데……. 그의 상처를 아물게 하고자 하는 수줍음 많은 공부벌레 마르시가, 과연 무뚝뚝한 체이스와 사랑의 결실을 맺을 수 있을까?

≪연인들의 텍사스(세이지의 사랑)≫

단 한 번의 키스!

어느덧 그들은 사랑으로 채색되고 있었습니다.

약혼자에게 버림받은 최악의 순간을 하란 보이드에게 들킨 세이지가 그에게 이끌려 집으로 가야 하는데……. 세이지가 원하는 건 지독하게 섹시하면서도 재수 없는 그 남자를 다시는 보지 않는 것, 그리고 깨져 버린 약혼을 비밀에 부치는 것이었다. 하지만 거만하고 넋이 나갈 정도로 근사한 이방인 하란 보이드의 욕망은 전혀 다른 것이었다. 그녀는 하란이 만난 여자 중 가장 아름답고 도발적이며, 또 예측할 수 없는 여자였다. 그는 세이지에게 자신의 가치를 인정해 주는 남자가 필요하다는 걸 일깨워 주려 애쓴다. 버릇 없고 고집 센 세이지가 과연 그 남자를 사랑할 수 있을까?

◆ 출간 예정작 – 「Hawk O'toole's Hostage」

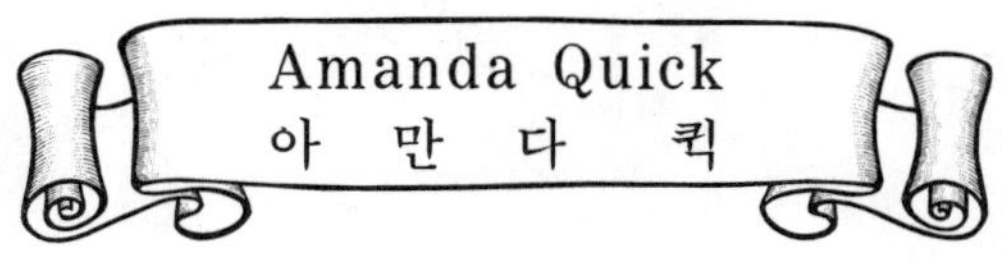

자마리스의 여인(Mischief)
이인실 옮김 / 값 7,000원

이모겐은 친구의 자살에 숨겨진 음모와 그 복수를 위해 냉혹하고 강철 같은 담력을 지닌 남자가 필요했다. 이모겐은 전설적인 탐험가이자 사교계의 악명 높은 콜체스터 백작을 끌어들인다. 하지만 어느 순간 이모겐은 정열의 노예가 된 자신을 발견하게 된다. 이들은 미스터리 같은 사건의 실마리를 풀어 가고, 그들의 사랑 또한…….

어느 멋진 파트너(Dangereous)
김정민 옮김 / 전2권 / 값 6,000원

안개가 짙게 깔린 런던의 거리…….
낯선 도시에서 시작되는 은밀한 로맨스!

매혹의 왈츠(Ravished)
김이숙 옮김 / 전2권 / 값 6,500원

기던은 우연히 함께 밤을 지낸 해리엇에게 청혼하지만, 해리엇은 이를 거부한다. 하지만 그들은 무도회에서 왈츠를 추며 사랑을 속삭이고…….

랑데뷰(Rendezvous)
김이숙 옮김 / 전2권 / 값 6,000원

정열적인 어거스타와 첫 결혼의 실패로 사랑을 부정하는 그레이스톤. 서로의 매력에 이끌리는 두 사람을 둘러싼 일련의 사건들이 벌어지는데…….

사랑의 사기꾼(Deception)
신미향 옮김 / 값 7,000원

자레드는 가정교사로 변장하고 올림피아에게 다가간다. 그녀의 영혼을 사로잡은 남자. 그는 그녀가 꿈꾸어 오던 사랑의 화신이었다. 그러나 자레드는 베일에 싸인 자작임이 밝혀지고…….

신비한 매력(Mystique)
신미향 옮김 / 값 6,800원

흑기사 휴와 고혹적인 앨리스의 사랑 이야기! 휴의 비운의 가족사를 둘러싼 음모와 배반의 소용돌이 속에서 휴와 앨리스는 대담한 사랑 모험을 시작하게 되는데…….

무모한 사랑(Reckless)
이은정 옮김 / 전2권 / 값 6,000원

단 한 번의 키스로 포비의 운명은 결정지어지고, 가브리엘은 그녀를 소유하기 위해 자신만의 모험을 계획한다.

▶ 출판 예정작(독점 저작권 계약) ◀
「Desire」, 「Mistress」, 「Affair」